Swantje Heddinga
All the Things I Could Not Say

FSC
www.fsc.org
MIX
Papier aus verantwortungsvollen Quellen
Paper from responsible sources
FSC® C105338

Swantje Heddinga

All The Things I Could Not Say

Roman

Bibliografische Informationen der Deutschen Nationalbibliothek: Die Deutsche Nationalbibliothek verzeichnet diese Publikation in der Deutschen Nationalbiografie; detaillierte bibliografische Daten sind im Internet über dnb.dnb.de abrufbar.

Bildmaterial und Schrift auf dem Cover: Canva

Verlag: BoD · Books on Demand GmbH, Überseering 33, 22297 Hamburg
Druck: Libri Plureos GmbH, Friedensallee 273, 22763 Hamburg

ISBN: 978-3-8192-4646-3

« You know when somebody criticizes you or says something behind your back … It`s like you feel those words are written all over your face and all over you. And then those words start to become echoes in your own mind. And then, there`s a real risk that those words could become a part of how you see yourself. The moment that you realize that you are not the opinion of somebody who doesn`t know you or care about you, that moment when you realise that, it`s like you`re clean. »

- Taylor Swift

Für das « komische » Mädchen in der Schule, über das hinter ihrem Rücken gelästert wurde – für mich. Du warst nie komisch. Du hattest nur ständig das Gefühl für deine Schwächen verurteilt zu werden.
Für alle Frühchen, die unter einer Spastik leiden.
Für alle, die sich viel zu sehr um ihre Zukunft sorgen und für alle, die ständig das Gefühl haben, dass jeder mit ausgestrecktem Finger auf sie zeigen und dabei höhnisch lachen würde.
Obwohl es sich oft so anfühlt, seid ihr mit euren Gefühlen, Sorgen und Problemen nicht alleine.

Eure Swantje.

Liebe Leserschaft,
in diesem Buch gibt es potentielle Inhalte, die bei einigen Lesern unangenehme Gefühle hervorrufen können. Deshalb findet ihr auf der letzten Seite eine Inhaltswarnung. Vorsicht: diese enthält Spoiler für das gesamte Buch.

Playlist

brutal- Olivia Rodrigo
Genesis- Grimes
Creep- Radiohead
Where Is My Mind?- Pixies
Jealousy, jealousy- Olivia Rodrigo
I Wanna Be Yours- Artic Monkeys
Buzzkill – Baby Queen
Close To You – Gracie Abrams
Deep End- Birdy
Read All About It, Pt.III – Emeli Sande`
BLUE – Billie Eilish
Everything Works Out In The End- Kodaline
Sparks- Coldplay
ceilings- Lizzy McAlpine
Medicine – Daughter
Sunsetz – Cigarettes After Sex
Cinamon Girl – Lana Del Rey
BIRDS OF A FEATHER- Billie Eilish
Pretty isn`t pretty- Olivia Rodrigo
My Love Mine All Mine – Mitski
Scott Street- Phoebe Bridgers

1. Kapitel

Ich will nach Hause, war mein erster Gedanke, als ich den Flur meiner Highschool betrat. *Gott, bin ich eine Versagerin,* war mein Zweiter. Der graue Hoodie, den ich trug, hatte ein paar Flecken, die mir heute Morgen voller Müdigkeit noch gar nicht aufgefallen waren. Ich zog die dünne Sommerjacke, die ich darüber angezogen hatte, enger um meinen Körper, sodass sie nicht mehr zu sehen waren. Unwillkürlich streckte ich meine rechte Hand aus und betrachtete sie für einen Moment. Bei längerer Streckung knickten meine Finger ein und schlagartig fielen mir die Worte des Mädchens aus meiner Schule ein, die mir auf eine sehr unverfrorenen Art mitgeteilt hatte, dass meine Finger gruselig aussahen. Innerlich schnaubend setzte ich meine Schritte fort. Sie sollte lieber froh sein, dass sie keine Spastik hatte. Beim Laufen ließ ich meine rechte Hand in meiner Jackentasche verschwinden und versuchte nicht allzu unsicher zu wirken. Das stellte jedoch jedes Mal als eine Herausforderung für mich dar, sobald ich die Blicke der Teenager auf der Walton High abfing. Die meisten Mädchen, die an mir vorbei liefen und, die ich persönlich wie die Pest hasste, waren alle einmal meine Freundinnen gewesen. Freunde, die mich nur verarscht hatten und am Ende hinter meinen Rücken gelästert hatten. Sophia mit den braunen Haaren und den aufgeklebten Wimpern. Sie streifte zwar nur kurz meine Schulter, warf mir aber dennoch einen abschätzigen Blick zu. Amber, der ich nach einer Weile peinlich geworden war und, die mir nun Schamesröte in die Wangen steigen ließ, als ich sie im Flur entdeckte. Und natürlich gab es auch noch ein paar andere Mädchen, mit denen ich nie befreundet gewesen war, die jedoch trotzdem eine Abneigung mir gegenüber empfanden. Grace zum Beispiel, die mich jedes Mal, wenn unsere Blicke sich nur kreuzten, so unglaublich schlecht fühlen ließ, dass mein Dad mich weinend in meinem Zimmer vorfand. Den Kopf einziehend, zwängte ich mich durch die Menschenmenge hindurch, drückte mein Buch, das ich aktuell las enger an meine Brust und steuerte auf meinen Spind zu, neben dem auch Megan stand. Sie grinste mich nur schief an und da das irgendwie unsere Begrüßung geworden war, erwiderte ich ihr halbherziges Grinsen.

« Hast du dein Geschichtsbuch dabei? Ich habe es nämlich vergessen. » Sie zog passend zum Ton eine deprimierte Grimasse. Mit ihrem blonden Bob und ihrer auffälligen Schminke im Gesicht, fühlte ich mich wie ein kleines naives Kind in ihrer Nähe. Aber mein Aussehen kommentierte sie kaum, deswegen konnte ich mich wohl glücklich schätzen. « Mr. Brown wird mich umbringen und … Oh mein Gott. »

Ihr Blick wanderte hin und her durch den Fur, bis ihre Augen sich an Ava festnagelten. « Sieh nur, wie sie die Typen ansieht. »

Megan rollte mit den Augen. Bemüht unauffällig sah ich zu Ava, dem Mädchen, das sämtliche Aufmerksamkeit vergötterte, und konnte nicht anders als laut zu schnauben. Ava, mit dem makellosen Gesicht, dem übertriebenen Lippenstift und dem für die Schule unpassenden Klamottenstyle, lächelte eine Gruppe von Jungs verführerisch an und lachte dabei so laut, dass es zu uns herüberschallte. Jeder ihrer Gesten und Berührungen waren absichtlich. Jedes schiefes Mundwinkelzucken, der nur kleinste Anflug eines zustimmenden Lächelns, fütterte ihr geringes Selbstbewusstsein der unhygienischen, unsozialen Jungs. Danach sah sie immer so aus, als wollte sie eine angezündete Kerze heraus holen, um dieses Lächeln in ihren Flammen zu bewahren. « Sie macht es so auffällig », jammerte Megan weiter.

« Wäre sie wenigstens gut im Flirten, hätte ich ja nichts gesagt, aber so? Der arme Ethan muss sich später in der Pause waschen gehen, weil ihr ekeliges Parfüm an ihm haftengeblieben ist. »

Sie seufzte schwer und mein innerer Instinkt verglich sich wieder einmal mit Megan. Denn Tatsache war: ihre Persönlichkeit entsprach meiner so gar nicht. Ihr Leben bestand aus dem Gossip der Walton High, ihrer Vape, Feiern und ihrem Freund, mit dem sie anscheinend ständig Sex hatte. Mindestens zwei Mal in der Woche klagte sie über ihre Angst, schwanger zu sein. Während meine Wochenenden fast stets gleich und einsam blieben, war für Megan jeder neuer Tag aufregend. Wir beide waren zwei unterschiedliche Personen, die oft miteinander redeten, aber wir waren keine Freundinnen. Dafür hatte sie andere Menschen, die mehr zu ihr passten. Ich hatte aber keine andere Wahl. Denn seitdem Cameron, mein Bruder und einziger Freund, auf dem Whitmore College studierte, verbrachte ich meine Zeit alleine. Und das war wirklich nicht immer vorteilhaft gewesen. Also stupste ich Megan leicht gegen die Schulter und brachte sie zum Weiterlaufen.

« Komm, lass uns gehen. Mr. Brown erwartet uns. »

Megans Reaktion darauf war ein Ächzen.

« Hast du noch die Notizen von letzter Stunde? »

***

Das laute Gebrülle der Jungs und Mädchen im Bus verstummte endlich, als ich ausstieg und die Straße überquerte, um zum Fußgängerweg zu gelangen.

Taylor Swifts Stimme schrie mir ins Ohr, als ich durch Walton lief und ich nahm meine Kopfhörer ab, während ich die Läden, die ich in und auswendig kannte, passierte. Die Kleinstadt war mein Zuhause, seitdem ich denken konnte und mit ihren tausend Einwohnern, kannte sich hier fast jeder Mensch. *Claires Flowers, Lily`s* und *Books & Coffee* waren meine meist besuchten Läden. Und auch jetzt, als ich die geschwungene Schrift von Claires Blumenladen entzifferte, ergriff mich Sehnsucht. Sehnsucht nach dem Kerzengeruch und den vielen unterschiedlichen Blumensorten. Nach Claire, der Besitzerin des Ladens und ihr freundliches Gesicht, sobald ich eintrat. Nachmittags, wenn ich Langeweile hatte und durch ihren Laden stöberte, fragte sie mich über meinen Tag aus. Es war eine schöne Routine geworden.

Claires Flowers war vor Claires Umzug zur USA eigentlich ein Schuhladen gewesen. Doch seitdem sie hierhergezogen war, hatte sich das schnell geändert. Jetzt war sie die Besitzerin und hatte dem Laden eine gemütliche Atmosphäre gegeben. Sie war auch neben meinem Vater und mir eingezogen, was sie auch noch zu unserer Nachbarin machte und durch ihr hatte ich meine Liebe zu Blumen erst gefunden.

Im selben Moment, als ich meinen Lieblingsladen mit der roten Farbe passierte, vibrierte mein Handy und ich zog es aus meiner Jackentasche heraus. Cameron hatte mir geschrieben.

Sitze im Brownies & Co. Wo bist du?

Vorfreude durchströmte meinen Körper, schnell ließ ich das Handy sinken.
Augenblicklich durchströmte mich ein aufgeregtes Kribbeln gefolgt von einer riesigen Portion Freude. Diese eine Nachricht hatte meinen Tag innerhalb weniger Sekunden gerettet. Pflanzen und Blumen waren sofort vergessen, als sich meine Beine in Bewegung setzten und ich anfing zu rennen.
Vorbei an dem bekannten Supermarkt *Lily`s* und dem Kino, vor dem bereits einige Leute standen. Andere Läden ließ ich hinter mir, denn es kümmerte mich nur ein Ziel: *Brownies & Co.* Das Café, das der Lieblingsort von den meisten Einwohnern in Walton war. Teils wegen der großen Auswahl und teils, weil mein Vater mit seiner stets guten Laune seine Kunden bereicherte. Die goldgeschriebenen Buchstaben *Brownies & Co* kamen in mein Sichtfeld, bevor ich die Tür mit der neugestrichenen hellblauen Farbe aufriss.
Die Glocke des Cafés schrillte, als ich das Café betrat. Sämtliche Köpfe drehten sich zu mir um und ich wandte verlegen den Kopf ab. Dad, der hinter der Theke stand, lächelte mich an und formte mit seinen Lippen einen für mich unlesbaren Satz.
Claire, die eine Tüte mit Muffins und Kaffee in den Händen hielt, grüßte mich freundlich, bevor sie das Café verließ. Ihr britischer Akzent hallte mir in den Ohren nach.
« Wie war die Schule? » fragte Dad, während er von dem Tresen auf mich zukam. « Gut », murmelte ich ausweichend und suchte das Café nach den Plätzen ab. Wo war er denn bloß?
Fast alle Tische und Bänke waren besetzt, kaum einer war mehr übrig.
»Leah! »

Plötzlich hörte ich eine bekannte Stimme meinen Namen rufen. Ich wirbelte zu der Stimme herum und sah Cameron an dem kleinsten hintersten Tisch in der Ecke sitzen. Bevor ich zu ihm laufen konnte, sprang er schon auf und war nach wenigen Schritten bei mir.

Das Gewicht auf meinen Schultern verringerte sich und etwas, das sich wie Geborgenheit anfühlte, erfasste mich, als er mich in eine feste Umarmung zog.

« Wie geht es dir? »,wollte er von mir wissen und ließ mich los. « Geht so », antwortete ich nüchtern und betrachtete ihn für einen kurzen Moment. Seine kurzen braunen Haare waren ein Stück gewachsen und der Ohrring, an seinem rechten Ohr, kam mir fremd vor. Doch sonst hatte er sich nicht verändert.

« Willst du hierbleiben oder zum *Books & Coffee* gehen? Ich muss dir etwas erzählen », redete er weiter und ich musste grinsen. *Books & Coffee* war ein Buchladen, der im hinteren Bereich ein kleines Café hatte und war der Stammplatz von meinem Bruder und mir. Jedes Mal, wenn er nach Walton kam, trafen wir uns dort. Deshalb nickte ich nur, woraufhin wir kurz darauf *Brownies & Co* verließen.

« Wie ist es auf der Walton High? Quatscht dich Megan immer noch voll ? », fragte Cameron mich, als wir im *Books & Coffee* saßen. Mein Cappuccino vor mir war nur noch halbvoll, dabei hatte ich ihn gerade erst bestellt.

« Ja, sie quatscht immer noch sehr viel », murmelte ich und hob meine Tasse erneut an. *Aber ohne sie wäre ich noch deprimierter als ich es ohnehin schon bin. Schließlich habe ich ohne deine Anwesenheit gar keine Freunde.*

« Wie ist es bei dir? », lenkte ich ihn stattdessen ab ohne meine Frage wirklich ernst zu meinen. Natürlich ging es ihm gut. Er hatte neue Freunde gefunden, studierte Medizin,

welches seit seinem fünfzehnten Lebensjahr eine große Leidenschaft für ihn darstellte und führte somit ein vermeintlich perfektes Leben.
« Mom hat mich angerufen. »
Ich versteifte mich noch, bevor die Worte seinen Mund verlassen haben. « Warum? »
Eigentlich hatte ich nicht vorgehabt heute über meine Mutter nachzudenken, doch Camerons Worte zerstörten meine heutige Regel.
« Sie möchte mit dir reden », fuhr Cameron fort, aber ich schüttelte bereits den Kopf.
« Das kann sie vergessen. »
Mom hatte Kontakt zu Dad und Cameron, das wusste ich, aber ich wollte keinen mit ihr. Nicht nachdem sie sich vor zwei Monaten von Dad geschieden hatte und uns einfach so verlassen hatte, als hätten wir ihr nie etwas bedeutet. Seitdem sie mit ihrem neuen Freund in New York lebte. Die alte Wut, die sich tief in meinem Inneren versteckte, brodelte wie ein Kochtopf wieder auf. Sie hatte *mich* im Stich gelassen. Warum konnte sie mich dann nicht einfach in Ruhe lassen? Warum musste sie versuchen mich durch Cameron zu kontaktieren?
« Sag ihr, dass ich beschäftigt bin », murmelte ich und starrte auf meine Tasse, als wäre sie das Interessanteste in meinem Umfeld.
« Du kannst sie nicht für immer ignorieren, Leah », erinnerte mich mein Bruder sanft, aber der Kochtopf in mir brodelte nun viel zu stark, um noch auf ihn hören zu können.
« Ich möchte nicht mehr über Mom sprechen », murrte ich leise und war mir dabei schrecklich bewusst, dass ich wie ein beleidigtes Kind klang.
Aber in diesem Fall war mir das sogar fast egal.
« Okay. » Cameron seufzte.

Anscheinend schien er zu bemerken, dass Mom immer noch ein sensibles Thema für mich war. Seine Miene veränderte sich schlagartig, als hätte unser Gespräch vor ein paar Sekunden gar nicht stattgefunden und dann platzte es aus ihm heraus: « Jack und ich sind zusammen. »

« Was? »

Irritiert von dem abrupten Themenwechsel, starrte ich ihn an.

« Ich bin mit Jack zusammen. Er hat mich gestern gefragt. Das ist das, was ich dir erzählen wollte. »

Jetzt realisierte ich erst, was er mir gerade erzählt hatte.

« Du bist mit Jack zusammen?! » Cameron nickte freudig und mein Stuhl quietschte, als ich unerwartet aufsprang.

« Du bist mit Jack zusammen! », wiederholte ich johlend und erfasste ihn bei den Schultern und zerrte ihn von seinem Stuhl. Wir führten einen Freudetanz mitten im Gang auf und obwohl mir so etwas normalerweise sterbenspeinlich war, freute ich mich in diesem Moment einfach nur für meinen Bruder.

Jack und er teilten ein paar Kurse zusammen und Cameron hatte sich sofort in ihn verliebt. Dass er nun ebenfalls Gefühle entwickelt hatte, freute mich sehr. Cameron hatte das verdient. Auch wenn ich ihn jeden Tag in der Schule vermisste und mein Neid auf ihn groß war, wollte ich trotzdem, dass seine Zeit auf der Whitmore Univerität schön war. Nachdem wir uns beruhigt hatten, setzten wir uns zurück an unserem Tisch.

« Sag schon », rief ich und boxte ihn gegen die Schulter. « Wie hat er dich gefragt? » Cameron lachte, aber seine Augen leuchteten. « Gestern stand er vor meiner Tür und … »

Er brach ab und hielt verwirrt inne, als aus meiner Jackentasche ein lautes Vibrieren ertönte. Achselzuckend erwiderte ich seinen Blick, zog mein Handy aus der Jackentasche und nahm den Anruf an. « Hallo? », murmelte ich und hörte ein Rascheln an dem anderen Ende der Leitung.

« Leah? » Die Stimme meiner Mutter hallte in mein Ohr.
« Ja? » Am liebsten hätte ich aufgelegt.
« Ich wollte fragen, ob du mich nächstes Wochenende in New York besuchen kommst. »

2. Kapitel

Manchmal schob ich meine nichtvorhandene Fähigkeit bei anderen Teenagern und ihren Cliquen dazuzugehören, auf meine Frühgeburt. In Wirklichkeit wusste ich aber ganz genau, dass mein fehlender Anschluss in der Schule meine eigene Schuld war. Ich hasste Feiern und Alkohol. Ich rauchte nicht wie die meisten Teenager. Ich war ein langweiliges Mädchen, das lieber Bücher las, anstatt Nächte durchzumachen. Meine Körperzellen bestanden zu neunundneunzig Prozent aus Selbstzweifeln und Unsicherheiten. Ein Teil von mir, war zufrieden mit meinen Hobbys und meiner Persönlichkeit, aber ein anderer größerer Teil empfand diese seltsame Wut, wenn ich durch meine Schule lief und den anderen Mädchen begegnete und realisierte, wie anders ich doch im Vergleich zu ihnen war. Die Enttäuschung und der Selbsthass, die mich überkamen, wenn ich einsah, dass ich mich nicht anschließen konnte. Dass es mir an Selbstbewusstsein fehlte, um mich zu ändern. Und diese Enttäuschung und Wut, dass ich so war, wie ich war, blieb auch heute im Sportunterricht.

« Leah, du bist dran. »

Megans leises Flüstern riss mich aus meiner Trance.

Für einen kurzen Moment hatte ich ganz vergessen, wo ich mich befand. Hatte die Sportsachen vergessen, die an mir klebten und dass ich damit aussah wie ein dreizehnjähriges Kind. Der Speer, den ich mit der linken Hand umklammerte, war zwar schwer, aber auch den hatte ich für eine Weile

ausgeblendet. Nach dem plötzlichen Anruf von meiner Mutter im *Books & Coffee* war ich völlig aufgewühlt gewesen. Nach dem knappen Telefonat mit ihr, war die Unterhaltung zwischen mir und Cameron nicht mehr lebhaft gewesen und als er später gegangen war, hatte ich kurz überlegt, ob ich weinen sollte. Ich wollte nicht nach New York. Ich wollte meine Mutter nicht sehen geschweige denn mit ihr reden. Das letzte Mal vor vier Wochen war genug gewesen. Und jetzt auf einmal entschied sie, dass ich *sie* besuchen kommen sollte? Doch als ich Dad gestern Abend von ihrem Plan berichtet habe, hatte dieser nur gemeint, dass das auch sein Plan war und er mit Mom telefoniert hatte, um die Zeit auszumachen. Sie hatten anscheinend keine Ahnung, wie man sich demokratisch korrekt verhielt. Aber als ich meine Gefühle ihm gegenüber klarmachte, hatte Dad nur gesagt, dass ich endlich erwachsen werden sollte. Schließlich würde ich in knapp einem Monat siebzehn Jahre alt werden und der Kontakt zu meiner Mutter war stets wichtig.
« Mrs. Harper. »
Die Stimme meiner Sportlehrerin holte mich aus meinem Gedankenstrudel. Richtig, ich war dran.
Sämtliche Köpfe meiner Mitschüler starrten mich an und ich lief an wie eine rote Tomate. Die Stimme in meinem Kopf schrie mich an, dass ich den Speer in meiner Hand endlich loswerden sollte. Ich versuchte mich an all die Schritte, die Mrs. Anderson uns in den vorherigen Sportstunden gezeigt hatte, zu erinnern und steckte so viel Kraft wie möglich in den Speerwurf. Jedoch schien der Speer mich zu hassen und fiel nur wenige Meter vor mir klappernd auf den Boden. Die Stille danach war ohrenbetäubend. Den mitfühlenden Blick, den Mrs. Anderson mir zuwarf, war unerträglich. Mein Gesicht fühlte sich glühend heiß an, als ich ein paar Schritte nach

vorne trat, um meinen Speer aufzuheben und Amber, die hinter mir in der Reihe stand, den Vortritt zu überlassen. « Kommen Sie, machen wir weiter », vernahm ich Mrs. Andersons Stimme, als ich mich abwandte und den Sportplatz verließ. Scham und Wut machte sich in mir breit.

Warum schaffte es jeder außer ich?

Die Blicke der anderen Mädchen bohrten sich in meinen Rücken und auf einmal fühlte ich mich so nutzlos, dass ich schreien wollte.

Verdammte Speerwurfeinheit.

Wer hatte sich diesen Mist ausgedacht? Ich hasste Sport. Oder vermutlich hasste ich einfach alles, das meine Schwächen hervorbrachte. Dass mich daran erinnerte, dass ich von den Lehrern und Lehrerinnen manchmal anders behandelt wurde. So wie bei Mrs. Anderson, die mir in verschiedenen Sporteinheiten Sonderrechte gab, die die anderen nicht bekamen, weil ich eine Beeinträchtigung hatte. Und immer, wenn ich daran erinnert wurde, hasste ich mich ein kleines Stück mehr. Meine Augen brannten, als ich meine Schritte beschleunigte und zurück zur Umkleide lief. Niemand bemerkte es. Die Blicke der anderen ruhten schwer auf mir und mein Hals schnürte sich zusammen.

***

Ruf deine Mutter an. Die Nachricht von meinem Vater hatte sich in den letzten fünf Minuten nicht geändert, da brachte mein Starren auf den Bildschirm auch nichts. Den ganzen Nachmittag lang hatte ich mich im Wohnzimmer verkrümelt und schaute Folgen von *Gilmore Girls.*

Ein sehr unproduktiver Nachmittag, aber Dad war im Café, Cameron meldete sich nicht und ich hatte einfach im Augenblick keinen blassen Schimmer, was ich mit meiner freien Zeit anstellen sollte.
Eins wusste ich doch ganz genau: auf ein weiteres Telefonat mit meiner Mutter hatte ich gar keine Lust. Das Verhältnis zwischen mir und Dad war seit gestern Abend jedoch sehr angespannt und auf das Meckern von ihm, das sicherlich nach meiner Sturheit folgte, konnte ich gut verzichten.
Seufzend pausierte ich meine Serie, rettete mein Handy, das von der Sofaritze fast vollständig verschluckt wurde und wählte widerstrebend die Nummer von Mom.
Nach dem sechsten Piepen, tippte ich ungeduldig mit dem Fuß herum und überlegte, ob ich auflegen sollte. Zu meinem Pech beschloss meine Mutter doch mit mir telefonieren zu wollen, und kurz darauf vernahm ich ihre rauchige Stimme.
« Leah, bist du dran? »
Ich verdrehte die Augen. *Nein, der Weihnachtsmann.*
« Ja, ich bin es, Mom », schnaubte ich und stellte mein Handy auf den Couchtisch.
« Warum hast du angerufen? »
Ihr Tonfall hatte sich auf einmal verändert. Klang sie … hoffnungsvoll? Na ja, war mir auch egal.
Denn wenn sie hoffte, dass ich sie eigenständig anrief, hatte sie sich getäuscht.
« Dad wollte, dass ich dich anrufe », rückte ich ungnädig mit der Wahrheit heraus und wartete auf ihre Reaktion. Mit einem *Oh* hätte ich allerdings nicht gerechnet. Ich unterdrückte ein gereiztes Stöhnen, während ich mein Handy wieder an mich nahm. Hatte sie vor mich zu qäulen ? Wollte sie dieses unerträgliche Telefonat mit Absicht in die Länge ziehen?

« Du willst also, dass ich dich in New York besuchen komme? », fragte ich sie und musste mich zusammenreißen, um neutral zu klingen.
« Wenn du willst, ja. Pete ist auch hier und es wäre eine gute Gelegenheit, ihn kennenzulernen. »
Ein humorloses Lachen entwich meinen Lippen.
« Also habe ich eine Wahl? Ich dachte, Dad und du hättet es einfach hinter meinen Rücken ausgeheckt ohne mich zu fragen. »
« Ich weiß, wie das herübergekommen ist, aber ich würde es wirklich schön finden, würdest du uns besuchen kommen. Pete möchte dich kennenlernen und Cameron war auch schon hier. »
Nur weil Cameron dich besuchen kommt, heißt es nicht, dass ich es auch tun muss.
« Mom… »
Sie unterbrach mich. « Bitte, Leah. Wir haben uns so lange nicht gesehen. Wenn du erstmal da bist, können wir über alles reden und ich werde dir versprechen, dass… »
« Ich möchte nicht nach New York kommen. »
Jetzt bebte meine Stimme doch.
« Und ich möchte auf keinen Fall deinen neuen Freund kennenlernen. »
« Ich weiß, wie sauer und enttäuscht du auf mich bist », versuchte Mom es wieder, aber ich fiel ihr erneut ins Wort.
« Du hast mich seit einem Monat nicht einmal kontaktiert. Du hast mich nicht angerufen, du hast mir nicht geschrieben. Wenn du mich so unbedingt sehen möchtest, wärst du nach Hause gekommen.» Instinktiv räusperte ich mich, damit sie das Zittern in meiner Stimme nicht bemerkte. « Sorry, dein Zuhause ist ja nicht mehr Walton sondern New York. » Die

Stille an dem anderen Ende der Leitung hielt so lange an, dass ich mich fragte, ob Mom aufgelegt hatte.
« Ich wollte dir Raum geben, Leah », erklang doch wieder ihre Stimme.
Meine Augen füllten sich mit Tränen.
« Weißt du was, Mom? », schniefte ich. « Ich muss jetzt auflegen. Dad schreibt dir bestimmt am Samstag. »
« Leah … »
« Ich muss noch Hausaufgaben erledigen. »
Damit legte ich auf und pfefferte das Handy auf den Couchtisch.
Dann schnappte ich mir ein Kissen, drückte es mir ins Gesicht und schrie.

Es war Freitag, als ich wieder ins *Claires Flowers* ging. Nach dem kurzen Telefonat mit Mom, hatte ich nicht mehr viel getan. Um genau zu sein, hatte ich versucht, Cameron anzurufen, aber er war nicht zu erreichen gewesen. Mein Bruder hatte bestimmt nur wenig Zeit für seine kleine erbärmliche Schwester und ich hatte nicht zu anhänglich werden wollen, deshalb hatte ich den Fernseher angeschaltet und war irgendwann eingedöst. Dass mein Vater eine Weile später nach Hause gekommen war, hatte ich gar nicht mehr bemerkt.
« Leah. Was für eine Überraschung », begrüßte mich Claires leicht heisere Stimme, als das leise Klingeln der Glocke an der Tür verstummte und ich vor den Tresen trat. « Heute ist aber gar kein Dienstag. »
Claire warf mir über ihre Lesebrille einen vergnügten Blick zu. Wie immer trug sie eine flatterige Hose mit einem

Blumenmuster und das weiße T- Shirt, das sie fast jeden zweiten Tag anzog. Ihre allmählich grauen Haare, hatte sie zu einem kleinen tiefen Dutt zusammengebunden.

Ich erinnerte mich noch ganz genau an den Tag, als sie von Großbritannien nach den USA gekommen war und sich als eine neue Bürgerin von Walton vorgestellt hatte. Vor zwei Jahren war mir auch schon ihr besonderer Klamottengeschmack aufgefallen.

« Nein », gestand ich leise und blickte mich im Laden um.

« Mir war nur langweilig und ich dachte, ich statte dir einen Besuch ab. »

Zaghaft lächelte ich sie an. In dem Wissen, dass sie sich jedes Mal darüber freute. Claire hatte sich vor zwei Jahren in einen amerikanischen Mann verliebt und war wegen ihm hierher ausgewandert. Zwar war sie nun glücklich verheiratet, aber ihre Familie aus England fehlte ihr trotzdem, das hatte sie mir erzählt.

« Setz dich neben mich und erzähl mir, was es bei dir Neues gibt. »

Claire klopfte auf den familiären Stuhl mit dem weichen gemütlichen Stuhlkissen und ich kam der Aufforderung erfreut nach. Als ich mich auf den Stuhl hinter dem Tresen setzte, wandte sie sich der Kaffeemaschine auf den Schreibtisch hinter sich um und bediente sie mithilfe von ein paar Knöpfen.

« Cappuccino? »

Ich nickte nur.

„Ich muss dich eigentlich gar nicht mehr fragen.“

Claire stellte eine dampfende Tasse vor mir ab und reichte mir einen Löffel. « Die Antwort bleibt sowieso die gleiche. »

Sie zwinkerte mir zu und setzte sich neben mich.

« Wie läuft es in der Schule? »

« Ist Megan noch mit dir befreundet? »
Ich sparte mir die kleine Bemerkung, die mir drohte über die Zunge zu rollen. Nämlich, dass Megan und ich alles andere waren als Freunde. « Wir kommen miteinander klar », murmelte ich und nippte an meinem Cappuccino. « Es ist manchmal nur etwas einsam in der Schule, verstehst du? »
Claire nickte mitfühlend. « Das ist sicherlich schwer, wenn du in der Schule bist ohne dass Cameron da ist. »
Schnell presste ich die Lippen aufeinander, um nicht die Fassung vor ihr zu verlieren. Die Schulwoche war ätzend gewesen, Camerons Besuch zu kurz gewesen und das Telefonat mit Mom endlos. All die Probleme und Gedanken der Woche stürzte gnadenlos auf mich ein. Eilig blinzelnd, drängte ich sie zurück in die letzte unerwünschte Ecke meines Gehirns und konzentrierte mich auf die Gegenwart. Auf Claire vor mir. Zu meinem Glück schien sie instinktiv zu begreifen, dass das Thema Schule im Augenblick heikel war und lenkte davon ab. « Ich habe ein paar Neuigkeiten für dich », fuhr sie in einem fröhlichen Ton fort und rührte ihren eigenen Kaffee ein paar Mal um.
« Meine Tochter und mein Enkel ziehen nach Walton. Genauer gesagt zu mir nach Hause. »
Interessiert hob ich den Kopf. « Dein Enkel? »
« Er ist ein Jahr älter als du. William wird bald achtzehn. »
Ob er dann auch auf die Walton High gehen würde?
Der Gedanke beschlich mich völlig unerwartet. So verzweifelt war ich bereits. Mein Unterbewusstsein suchte nach Personen in meinem Umfeld, die möglicherweise meine neuen Freunde sein konnten. Sogar, wenn es eine Person aus dem Ausland war, die ich noch nicht kennengelernt hatte. Ich wusste ja nicht einmal, ob er nett war. William würde mich wahrscheinlich sowieso nicht mögen. Vor meinem inneren Auge konnte ich

mir schon vorstellen, wie er mir einen verächtlichen Blick zuwarf. Genauso wie die anderen Teenager in meinem Umfeld. Außerdem hatte er bestimmt andere Interessen als ich und ich würde wieder wie ein Außenseiter vor ihm stehen, wenn er mir von dem Rauchen und dem vielen Trinken erzählte, das er am Wochenende mit seinen Freunden tun würde. Ich würde mich wieder so verdammt scheiße fühlen. Das gleiche Gefühl spüren, das ich immer spürte. Ein Gefühl, dass mir zeigte, dass ich nicht dazu gehörte. Dass ich nicht passte. Dass ich anders war. Und dieses Gefühl bekräftigte meine Unsicherheit umso mehr.

« Warum ziehen sie hierher? », fragte ich Claire, nahm einen weiteren Schluck von meiner Tasse.

« Seitdem ich nicht mehr in ihrer Nähe wohne, fühlt sich Alison ziemlich einsam », beantwortete Claire meine Antwort und musterte mich nachdenklich. Ihre Mundwinkel zuckten leicht.

Verwirrt hob ich eine Augenbraue.

« Was? »

« Ich glaube, William und du könntet euch gut verstehen. »

***

Am Nachmittag saß ich unten in der Küche und versuchte mich auf die neuen Hausaufgaben von Mr. Miller zu konzentrieren. Das funktionierte jedoch überhaupt nicht, weil *My Boy Only Breaks His Favorite Toys* von Taylor Swift auf Dauerschleife durch meine Kopfhörer in meine Ohren drang. Außerdem schweiften meine Gedanken immer wieder ab, sodass die Zahlen auf dem Blatt Papier vor mir keinen Sinn mehr ergaben. Wobei das mit klarem Verstand auch nicht anders war.

Das Umdrehen des Schlüssels an der Haustür kam gerade genau richtig und ein paar Sekunden später trat mein Bruder in die Küche. Verwundert runzelte ich die Stirn.

« Was machst du denn hier? »

Cameron grinste und schlurfte zum Esstisch, setzte sich vor mich. « Dad hat mich kurz im Café gebraucht. Danach dachte ich, ich könnte nach Hause gehen und meine Lieblingsschwester besuchen. »

Er lehnte sich vor und begutachtete das Blatt Papier vor meiner Nase.

« Mathe Hausaufgaben? »

« Ja », seufzte ich schwer und wandte den Blick davon ab. „Warum bist du wirklich hier?“, wollte ich wissen, weil ich haargenau wusste, dass mein Bruder sein Studium und alles, was damit zusammenhing, sehr ernstnahm.

Er würde nicht einfach ohne Grund nach Walton fahren. Cameron verzog gespielt beleidigt das Gesicht.

« Zählt der erste Grund etwa nicht? »

Als ich ihm einen ernsten Blick zuwarf, verstummte er und schien langsam aufzugeben. « Mom hat mich gestern angerufen und ich dachte, ich sage es dir lieber. » Schlagartig richtete ich mich auf.

« Warum hat sie dich angerufen? »

« Sie wollte über dich reden. Wollte wissen, wie sie dein Vertrauen zurück bekommt. »

« Mein Vertrauen? » Ungläubig schüttelte ich mit dem Kopf.

« Ja, für morgen. »

Unschuldig blinzelte er mich an. Verwirrt versuchte ich mich daran zu erinnern, was denn morgen war, aber mein Gehirn spuckte nichts Brauchbares hervor.

« Was ist denn morgen? », fragte ich schließlich. Mein Bruder lachte.

« Du gehst doch morgen nach New York. »
Sobald die Worte seine Lippen verließen, wollte ich weinen. Dass morgen ausgerechnet Samstag war, hatte mein Gehirn in den letzten Tagen erfolgreich verbannt. Samstag, der Tag, an dem ich zu meiner Mutter gehen sollte. « Das habe ich völlig vergessen », fluchte ich.
« Denkst du, du kannst mich zur Whitmore Universität mitnehmen und mich dort verstecken? »
Cameron lächelte. « Du wirst das morgen schon überleben. »
Fast von selbst schüttelte sich mein Kopf. « Nein, werde ich nicht. Ich kann sie nicht sehen, Cameron. Ich bin so sauer auf sie, dass ich glaube, keine einzige Minute mit ihr verbringen zu können. » Zwischen uns entstand ein kurzes Schweigen, bis Cameron mich direkt ansah und erwiderte: « Dann konzentriere dich auf andere Gefühle. Ich weiß, dass es schwer ist. Ich weiß, dass du keine Lust auf Mom hast. Aber du machst dir das Wochenende nur noch schwerer, wenn du es nicht zumindest versuchst. »
Mein Bruder hatte recht. Er hatte immer recht.
Aber aus irgendeinem Grund, war ich mir nicht sicher, ob ich diesmal seinen Rat befolgen konnte. Nicht, weil er nicht klug war, sondern weil ich es einfach nicht tun wollte. Denn gegenüber meiner Mutter gab es keine anderen Gefühle, auf die ich mich konzentrieren konnte. Es gab nur kochend heiße Wut auf sie und ihr neues ach so besseres Leben in New York. Auf ihren Freund Peter und ihr Apartment in Brooklyn. Auf die Fähigkeit ihre Familie ohne Bedauern in Walton zu verlassen. *Mich* zu verlassen.
« Du kannst mich anrufen, wenn du willst », versprach mir mein Bruder sanft und boxte mich spielerisch gegen den Ellenbogen.

« Ich wette, es wird halb so schlimm sein. » Das spöttische Grinsen, das sich jetzt auf meine Lippen legte, hatte ich nicht mehr aufhalten können. « Du willst mich verarschen, oder? »
« Es wird ein Albtraum sein und nichts weiter. » Cameron verdrehte die Augen.
« Sei nicht so dramatisch, Leah. Es ist nur ein Wochenende. »
Am liebsten hätte ich noch einmal aufgelacht. Denn nach dem katastrophalen Telefonat mit Mom, hatte Dad mir genau das Gleiche gesagt. *Es ist nur ein Wochende, Leah.* Die Idee mit dem Übernachten hatte natürlich meine Mutter gehabt, denn ein kurzer Besuch am Nachmittag reichte selbstverständlich nicht aus. Wenn ich an morgen dachte, wurde mir übel. Ich hatte Angst davor. Angst davor, was passieren würde, wenn ich ihr gegenüber stehen würde.
Ich hatte Angst vor meinen eigenen Gefühlen und Angst vor der Umarmung mit Mom. Denn dann würde ich nicht mehr garantieren können, dass ich nicht weinen würde.

3. Kapitel

Empire State Of Mind von JAY-Z und Alicia Keys lief auf Dauerschleife durch meine Kopfhörer. In der letzten Stunde hatte ich es bereits sechs Mal gehört und so langsam konnte ich es nicht mehr hören. Im Auto hatte sich New York noch so weit weg angefühlt, aber jetzt, als ich vor dem Apartment meiner Mutter in Brooklyn stand, war es mir viel zu nah. Instinktiv wollte ich zurück in den Van klettern und Dad befehlen, mich nach Hause zu bringen.

Na ja, er würde wahrscheinlich die Autotür öffnen und mich herausschmeißen.

Der Song endete und einige Sekunden später wurde *Welcome To New York* von Taylor Swift abgespielt. Meine Mundwinkel hoben sich beim Klang des Songs. « Viel Spaß und hab einen schönen Tag in New York. » Dad schloss die Autotür, schritt auf mich zu und drückte mir mein Gepäck in die Hand; einen schwarzen Koffer und meinen Rucksack, in dem ich meine Bücher, Aufladekabel und weiteren Kram hineingestopft hatte.

« Kommst du nicht mit rein? », fragte ich ihn und deutete auf die große, angsteinflößende braune Haustür.

Ich wollte nicht allein die Türschwelle überqueren und in das Apartment des Horrors hineingehen. Ich war viel zu ängstlich dafür. Dads Augen begannen zu flackern, als er meinem Blick folgte, er schluckte. In diesem Moment wurde mir klar, dass Dad sich etwas vormachte. Das gelassene Single Leben kaufte ich ihm nicht länger ab. Er war noch nicht über Mom hinweg-er vermisste sie sogar. Auch wenn sie weitergemacht hatte, wünschte er, dass sie ihm zurück nach Walton folgen würde. Mein Vater war ein schrecklicher Lügner. Gerade strich er sich durch die kurzen braunen Haare, wirkte hin und hergerissen. Ein letzter Blick zum Apartment, und er hatte sich entschieden.

« Das schaffst du schon alleine », krächzte er und blickte nun zu mir. « Du bist schließlich schon groß. »

Ich rollte mit den Augen. Er hatte immer noch Schwierigkeiten zu verstehen, wie alt ich war.

« Richte ihr liebe Grüße von mir aus, ja? »

Er drückte mich kurz an sich, lief zurück zum Van und stieg ein. « Ich hole dich am Sonntag wieder ab. »

Die Autotür knallte zu und er brauste eilig davon. Plötzlicher Kummer machte sich in mir breit und auf einmal musste ich mich zusammenreißen, um nicht in Tränen auszubrechen. Ich wünschte, Dad wäre hiergeblieben. Dann hätten Mom und er sich vielleicht aussprechen können. Vielleicht hätte es das alles besser gemacht. Vielleicht müsste ich dann auch nicht mehr so wütend auf sie sein. Aber die Realität war anders und ich musste mich ihr stellen. Ansonsten könnte ich die ganze Nacht hier stehen. Räuspernd straffte ich meine Schultern, hob den Kopf und machte bemüht selbstsichere Schritte in die Richtung der Haustür. Als ich angekommen war, blieb ich abrupt stehen.

Nachdem ich einmal eingeatmet und ausgeatmet hatte, drückte ich auf die Klingel und wartete. Das Warten hielt sich jedoch in Grenzen.

Es dauerte nicht lange, da öffnete bereits jemand die Tür. « Leah! »

Ein vergnügtes Quietschen begrüßte mich und ich wäre nur zu gerne wieder umgedreht. An der Haustür lehnte Mom. Ihre blonden Haare hatte sie zu einem unordentlichen Dutt

zusammengebunden. Sie trug ein gestreiftes T- Shirt und eine enge Jeans und lächelte mich so strahlend an, als hätte sie mich seit zwei Jahren nicht gesehen.
Den Impuls genervt zu seufzen, bekam ich zum Glück noch unter Kontrolle, bevor ich murmelte: « Ich habe dich zuletzt vor einem Monat gesehen, Mom. »
« Ein Monat ist zu lange », flüsterte sie leise und zog mich an sich, schlang dabei ihre Arme fest um meinen Hals. Ich biss die Zähne zusammen und überging ihre gefälschte Herzlichkeit. Wenn sie mich so unbedingt sehen wollte, hätte sie das schon längst getan, das wusste ich. Diese Fassade konnte sie aufgeben.
« Es ist so schön, dass du da bist », sagte sie und lächelte wieder so breit. In dem Moment hätte ich sie so gerne angeschrien, dass es wehtat. Stattdessen zwang ich mich ihr übertriebenes Lächeln halbherzig zu erwidern. Nach einer kurzen unangenehmen Stille, löste Mom den Blickkontakt. Sie trat einen Schritt zurück und winkte mich hinein. Zögernd, ein bisschen misstrauisch sogar, betrat ich ihr Apartment.
« Möchtest du eine Tour durch das Apartment? », fragte sie mich und sah mich mit einem Hoffnungsschimmer in ihren braunen Augen an. Da sie sowieso kein nein akzeptieren würde, zuckte ich nur mit den Schultern und augenblicklich eilte sie wie gehetzt durch den Flur. Offenbar nahm sie mein Schulterzucken als eine Art Bestätigung wahr.
« Da ist dein Zimmer », erklärte sie und wies auf eine kleine Holztür am anderen Ende des Flurs. « Dort wirst du schlafen. »
Sie nickte sich selbst zu und wirkte daher sehr überfordert auf mich. Ihre Nervosität war sofort erkennbar; die schwitzenden Hände, die sie sich immer wieder an ihrer Jeans abwischte. Das ständige angespannte Flackern in ihrem Blick. Meine

Anwesenheit ließ auch sie nicht kalt, das konnte ich spüren. « Willst du hineingehen? », schlug sie mir jetzt vor und hatte sie erst kaum verstanden, weil sie so nuschelte.
« Ähm nein, ich sehe das Zimmer ja sowieso später, wenn ich… schlafen gehe », beantwortete ich leicht überrumpelt ihre Frage. Die Fähigkeit mit meiner Mutter zu sprechen, war definitiv eingerostet. Nachdem Mom mir noch das Badezimmer und ihr Schlafzimmer gezeigt hatte, führte sie mich in die Küche und blieb unerwartet im Türrahmen stehen.
« Pete ist in der Küche. Ich wollte ihn dir nach deiner Ankunft nicht aufdrängen, aber er wird den ganzen Nachmittag hier bleiben, also… » Es brauchte meine ganzen letzten Reserven, um nicht gereizt mit den Augen zu rollen.
« Es ist okay, Mom. Lass uns einfach rein gehen. »
« Sicher? » Mom studierte mich mit ihren Augen, als wolle sie am liebsten in meinen Kopf sehen. « Wenn du ihn noch nicht kennenlernen willst, ist das völlig in Ordnung » Mein abfälliges Schnauben klang viel zu laut in meinen Ohren.
War das nicht der Hauptgrund, warum ich überhaupt zu Besuch gekommen bin?
« Er ist dein Freund, Mom. Ich muss ihn wohl oder übel irgendwann kennenlernen müssen », entgegnete ich ruppig und betrat ohne ihre Zustimmung die Küche. An einer langen Tafel saß ein dunkelhaariger Mann mit einem Dreitagebart. Groß gebaut, weiche Gesichtszüge. Ich hätte ihn auf Mitte vierzig geschätzt. Ruckartig stand er auf, als hätte er nun erst meine Anwesenheit in der Küche bemerkt und streckte mir höflich lächelnd die Hand entgegen.
« Pete, hi. Ich bin der Freund deiner Mutter. Und du bist Leah, oder? Ich habe schon viel von dir gehört. »
Als ich seinen Handschlag zuerst nicht erwiderte, begann sein aufgesetztes Lächeln langsam zu bröckeln. « Deine Mom

erzählt jedes Mal von dir und ich bin… wirklich froh, dich endlich kennenlernen zu dürfen », haspelte er unsicher und ich biss mir auf die Lippe. *Hatte er das vor dem Spiegel geübt, oder was?*

« Hi », sagte ich deshalb nur und bemühte mich zu einem unscheinbaren Lächeln. Insgeheim kam er doch bereits auf meine Top 10 der unsympathischen Menschen- Liste. Mom, die immer noch am Türrahmen stand, als hätte sie sich nicht getraut, unsere kleine Kennlernrunde zu stören, lief auf uns zu, strahlte über das ganze Gesicht und klatschte erfreut in die Hände.

« Wer hat Lust auf eine Tour? »

Unter einer Tour, die Mom vorgeschlagen hatte, verstand ich eine Tour, in der sie mir alle Sehenswürdigkeiten in New York zeigte. Denn auch wenn ich lieber mit Cameron hier gewesen wäre und nicht mit Mom und ihrem zukünftigen Ehemann, hatte mein Herz vor Vorfreude bei der Erwähnung gepocht. Doch ich hatte meine Mutter anscheinend missverstanden. Anstatt mich zur Freiheitsstatue zu bringen, lief sie kreuz und quer durch irgendwelche unbekannten Straßen und zeigte mir irgendeinen unbekannten Buchladen, in der sie und Pete sich kennengelernt hatten.

Und da war sie noch mit Dad verheiratet.

Da Pete bei unserer sogenannten Tour mitgekommen war, hatten die beiden sich liebevoll geküsst. Danach waren sie zu einem Restaurant gelaufen, in dem sie ihr erstes Date hatten und dann zu einem Café, in dem sie sich ineinander verliebt hatten. Dass Mom unter einer *Tour* eine *Mandy & Petes episches Kennlernen* Episode verstand, hätte ich wirklich nicht gedacht. Irgendwann trottete ich unschlüssig hinter

ihnen her, als wäre ich das Kind einer guten Freundin. Zum Glück schien Pete mein Unwohlsein nicht zu entgehen.
« Mandy », rief er und griff nach ihrer Hand.
« Schatz, wollen wir Leah nicht ein paar Sehenswürdigkeiten zeigen? » Mom runzelte irritiert die Stirn, als würde ihr jetzt erst vor Augen geführt werden, warum neunundneunzig Prozent der Touristen überhaupt New York bereisten.
« Gute Idee », stimmte sie dann etwas verspätet hinzu und ich atmete erleichtert auf. Von ihrer Rücksicht im Apartment war nämlich nichts mehr übrig und ich war Pete dankbar, dass er diesen Wahnsinn gestoppt hatte. Vielleicht verdiente er sich bald einen anderen Platz auf meiner Liste.

***

Nachdem wir die Brooklyn Bridge gesichtet haben, und ich viele Fotos für Cameron gemacht hatte, liefen wir mit Hotdogs von der Chinatown durch den Central Park. Pete stand einige Meter hinter uns, weil er mit einem Freund telefonierte, der laut Mom eine Lebenskrise durchging, während wir in einem gemütlichen Tempo weiterliefen.
« Morgens im Central Park zu laufen, ist wunderschön », erzählte sie mir gerade lächelnd.
« Dann ist es ruhig und kaum eine Menschenseele ist unterwegs. »
Sie blickte zu mir. « Pete und ich haben uns überlegt, ob wir uns bald einen kleinen Welpen anschaffen wollen. Das würde die Sparziergänge hier noch viel lebhafter machen. »
Sie schwieg und ließ unruhig den Blick schweifen, als fiel ihr es plötzlich unfassbar schwer, mich anzusehen. « Wie findest du Pete? Ist er nett zu dir? », wollte sie dann zögernd wissen.
Ich verfluchte mich manchmal selbst dafür, Menschen zu schnell in Schubladen zu stecken. Bei unserer ersten

Begegnung hatte ich Pete nämlich nicht ausstehen können und das hatte nicht daran gelegen, weil er unfreundlich gewesen ist, sondern weil er mit meiner Mutter zusammen war. Nur das hatte ihn sofort unsympathisch gemacht. Doch im Laufe der Zeit hatte er bewiesen, wie nett er sein konnte. Er ging rücksichtsvoll mit mir um. Mom mitzuteilen, dass er das größte Arschloch war, kam mir falsch vor.
« Solange ihr mir kein Halbgeschwisterchen zeugt, könnte ich sagen, dass er völlig in Ordnung ist », erwiderte ich schulterzuckend und Mom lachte.
« Keine Sorge, das steht nicht auf unserem Plan. »
Gut.
Sie beobachtete mich lächelnd und so langsam konnte ich ihren bohrenden Blick nicht mehr ertragen.
« Was ist? », fragte ich unwirsch. Hatte ich etwa etwas im Gesicht?
« Nichts, ich … »
Mom strich mir vorsichtig eine Haarsträhne aus dem Gesicht und die Anspannung in meinem Körper kehrte zurück. « Ich habe dich einfach nur vermisst. Es ist toll, dass du hier bist. »
Und wessen Schuld ist das? Plötzlich verspürte ich wieder diesen Drang, sie anzuschreien, um die aufgestaute Wut in mir herauszulassen, aber ich drängte sie erfolgreich zurück. Das hatte hier keinen Platz. Öffentliche Streitereien waren echt ziemlich peinlich. Mom schien die Veränderung in mir zu merken, denn sie trat einen Schritt zurück und lief versucht unbeirrt weiter. « Wie .. wie geht es dir? », hob sie nach einer Weile unbeholfen an.
« Wie ist es in der Schule? »
Sie vermied Augenkontakt und dafür war ich ihr in diesem Moment mehr als nur dankbar. « Normal, denke ich », beantwortete ich ihre Frage ausweichend, weil ich ihr nicht

gestehen wollte, dass mein Bruder mein einziger Freund in dieser grauenhaften Highschool gewesen ist. Ungern wollte ich ihr jetzt beichten müssen, dass ich keine Freunde hatte.

« Okay. » Mom nickte. Sie schien auf einmal nicht zu wissen, wie sie mit mir reden sollte und stocherte hilflos im Smalltalk herum.

« Und Dad? Wie geht es ihm? »

« Auch gut », murmelte ich und hoffte, dieser unerträgliche Smalltalk würde aufhören. Was war denn plötzlich los mit ihr? Gott sei Dank spürte sie ebenfalls relativ schnell, dass Smalltalk echt keine gute Idee war und hörte damit auf. « Weißt du, welche Serie wir heute gucken sollten? », fragte sie mich nach einer kurzen Pause. « *Gossip Girl.* »

« Gossip Girl? », wiederholte ich verwirrt und Mom nickte enthusiastisch.

« Genau. Sie spielt auch hier in New York. Es geht um Teenager der Uper East Side. »

Sie gluckste albern. « Mehr verrate ich dir nicht. »

« Okayy. »Ich dehnte das einzige Wort in die Länge, als wäre es ein Kaugummi.

« Die erste Folge gucken wir heute Abend. » Automatisch zwang ich mich zu einem kleinen Lächeln.

« Können wir machen. »

Mom strahlte vergnügt. « Super. »

Bald kam Pete wieder und schaute neugierig zwischen uns hin und her. « Was machen wir heute Abend? »

Später saßen wir dann wie geplant vor dem Fernseher und schauten die erste Folge von *Gossip Girl.* Mit meinem Pizzakarton auf dem Schoß, beobachtete ich wie Blair und Serena streiteten und kicherte innerlich.

Pete döste auf dem Sofa, doch Mom und ich folgten der Serie gespannt und aufmerksam. Ehrlich gesagt hätte ich nicht gedacht, dass der Tag so gut sein würde. Mom hatte sich für ihre Verhältnisse wirklich Mühe gegeben und auch Pete war völlig in Ordnung. Ich war selbst überrascht, davon dass ich mich bisher noch nicht mit Mom gestritten hatte. Sehr verdächtig. Aber so lange es hielt, wollte ich mich nicht beschweren. Wollte mich nicht beschweren, weil dieser Tag merkwürdig erfrischend gewesen war. Die gute Atmosphäre hielt bis zur zweiten Folge, dann wurde Mom still. Jedoch war ich so vertieft in die Serie, dass ich es zuerst gar nicht wahrnahm. Erst nach einer Weile, als ihr Schweigen laut wurde, blickte ich zu ihr hoch und bemühte mich um einen lockeren Tonfall, obwohl jede Entspannung aus meinen Körperzellen weggewischt wurde.

« Was? » Ein Schwarm voller wahlloser Gedanken sausten durch meinen Kopf- ich bemerkte gar nicht, wie aggressiv meine Stimme dadurch klang.

Mom runzelte die Stirn, als müsste sie erst einmal ihre Gedanken sortieren. « Ist er noch sehr wütend? »

Die Art, wie ihre Stimme eine Etage tiefer rutschte, sagte mir, dass es sich um Dad handelte. Ich wusste nicht, was ich erwidern sollte, deswegen schwieg ich. Mom seufzte, als wäre das Antwort genug.

« Er stand draußen vor dem Fenster », sprach sie das Offensichtliche aus. « Er ist wegen mir nicht mit reingekommen. »

Die Art, wie sie mich jetzt ansah, verriet mir wie verzweifelt sie hoffte, dass ich ihr widersprechen würde. Doch das konnte ich nicht tun, weil ich felsenfest davon überzeugt war, dass Dad innerlich wütend war. Und dafür konnte ich ihm echt nicht böse sein.

« Ich hoffe nur, dass er es nicht ewig sein wird. Schließlich muss er auch irgendwann weitermachen. » Mom strich sich gedankenverloren eine Strähne aus dem Gesicht, richtete den Blick wieder auf den Fernseher und tat so, als hätten ihre Worte nicht gerade einen Dolch durch mein Herz gefahren. Kochende Wut machte sich in mir breit und meine Hände auf meinem Schoß begannen zu beben.

« Was hast du denn gedacht?! » Mom zuckte erschrocken zusammen bei meinem plötzlichen lauten und zornigen Tonfall.

« Leah, was … », hob sie an, doch ich ließ sie nicht zu Wort kommen. « Hast du wirklich gedacht, dass er dir verzeiht, nur weil zwei Monate vergangen sind, seitdem du dich einfach so von ihm hast scheiden lassen? » »

Meine Stimme zitterte, der Kloß in meinem Hals wurde mit jeder Silbe größer und ich konnte nur beten, dass ich nicht gleich hysterisch in Tränen ausbrechen würden. « Wie oft soll ich es dir noch sagen, Leah? »

Moms Stimme wurde nun auch lauter, ungeduldiger. « Dein Vater und ich haben geredet, bevor wir uns getrennt haben. Ich bin nicht einfach nach New York geflohen, und… »

Plötzlich ergriffen mich so viele Emotionen gleich stark, dass ich es nicht aushalten konnte. Meine Ohren begannen zu piepen. Erzürnt sprang ich von der Couch und in meiner Rage verabscheute ich mich dafür, dass ich auf ihr verdammtes Angebot, einen Serienmarathon zu machen, eingegangen war. Ich hätte nämlich gleich in das Gästezimmer gehen sollen.

« Genau das hast du getan! », brüllte ich und eine Träne voller aufgestauter Wut und Frust rollte über meine Wange. Wie Pete durch mein Gebrüll nicht aufgewacht ist, war mir schleierhaft.

« Du hast uns verlassen und bist einfach so aus unserem Leben verschwunden, als hättest du dir nie etwas aus uns gemacht! »

« Hey! »

Mom erhob drohend den Zeigefinger.

« Ich weiß, dass du böse auf mich bist und du hast ein Recht dazu, aber ich bin deine Mutter und du wirst nicht so mit mir sprechen. » Ich schnaubte abfällig, ballte die Hand zu einer Faust, weil mich gerade so viel Hass überschüttete, dass ich keine Ahnung hatte, wie man mit damit umging. « Bist du meine Mutter? Denn *meine* Mutter hätte mich nicht im Stich gelassen. Meine Mutter hätte ihre Familie nicht in Walton gelassen, um ihren Lebenssinn in New York zu suchen. Meine Mutter wäre bei mir geblieben! »

Mein Geschrei hallte durch die kleine Küche und so rasend schnell die Wut gekommen war, so verschwand sie plötzlich auch schon. Mein Brustkorb hob und senkte sich in einem rasanten Tempo, während ich meiner Mutter ausdruckslos in die Augen starrte. Denn im Augenblick fühlte ich nichts anderes als Trauer. Trauer und Enttäuschung. In Moms Augen glitzerten Tränen, aber ich verbat mir, Mitleid für sie zu empfinden. Ich würde ihr kein Mitgefühl zeigen, weil sie schuld daran war, dass wir überhaupt hier in diesem kleinen Apartment standen und stritten.

« Leah, es tut mir so leid », flüsterte sie erstickt und versuchte nach meiner Hand zu greifen. « Ich… »

Langsam schüttelte ich mit dem Kopf. « Lass es, Mom. » Dann deutete ich zum Flur.

« Ich gehe ins Gästezimmer. »

Reue trat in Moms Gesichtsausdruck. « Bitte, Leah. Setz dich wieder hin. »

Leicht, fast nicht zu sehen, schüttelte ich mit dem Kopf. « Ich bin müde. »

Sobald ich aus der Küche eilte und den engen Flur überquerte, schluchzte ich auf. Tränen strömten meine Wangen, zitternd zog ich die Tür zu dem Gästezimmer auf und warf mich auf das kleine Bett, das direkt rechts vor mir an der Tür stand. Mein nasses Gesicht an das Bettlaken geschmiegt, weinte ich um alles, was ich verloren hatte, seitdem Mom nicht mehr bei uns wohnte. Das Vertrauen zu ihr zum Beispiel. Die Fähigkeit mit ihr zu lachen, schöne Momente zu teilen und mich ihr anvertrauen, wenn ich musste. Auch wenn ich fürchterlich wütend auf sie war, war sie trotzdem meine Mutter. Egal, wie sauer ich war, ich würde sie immer lieb haben. Trotz allem, war sie meine Mutter, die es nur gut mit mir meinte. Die, die mich tröstete, wenn ich früher, als ich kleiner war, Dinge aufgrund meiner Spastik nicht hinbekam und mir half. Die, die mich in den Arm nahm, wenn ich weinte und die, die mir, als ich dreizehn war, die Haare geflochten hatte, wenn ich zur Schule Locken haben wollte. Nichts wollte ich mehr, als wieder dieses dreizehnjährige Mädchen zu sein, das hilflos Fürsorge, Sicherheit und Antworten in ihrer Mutter suchte. Ein Teil von mir war vielleicht immer noch dieses dreizehnjährige Mädchen. Aber der andere viel größere Teil von mir, erinnerte sich jeden Tag daran, dass ich fast siebzehn war und somit praktisch erwachsen. Dieser verdammter Teil machte mir mit jeder verstrichenen Minute mehr Panik. Erwachsen war nie ein Wort gewesen, das ich mit mir selbst in Verbindung gebracht hatte. Ängstlich, introvertiert und nichts wissend, traf es eher. Erwachsen kam mir wie eine Aufgabe vor, die man mir beibringen musste. Wenn niemand mir es beibrachte, würde ich es niemals lernen.

Plötzlich weinte ich nicht mehr nur wegen meiner Mutter, sondern um alles, was mich solange in Aufruhr gesetzt hatte. Als meine Tränen trockneten und sich der Knoten in meinem Hals allmählich löste, nahm ich mein Handy aus meinem Rucksack und wählte Camerons Nummer.

« Hallo? »

Er ging erst nach dem dritten Tuten ran. « Cameron? », hauchte ich und umklammerte das Handy instinktiv fester.

« Kannst du mich morgen abholen? Ich möchte nicht länger hier bleiben. »

4. Kapitel

Someone like you von Adele, der Song, der offensichtlich aus der Küche drang, weckte mich auf. Mein Kopf lag nicht mehr auf dem Kissen sondern irgendwo schief auf dem Bettlaken und als ich mich vorsichtig aufrappelte, begann meine Schläfe stark zu pochen.

Verdammte Kopfschmerzen.

Ein Blick auf die digitale Uhr auf dem Nachttisch, verriet mir, dass es halb neun war.

Seufzend kletterte ich aus dem Bett, sammelte meine alte Kleidung von dem Boden auf, die ich nach meiner Heulattacke lustlos abgestreift hatte, und zog sie rasch wieder an. Der Spiegel gegenüber von mir zeigte mir hämisch mein Spiegelbild; eine verheulte Silhouette mit einem blassen Gesicht und Flecken von Mascara überall verteilt. Die dunklen Schatten unter meinen Augen erzählten förmlich, dass ich geweint hatte. Ungeduldig beseitigte ich sie mit meinem Zeigefinger und schlurfte nach kurzem Zögern aus dem Gästezimmer. Zwar hatte ich überhaupt keine Lust auf ein nerviges Gespräch mit meiner Mutter, aber ich konnte mich nicht ewig vor ihr verstecken. Cameron hatte mir gestern am Telefon versprochen, mich so früh wie möglich abzuholen und je schneller ich ihr die Neuigkeiten steckte, desto besser. Adeles Song und Moms schiefes Singen wurden immer lauter, als ich mich der Küche nährte und als ich schließlich die Küche betrat, begrüßte mich der Geruch von selbstgemachten Pancakes. Verdattert blieb ich am Türrahmen stehen und sah

sprachlos zu, wie Mom am Herd Pancakes machte und dabei Adele lauthals beim Singen unterstützte.
Als ich mich räusperte, drehte sie sich um und strahlte, als sie mich bemerkte. « Ich könnte eine von ihren Backup Sängerinnen sein, oder? »
Ungläubig starrte ich sie an und hatte keinen blassen Schimmer, ob ich amüsiert sein sollte oder nicht.
« Ich dachte, ich mache uns ein paar Pancakes zum Frühstück. »
« Willst du einen mit Nutella oder Marmelade? », fragte mich Mom, während sie den Tisch deckte. »Ich werde gleich von Cameron abgeholt », murmelte ich und mied den Blickkontakt mit ihr.
« Ich habe keine Zeit mehr für Frühstück. »
Die Fröhlichkeit wich innerhalb von Sekunden aus ihrem Gesicht.
« Warum wirst du denn abgeholt? Möchte Dad, dass du nach Hause kommst? »
Ich musste schlucken.
« Nein. Das war meine eigene Entscheidung. »
Mom zuckte mit keiner Wimper. « Wieso? Ich habe eine Menge für heute geplant. Wir können… »
« Warum tust du so, als wäre nichts passiert? », unterbrach ich sie schroff. Die Wut von gestern war zum Glück nicht mehr anwesend, aber dafür bahnten sich Enttäuschung mit einer ordentlichen Portion Ärger an, die ich nur schwer ignorieren konnte.
« Pancakes machen das auch nicht weg. »
Mom legte die Gabel neben den Teller, den sie gerade erst platziert hatte, ab und drehte sich zu mir um. Jede Spur, die ein Lächeln andeuten könnte, war nicht mehr vorhanden. « Ich weiß, wie enttäuscht du von mir bist, Leah. Ich weiß,

dass du sauer bist. Aber wir haben noch einen Tag zusammen und ich würde ihn gerne nutzen. Es bringt doch nichts, wenn wir schon wieder streiten. »

« Tut mir leid. » Diesmal gab ich mir wirklich Mühe sachlich zu klingen.

« Cameron wartet bestimmt schon draußen. »

Als ich Anstalten machte zu gehen, schien sie jetzt erst zu begreifen, dass ich es ernst meinte.

« Leah, warte. Bleib sofort stehen! »

Sie klang mehr flehend als energisch. « Danke für den tollen Tag gestern », nuschelte ich und drehte mich ein letztes Mal zu ihr um.

« Ich rufe dich an, okay? »

« Okay », wisperte Mom, sie schien aufgegeben zu haben. Ihre Schultern sackten förmlich nach unten. « Richte Cameron liebe Grüße aus. »

« Mach ich », erwiderte ich tonlos.

Seit fünfundzwanzig Minuten stand ich vor Moms Apartment und wartete auf Cameron. Dass er zu spät war, ging mir tierisch auf die Nerven und ich spürte, wie die negativen Emotionen in mir zunehmend hochschraubten. Immer wieder sah ich auf mein Handy, obwohl ich ganz genau wusste, dass ich kein Guthaben mehr hatte, um meinen Bruder schreiben zu können. Aber hätte er mich nicht anrufen können? Ungeduldig wippte ich mit dem Fuß auf und ab. Als es anfing zu regnen, stöhnte ich gereizt auf und ballte die Hand zu einer Faust. Plötzlich fragte ich mich, ob Cameron mich vergessen hatte. Für eine Weile spielte ich mit dem Gedanken, meine Sturheit zu vergessen und zurück in Moms Apartment zu gehen. Doch dann müsste ich wieder mit ihr streiten und darauf hatte ich einfach keine Lust mehr. Nach ein paar weiteren endlosen Minuten voller Regen und meine nahezu wachsende Verzweiflung, bog ein grüner Van um die Ecke und blieb abrupt quietschend vor mir stehen. In der Fensterscheibe blickte mir Dads finsteres Gesicht entgegen und ich glaubte zu meinen, dass mir von seinem wütenden Anblick schwindelig wurde.

***

Stille. Keine Geräusche draußen, kein Zwitschern der Vögel, gar nichts. Dad hatte den Van direkt vor das Haus geparkt und alles, wirklich jede Körperzelle in mir schrie danach, mein Zuhause zu betreten und in mein geliebtes Zimmer zu stürmen. Auf dem Rückweg nach Walton hatte er kein einziges Wort gesagt. Im Van war es kälter als zur Winterszeit gewesen. Ich hatte mich nicht einmal getraut, das Radio anzuschalten. Die kommende Standpauke schwebte nur so über meinem Kopf und wartete, bis Dad zuschlug. Es dauerte sicherlich nicht mehr lange. Vor Nervosität wurde mir ganz warm, ich trommelte mit den Fingern auf meine Knie, um mich abzulenken.

Gerade, als ich die Beifahrertür aufdrücken wollte, fand Dad seine Sprache wieder.

« Bleib sitzen. » Sein Ton war kalt wie Eis, sein Gesicht ausdruckslos. *Scheiße.*

Hätte ich nicht gewusst, dass mein Verhalten unmöglich gewesen war, hätte ich es jetzt sicherlich kapiert.

« Dad, ich … », hob ich kleinlaut an, aber Dad ließ mich nicht aussprechen. Seine ganze Körperhaltung war starr, als würde er keinen einzigen Muskel bewegen und sein Gesichtsausdruck war immer noch genauso unscheinbar.

« Weißt du, wie entspannt mein Tag heute gewesen ist? Das Café war ausnahmsweise nicht maßlos überfüllt. » Er schwieg, machte eine kurze Pause und durchbohrte mich danach mit tödlichen Blicken, die mich so unruhig machten, dass ich auf meinem Platz herumrutschte. « Natürlich musste ich nur eine halbe Stunde später einen Anruf von meinem Sohn erhalten. »

Ich seufzte. Musste er mir denn unbedingt die ganze Geschichte aus seiner Perspektive erzählen?

« Ich weiß. Es tut mir leid, dass ich … » Diesmal klang Dads Stimme schneidend, lauter.

« Und dann berichtet er mir, dass ihm etwas an der Uni dazwischengekommen ist und er dich leider nicht aus New York abholen kann! »

Ach so, das war also der Grund für seine Verspätung. « Ich hatte keine andere Wahl als dich abzuholen kommen. »

Dad war wie versteinert.

« Meine bockige Tochter möchte aus New York abgeholt werden. »

Er schüttelte mit dem Kopf. « Deine Mutter hat ein ganzes Wochenende mit dir eingeplant und dir fällt ein, dass du abgeholt werden möchtest. »

Er kratzte sich an der Stirn und auf einmal wirkte er sehr müde. « Du bist fast siebzehn, Leah. Wann wirst du endlich erwachsen? » Das Blut wich mir aus dem Gesicht, meine Gedanken setzten aus. *Wann wirst du endlich erwachsen?*

Meine Unterlippe begann zu zittern. Den Tränen nahe, drückte ich die Tür auf, stieg aus und eilte in Richtung Haustür. Den Weg zu meinem Zimmer kam wir wie ein Fiebertraum vor und als ich mich auf mein Bett schmiss und meine Tränen auf das Bettlaken sickerten, wollte ich nie wieder mein Zimmer verlassen.

***

Sonntage waren immer gleich: langweilig und entspannt. Ich stand um halb elf auf, schlurfte mit ungekämmten Haaren nach unten, schaltete die Kaffeemaschine an und ignorierte Dads Anwesenheit vor meiner Nase. Trotz meiner Entschuldigung gestern, war er was mich anging noch im Eisbad, weshalb ich ihn auch nicht ansprach. Während er am Esstisch weiter Zeitung las und ich mir schweigend meinen morgendlichen Cappuccino zubereitete, sah ich aus dem Fenster. Der Oktober war fast vorbei. Weihnachten stand praktisch schon vor der Tür. Sobald die Kaffeemaschine ausgeschaltet, die Tasse Cappuccino in meiner Hand und die Milch zurück im Kühlschrank landete, setzte ich meine Schritte fort und lief zurück in mein Zimmer.

Gegen Nachmittag war Dad verschwunden und meine Laune noch übler, weil morgen wieder Schule war. Den Tag hatte ich ziemlich unproduktiv verbracht, aber Sonntage waren nun mal dafür da, um faul zu sein. Ich las gerade mein aktuelles Buch, als es unten an der Haustür klingelte.

Oh nein.

Es gab keine schlimmeren Momente auf dieser Welt, als wenn es an der Haustür klingelte. Ich hasste fremde Menschen. Ich hasste es mit ihnen zu sprechen, weil ich mich in ihrer Nähe immer so verdammt unsicher fühlte, dass ich im Erdboden verschwinden wollte. Die Panik, mich zu blamieren, setzte meisten schon ein, wenn ich die Tür öffnete und noch nicht einmal einen Satz gesprochen hatte. Deshalb beschloss ich einfach das Klingeln tapfer zu ignorieren und abzuwarten, bis es endete.

Doch es endete nicht. Die Person vor der Haustür hatte es wirklich zu einer Mission gemacht, meine soziale Angst hervorzulocken und meinen pochenden Herzschlag in einem unnormalen Tempo zu beschleunigen.
Das Klingeln schallte nun durch das ganze Haus und jetzt konnte ich dem einfach nicht mehr aus dem Weg gehen. Die Treppen heruntersprintend, riss ich die Haustür auf.
Den Satz, den ich gerade hastig in meinem Kopf zusammengereimt hatte, sprudelte nur so aus mir heraus. « Danke für das Paket und tschüss! »
Ich streckte die Hand nach dem nicht vorhandenen Paket aus und blinzelte irritiert, als ich eine andere fremde Person vor der Haustür wahrnahm.
Falsch gedacht. Nicht der Postbote.
Stattdessen stand ein Junge vor mir. Ein fremder Junge, der mich über einen ganzen Kopf überragte und mir ein dezentes, freundliches Lächeln schenkte. Die Gedanken in meinem Kopf kamen zu einem abrupten Halt, meine schlechte Laune verpuffte. Meine Augen wanderten über ihn, als würden sie nur darauf warten, dass mein Gehirn ihn in eine von mir ausgesuchte Schublade steckten. Komischerweise passierte das jedoch nicht. Seltsamerweise war es viel zu sehr damit beschäftigt, sein Aussehen ausgiebig zu betrachten. Er hatte leichte schwarze Locken, trug ein weißes T- Shirt und schwarze Sneakers. Ein paar Sommersprossen zeichneten sich auf seiner Wange ab und wenn ich genauer hinsah, nahm ich ein Grübchen wahr. Seine Augen waren hellblau.
Er ist so perfekt wie die Jungen aus meinen Büchern.
« Hey, bist du Leah? »
Gott, seine Stimme war samtweich. Er klang überhaupt nicht nach den Typen in meiner Schule, dessen Stimme so ruppig und emotionslos war, dass es abschreckte. Deren einziges

Hobby aus Zocken und Trinken bestand. Erst, als er mich fragend ansah, realisierte ich, dass er mir eine Frage gestellt hatte.

Sofort lief ich pink an.

« Ähm… ja? » Ich presste die Lippen aufeinander und wollte mich am liebsten ohrfeigen, weil ich so verdammt unfähig war, eine normale Unterhaltung zu führen, ohne mich zu blamieren.

« Ja? », wiederholte ich mit fester Stimme und schaute ihm fest in die Augen. Meinen Ohren waren sicherlich knallrot.

« Und wer bist du? », kam es nun doch etwas unsicher aus mir heraus.

« William. »

William.

« Und warum stehst du vor meiner Haustür? »

« Oh, entschuldige. » Sein Lächeln verrutschte leicht, dann beugte er sich vor, steckte seine Hand in eine blaue Stofftasche und zog einen verzierten Cupcake hervor. « Der ist für dich. »

Dankend nahm ich ihn an und runzelte dann verwirrt die Stirn. « Was… »

« Ich bin dein neuer Nachbar. Wir leben in der Wohnung nebenan. Für ungefähr sechs Monate. » Ich wollte gerade fragen, wen er mit *wir* meinte, da unterbrach er bereits meinen Gedanken.

« Es war schön dich kennenzulernen, Leah. »

Er reichte mir seine Hand und ich erwiderte sie unschlüssig. Dann nahm er die blaue Stofftasche an sich, warf mir noch ein letztes Lächeln zu und verschwand aus meiner Sicht.

Völlig aus der Bahn geworfen, schloss ich die Tür und stand für einen Moment wie festgefroren mit dem Cupcake in der Hand da. Als ich mir einen Ruck gab und probierte, verzog ich innerhalb von Sekunden das Gesicht. Backen konnte dieser

William schon einmal nicht. Auf einmal fiel mir sein starker britischer Akzent auf und die Vertrautheit, die in mir hervorgekommen war, als er mir seinen Namen erzählt hatte. *Das ist Claires Enkel.*

5. Kapitel

Als Kind hatte ich geglaubt, dass wenn man sechzehn oder siebzehn Jahre alt wird, man erwachsen sein würde. Keine Eltern mehr brauchen würde und alles über die Welt wissen würde, was es eben zu wissen gab.
Tja, ich war ein verdammt dummes Kind gewesen. Denn ich würde bald siebzehn sein und fühlte mich innerlich aber immer noch wie vierzehn. Ich hatte keine Ahnung von der Welt, von meiner Zukunft oder über irgendetwas, das in einer Weise später relevant für mich sein würde. Das Schlimmste war, dass ich nicht bereit dafür war. Über die Nachteile die mit dem Älterwerden kamen, hatte ich als kleines naives Kind nicht nachgedacht. Damals wollte ich nur erwachsen werden, damit ich selbst entscheiden konnte, ob ich einen Lolli aß oder nicht. Dass Sachen wie Nostalgie oder Angst auf mich zukommen würden, hätte ich nie gedacht. Wenn jemand nur mit einer Silbe erwähnte, dass ich nächstes Jahr achtzehn sein würde, hatte ich das Gefühl eine Panikattacke zu bekommen. Plötzlich wünschte ich mir, meine Jugend besser verbracht zu haben. Plötzlich wünschte ich mir, wieder vierzehn oder fünfzehn zu sein, um eine zweite Chance dafür zu bekommen. Und wenn ich dann ein Foto oder ein Video von mir in diesem Alter sah, wurde ich schrecklich nostalgisch, als wäre ich eine achtzigjährige Großmutter, die sich Fotoalben von ihren Kindern oder so etwas ansah. Manchmal verstand ich die vielen Gefühle und Ängste nicht, die ich durchlitt. Manchmal verstand ich nicht, warum es mich so verzweifelt machte,

wenn ich mich nicht genau erinnern konnte, was ich am siebenundzwanzigsten Juli letztes Jahr gemacht hatte. Oder welches Buch ich vor zwei Jahren im April gelesen hatte. Die Zeit verging so schnell und ich hatte einfach unfassbar viel Angst davor, mich an nichts mehr erinnern zu können. Mein Gehirn war wirklich eine seltsame Sache. Menschen, die durch ihre Wechseljahre gingen, redeten immer von der zauberhaften Jugend und wie sehr sie sich wünschten, wieder jung zu sein. Ich hatte diese Aussage nie verstanden. Jung zu sein war nicht etwas, das schön und glänzend war. Es waren Zweifel, Selbsthass, Verwirrung, Überforderung, Angst und noch so vieles mehr. Ich konnte mir nicht vorstellen, mir später einmal zu wünschen, all das erneut zu durchleben.

« Leah! » Das Rufen meines Vaters wecke mich aus meinem Halbschlaf und ich richtete mich erschrocken auf.

« Du musst jetzt aufstehen, okay? Der Bus fährt in einer halben Stunde. »

Ich nuschelte irgendetwas, das keinen Sinn ergab, weil es frühmorgens war. Dad, der noch immer am Türrahmen stand, machte Anstalten zu gehen.

« Frühstück steht unten. Vergiss nicht den Tisch abzuräumen, ja? Ich muss jetzt los. »

Er wollte gerade gehen, da drehte er sich nochmal um.

« Hast du das gehört? »

Meine Antwort war ein gereiztes Stöhnen.

« Ja, habe ich. »

Dad seufzte. « Okay, hab einen schönen Tag. »

Damit ging er und ich kuschelte mich wieder in meine herrlich warme Bettdecke. Eine halbe Stunde später riss ich schockiert die Augen auf und realisierte erst dann, dass ich *nun* völlig verschlafen hatte.

***

Mit meinen wirren Haaren, die unordentlich in einer Klammer hochgesteckt waren, meinem T- Shirt mit einem riesigen unbekannten Fleck und mit meinen weißen Sneakers, die das Gegenteil von weiß waren, sprintete ich zur Bushaltestelle.

Endlich dort angekommen, japste ich nach Luft, als wäre ich einen Marathon gelaufen und setzte mich schwerkeuchend in die Bushaltestelle.

« Fuck! »

Von meinem Bus war nicht die geringste Spur. Er war abgefahren und ich war zu spät gekommen.

« Fuck », wiederholte ich erneut, weil mir einfiel, dass ich vergessen hatte, den Frühstückstisch abzudecken. Das würde Ärger mit Dad geben. Die Hand zu einer Faust ballend, raufte ich mir mit der anderen Hand die Haare. Sollte ich mit dem Fahrrad zur Schule fahren?

Ein Geräusch neben mir, ließ mich zusammenzucken und ich hob überrascht den Kopf.

Schwarze Locken. Blaue Augen. Es war der fremde Junge von gestern. Claires Enkel. William lehnte an der Bushaltestelle und hatte meinen Ausbruch halb amüsiert, halb neugierig beobachtet. Meine Wangen wurden heiß und ich wandte schnell den Kopf ab. Hatte er schon die ganze Zeit dort gestanden? Ich hatte ihn tatsächlich übersehen.

« Keine Sorge. Ich habe den Bus auch verpasst. »

Er lächelte mir freundlich zu. « An meinem ersten Tag auf der neuen Schule. » Ich nickte gedankenverloren. « Das ist echt blöd. »

Unser Gespräch war lahm, das fiel uns beiden sofort auf. « Also bist du aufgeregt? »

Ein noch lahmerer Versuch das Gespräch interessanter zu machen. William lachte.
« Ja, ein bisschen schon. »
Wir schwiegen, mit jeder Sekunde wurde es unangenehmer. William kaute auf seine Unterlippe herum. « Claire hat dir schon alles über mich und meine Mom erzählt, richtig? »
« Richtig », bestätigte ich und zwang mich zu einem kleinen Lächeln.
William erwiderte es sichtlich erleichtert. « Claire hat mir auch von dir erzählt. »
« Oh. »
Das hatte ich nicht erwartet.
« Was denn? »
« Nicht viel. Nur dass du mit deinem Vater in Walton lebst, introvertiert bist und gerne Bücher liest. »
Ich lachte trocken. « Wow, okay. »
Wieder eine lange Pause. Mir wurde gleich schwarz vor Augen. Es konnte doch nicht sein, dass er genauso schlecht im Smalltalk war wie ich. Räuspernd wollte ich ihm gerade mitteilen, dass ich mich auf den Weg nach Hause machen würde, da unterbrach er ruckartig die Stille.
« Jetzt, da wir beide den Bus verpasst haben, könnte ich das Auto von meiner Großmutter nehmen und uns hinfahren. »
Als ich nicht sofort antwortete, warf er mir einen fragenden Blick zu. « Was meinst du? »

Ungefähr zehn Minuten später saßen wir in einem Jeep, während William versuchte den Motor zu starten. Zuerst bekam ich ein mulmiges Gefühl im Bauch. War William nicht ein Fahranfänger? Verstohlen blickte ich zu ihm herüber.
Beruhig dich. Er weiß sicher, was er tut.

« Warum fährst du noch mit dem Bus, wenn du einen Führerschein hast? », versuchte ich also ein Gespräch anzufangen.

William warf mir einen kurzen Seitenblick zu.

« Weil wir das Auto von meiner Großmutter benutzen, solange wir hier sind. Außerdem möchte meine Mutter nicht, dass ich kurze Strecken mit dem Auto bewältige. Ihr ist das Klima ziemlich wichtig. »

« Verstehe », nickte ich.

Der Motor brummte einmal laut auf und dann fuhren wir los. Nach einer Weile kehrte die vertraute Nervosität in mir zurück. Die, die immer auftauchte, wenn ich es mit fremden Menschen zu tun hatte. Die Tatsache, dass es in dem Auto auch noch fürchterlich still war, machte es nicht besser. Atmen kam mir plötzlich unmöglich vor. Williams Blick schnellte zu mir, so kurz, dass ich bereits dachte, ich hätte mir es nur eingebildet.

« Ist es okay, wenn ich meine Playlist anmache? Ich höre gerne Musik, wenn ich fahre. »

Eine Mischung aus Abscheu und innerlichem Widerstand machte sich in mir breit, doch ich schluckte es tapfer herunter. Mir war bewusst, dass gleich die allerschrecklichsten Töne eines widerlichen Songs durch das Auto hallen würden. Rap, der entweder einen Haufen Rassismus oder Frauenhass beinhalltete. Durch die Typen auf der Walton High hatte ich mich an den Gedanken gewöhnt, dass Jungs einfach nicht sozial waren und so eine Scheiße von Musik toll fanden. Allerdings fuhr Claires Enkel mich gerade zur Schule und ich konnte ihm schlecht verbieten, seine grauenhafte Musik anzumachen, wenn er das wollte. Ich hatte schließlich kein Recht dazu.

« Okay », murmelte ich also, faltete die Hände zusammen und legte sie auf meinen Schoß.

Tief ein und ausatmen. Die Fahrt ist sicherlich bald vorbei.

Für einen Moment war es still, dann ertönte ein himmlisches Intro von…

« Cigarettes After Sex. »

Sprachlos drehte ich mich auf meinem Beifahrersitz zu William um. « Du hörst *Sunsetz* von Cigarettes After Sex. »

Er schmunzelte. « Ich kenne den Song. »

« Nein, das… »

Unwissend wie ich den Satz beenden sollte, blinzelte ich ihn perplex an. Meine Nervosität von gerade war merkwürdiger Weise wie in Luft aufgelöst.

« Das kann nicht sein. Ich kenne alle Jungs auf diesem Planeten, glaub mir. Keiner von ihnen hört so eine Band. »

Und ich liebe diese Band. Gleichgültig zuckte William mit den Schultern. « Dann haben sie keinen Geschmack. » *Wow.*

Ich konnte nicht fassen, was da aus seinem Mund kam. Mir wurde kalt, dann warm. Auf einmal fühlte es sich so an, als wäre innerhalb von ein paar Sekunden der Hochsommer ausgebrochen. Meine Wangen waren rot, das spürte ich. « Welche… » Ich musste mich räuspern, verunsichert spielte ich mit einer Haarsträhne, die sich aus meiner Klammer gelöst hatte.

« Welche Künstler hörst du noch? » In Gedanken versunken zählte er sie am Finger ab.

« Lana Del Rey, ein bisschen Coldplay, Cigarettes After Sex und The Smiths. » Eine Furche grub sich in seine Stirn, so als ob er den Sinn meiner Frage nicht ganz verstand. Während er mich verblüfft musterte, starb ich im Inneren vor Entzückung.

Oh. Mein. Gott. Oh. Mein Gott. Oh. Mein Gott.

Das waren alles Künstler, die auch ich hörte. Die auch ich liebte. Ein ganzer Bienenschwarm brach in meinen Bauch aus. Plötzlich konnte ich nicht mehr woanders hinsehen, *er* war mein einziges Ziel. Seine Lippen. Das Grübchen. Seine honigweiche Stimme. Er war… perfekt.

« Bist du aus einem Liebesroman entschlüpft, oder was? », platzte es aus mir heraus, bevor mein Gehirn filtern konnte, was eigentlich über meine Zunge rollte. Hitze vor Scham überrollten mich in Wellen und ich musste instinktiv den Blick abwenden, um nicht zu explodieren.

« Was? » William wirkte offensichtlich verwirrt, verbarg es jedoch geschickt durch ein halbherziges Lächeln. Mein ganzer Körper kribbelte.

« Ich glaube, ich liebe dich », dachte ich und nahm leider zu spät wahr, wie sich Williams Gesichtsausruck vor Erstaunen verzog. *Hatte ich das etwa laut gesagt?!*

« Weißt du was? »

Ich lachte hysterisch und war mir hundertprozentig sicher, dass ich inzwischen einer Tomate ähnelte. Jedenfalls fühlte es sich so an.

« Ich muss aussteigen. Kannst du anhalten? »

William zögerte. « Wir sind doch gleich da. »

Fahrig schaute ich aus dem Fenster. Er hatte recht. Noch ein kleines Stück, dann erreichten wir die Walton High. « Super, dann kann ich den Rest ja laufen », rief ich übertrieben enthusiastisch und warf ihm einen energischen Blick zu.

« Halt an. »

Seine Reaktion bestand aus einem leisen Lachen. « Okay. » Er ließ mich beim Fußgängerweg aussteigen und bevor er davonfahren konnte, steckte ich den Kopf ins Auto. « Danke, dass du mich gefahren hast », sagte ich sehr nüchtern.

« Aber mir ist gerade eingefallen, dass mir Bewegung gut täte, deswegen… »
« Läufst du jetzt die letzten Meter », beendete er meinen Satz und grinste amüsiert.
« G-Genau », stotterte ich, überfordert von seiner Anwesenheit.
« Vielleicht sehen wir uns ja nochmal », fügte ich leise hinzu.
« Bestimmt », antwortete er und winkte mir zu. « Bis dann. »
« Bis dann », murmelte ich und verfluchte mich dafür, wie unsicher meine Stimme klang. Als er davon brauste, wurde mir erneut schrecklich bewusst, was ich da im Auto gesagt hatte.
« Hey! », schrie ich und rannte völlig überstürzt hinter ihm her. « Nur damit das klar ist: ich *liebe* deinen Musikgeschmack und nicht dich! »

***

« Du warst in New York? »
Megan redete so laut, dass selbst die Schüler aus der letzten Reihe lauschen und mitbekamen worüber wir gerade redeten. Geschichte bei Mr. Smith war fast immer eine gute Gelegenheit, um etwas zu quatschen, aber eigentlich so, dass nicht jede Person in unserem Umfeld es mitbekam. « Gott, ich wünschte, ich hätte die Gelegenheit dazu », seufzte sie nun laut und verdrehte die Augen. Mein Kopf wurde mit jeder Sekunde röter.
Wenn sie nicht gleich aufhören würde, durch den ganzen Raum zu schreien, würde ich noch durchdrehen. Mein Herz klopfte mir sowieso aufgrund meiner sozialen Angst bis zum Hals, da brauchte ich nicht noch mehr Stress. Außerdem

würde Mr. Smith gleich ebenfalls aufmerksam auf sie werden, wenn sie ihre Stimme nicht senkte.

Ich konnte mir bereits bildlich vorstellen, wie eine seiner grauen, buschigen Augenbrauen nach oben wanderte.

Ich wünschte es wäre Pause. Dann könnte ich endlich dieses stickige Klassenzimmer verlassen. Weg von all diesen Blicken auf mir.

« Ich würde *alles* dafür geben, dieses nutzlose Kaff endlich verlassen zu können », holte mich Megans Stimme wieder ein. « Wie war es? Hast du das Empire State Building gesehen? »

In diesem Moment fing ich einen Blick von einem Schüler links neben mir ein. Er spielte unter dem Tisch auf seinem Handy ein Spiel und als er den Kopf hob und mich ansah, musste ich plötzlich an William denken. An seine blauen Augen und an das Lächeln, das um seine Lippen gespielt hatte. Mir wurde ganz warm, als ich an ihn dachte. Das Kribbeln in meinem Bauch verstärkte sich. Die Anspannung und der feste Knoten in meinem Bauch lockerte sich ein wenig.

« Was ist? » Megan schaute mich an, als wäre ich ein Alien. « Warum lächelst du so? »

Ich errötete. « Ach nichts. »

« Sag schon », bettelte Megan. « Denkst du an den heißen neuen Typen aus dem Senior Year? »

Was?

« Welchen heißen neuen Typen aus dem Senior Year? », fragte ich leise wispernd, um sicherzugehen, dass wir den gleichen Jungen meinten.

« William heißt er », lautete ihre Antwort und schlagartig verging mir mein schwärmerisches Lächeln.

Sie mochte ihn.

« Du magst ihn, was? », raunte Megan und zwinkerte mir verschwörerisch zu. Mein Kopf war plötzlich so blank und leer wie mein Mathewissen. Was sollte ich denn darauf auch erwidern?

Wir sind heute zusammen mit dem Auto seiner Großmutter zur Schule gefahren, weil wir beide den Bus verpasst haben und als er anfing meinen Musikgeschmack zu spielen, habe ich mich instinktiv in ihn verliebt. Ich kannte ihn doch gar nicht.

Megan grinste wissend, als hätte sie in meinen Kopf geguckt.

« Er gehört dir. Ich fand ihn sowieso etwas… seltsam. »

« Seltsam? »

Megan nickte heftig. « Er ist zwar wirklich heiß, aber irgendwie hat er auch so eine komische Art an sich. Als wäre er ein Nerd oder so etwas. »

Möglicherweise ist William der einzige Junge im Umkreis, der schlau ist.

« Warte, was ist mit deinem Freund? », entfuhr es mir urplötzlich.

Wie konnte Megan über William schwärmen, wenn sie in einer Beziehung sein sollte?!

« Er hat letzte Woche Schluss mit mir gemacht », murmelte sie ohne wirklich bekümmert zu wirken.

« Oh, das tut mir leid », erwiderte ich, doch sie zuckte nur mit den Schultern.

« Soll der Arsch sich eben verpissen. Juckt mich ja nicht. »

Mein Mund klappte auf… und schloss sich wieder, als es eine halbe Minute später klingelte. Megans Beziehungsdrama war mir sowieso viel zu kompliziert und kindisch und weil ich wusste, dass wir nie die Pausen miteinander verbrachten, hetzte ich so schnell es ging aus dem Klassenraum.

Eilig verband ich mich mit meinen Kopfhörern. Innerhalb von Sekunden schallte *Is It Over Now?* von Taylor Swift durch meine Kopfhörer.

Als ich die Treppen herunter lief und mir eine Gruppe von Mädchen entgegen kam, verspannte sich augenblicklich mein ganzer Körper. Blitzschnell ließ ich meine rechte Hand hinter meinem Rücken verschwinden und beschleunigte meine Schritte. Das Blut schoss mir ins Gesicht, als eins der Mädchen mich perplex anstarrte. Mein Herz raste mir bis zum Hals. Hatte sie meine Spastik entdeckt? Hatte ich einen Fleck auf meinem Pullover? Hörte man meine Kopfhörer?

Mein Gehirn suchte nach Antworten, die Luft wurde immer dünner und mein Magen zog sich eng zusammen. Der Blickkontakt zu dem Mädchen brach und sie drehte sich um. Da fing sie an zu kichern und ihre Freundinnen taten es ihr nach. Mein Herz rutschte mir in die Hose, mir wurde übel.

Sie haben über mich gelacht. Sie liefen an mir vorbei, während ich die Treppen herunterlief und auch als sie schon lange nicht mehr zu sehen waren, blieb das dunkle Gefühl nicht aus.

Umzingelt von Tafeln und Stühlen, stand ich schließlich hilflos in der Cafeteria. Das Mädchen noch direkt vor meinen Augen. *Sie haben über mich gelacht.* Finster blickte ich auf meine rechte Hand herab und hätte sie am liebsten abgeschnitten.

Warum musste ich auch immer so verdammt peinlich sein? Warum musste jede verdammte Körperzelle in mir unsicher sein?

Wahrscheinlich waren sie auch noch jünger als ich und hielten mich für ein kleines lächerliches Kind. Ihr Kichern spielte sich erneut in meinem Gehirn ab und meine Hände ballten sich zu Fäusten. Grenzenlose Wut auf mich selbst drohte mich zu überfallen. Der Rest Selbstkontrolle in mir, war auf dem sicheren Weg sich zu verabschieden. Ich spürte förmlich, wie mir jede Vernunft entglitt und mein Gehirn abschaltete. Taylor Swifts Stimme verstummte. Jetzt übernahm die Wut und der aufkommende Selbsthass das Ruder und der Flashback an das Mädchens auf der Treppe überflutete meinen Verstand. Ihr abschätziger Blick. Das Flackern in ihren Augen, sobald sie sich zu ihren Freundinnen umdrehte. Das Lachen, das sie ausstieß. Das spöttische Kichern ihrer Freundinnen. Es war nur ein Moment gewesen, höchstens ein paar Sekunden.

Doch für meinen Kopf war es eine Filmdauer, die wohlwollend von meinem Selbsthass gespeichert wurde. « Hey. »

Ich zuckte zusammen.

Die fremde Stimme, die aus meiner Nähe kam, riss mich aus meiner Trance und ich wirbelte herum. Meine Kopfhörer flogen aus meinen Ohren, landeten geräuschvoll auf den Boden. *Is It Over Now?* schallte hörbar durch sie durch.

Jeder in diesem Raum wusste nun, dass ich Taylor Swift hörte. Hitze nahm Besitz von meinem Körper ein, bückend ergriff ich die Kopfhörer und schaltete sie aus. Vorsichtig richtete ich mich wieder auf und begegnete tausenden Blicken. Ein paar von ihnen verurteilend, wütend, gereizt oder angeekelt. Wäre mein Gesicht nicht sowieso schon purpurrot, wäre das hier der perfekte Moment dafür. Ein Junge mit schwarzen Locken stand gegenüber von mir und mein Herzschlag setzte aus.

Ausgerechnet William.

Konnte dieser Tag noch schlimmer werden?

« Hey », wiederholte er, als ich die Kopfhörer mit zittrigen Händen in meinen Rucksack verstaut hatte. « Alles okay? Du hast vorhin so ausgesehen, als wärst du weit weg. »

« Mir geht`s gut », bestätigte ich nervös und verschränkte die Arme vor meiner Brust, damit er nicht sehen konnte, dass meine rechte Hand hingegen zur linken Hand merkwürdig aussah.

Dann müsste ich ihm nämlich erklären, dass ich eine Spastik habe.

Und dann war ich mir zu hundertprozentig sicher, dass ich die Fassung verlieren würde.

Ich presste die Lippen aufeinander und schielte unbehaglich nach links. Jeder. Schaute. Mich. An.

Hastig wandte ich den Kopf ab. Unmöglich konnte ich hier die Mittagspause verbringen. Gerade als ich Anstalten machte, die Cafeteria zu verlassen, spürte ich seine Hand. Seine Hand, die nach meiner linken Hand griff.

« Was ist los? », wollte er wissen und der Klang seiner Stimme ließ mich erschaudern. Widerwillig drehte ich mich zu ihm um.

« Jeder schaut mich an », murmelte ich. William folgte meinem Blick, eine Furche grub sich in seine Stirn.

« Niemand schaut dich an. » Ein hysterisches Lachen krabbelte meinen Hals hoch. Sah er es denn nicht? Ich spürte sie. Ich spürte ihre Blicke überall. Sie brannten auf meiner Haut wie Feuer. Jeder von ihnen hinterließen eine große Brandwunde.

« Ich sitze da hinten », informierte mich William und deutete auf einen kleinen Ecktisch in der Ecke abseits von allen anderen Tafeln. « Du sitzt alleine? »

Verblüfft musterte ich ihn. William zuckte nur mit den Schultern.

« Ich hatte noch keine Gelegenheit irgendjemanden kennenzulernen. »

Gemeinsam liefen wir zu seinem Platz und ich blieb unschlüssig davor stehen.
« Willst du dich neben mich setzen? », fragte er und mein Herzschlag beschleunigte sich.
« Meine… meine Freundin ist heute nicht da. Also … ja », stammelte ich und verfluchte mich selbst kurz dafür. *Was war denn bloß los mit mir?*
« Okay. » William lächelte leicht und ich war instinktiv froh, dass er mich nicht auf meine Unsicherheit ansprach geschweige denn darauf achtete. Während ich ihm völlig verkrampft zu seinem Platz folgte, bereute ich es bereits ja gesagt zu haben.

***

Die Unterhaltung mit William in der Cafeteria war sehr unangenehm gewesen. Wenn ich nicht gewusst hätte, dass ich schlecht darin war, fremde Menschen kennenzulernen, hätte ich es jetzt realisiert. Die ganze Zeit über war ich hektisch und nervös gewesen. Meine Wangen hatten sich glühend heiß angefühlt und mein Gehirn hatte immer wieder dafür gesorgt, dass ich den Moment im Auto nicht vergessen konnte.
Ich glaube, ich liebe dich, hatte mir die Stimme in meinem Kopf stets spöttisch zugeflüstert. Nur um mir zu beweisen, dass ich mich nicht integrieren konnte.
Schlecht gelaunt stieg ich aus dem Schulbus und eilte von dem Fußgängerweg auf *Brownies & Co* zu. Manchmal half ich gerne im Café aus, wenn ich mich aufgrund an der mangelnden Anzahl an Hobbys, die ich betrieb, einsam und langweilig fühlte. Meistens war ich dann zwischen drei bis fünf Stunden da. Mein alltägliches, gleichbleibendes Leben hatte deshalb sogar ein paar Vorteile, wie ich zugeben musste.

Einer von ihnen, war, dass sich mein Taschengeld, das Dad mir jeden Monat auf mein Jugendkonto überwies, enorm stieg.
Die letzten Klänge von dem Song, den ich gerade hörte, vergingen, als mir Dads Café entgegen blickte und ich einige Momente später, an dem Türgriff zog. Mit einem Quietschen öffnete sie sich und ich trat über die Türschwelle. Die vertraute Glocke, die jedes Mal, wenn jemand den Laden betritt, aktiviert wurde, läutete und die Anspannung wich aus meinem Körper. *Endlich.* Hinter dem Tresen standen Mia und Tristan, die zwei Aushilfen, die Dad vor zwei Wochen eingestellt hatte.

« Hey, Leah, willst du einen Cappuccino? », rief mir Tristan da auch schon zu. Grinsend eilte ich zum Tresen. Meine Sucht nach Cappuccino kannten sie auch schon längst. « Bitteschön. »

Tristan reichte mir die heiße Tasse über den Tresen und zog einen verschmitzten Gesichtsausdruck.

« Das macht dann vier Dollar. » Ich rollte gutmütig mit den Augen. « Spinner. »

Tristan lachte. Während ich einen Schluck von meinem Cappuccino nahm, stellte sich Mia zu uns und betrachtete mich stirnrunzelnd. Wie immer hatte sie ihre braunen Haaren zu einem unordentlichen Dutt gebunden und ihren Eyeliner so präzise gezogen, dass man meinen konnte, sie würde nach ihrer Schicht im Café noch auf ein Date gehen. Der matte auffällige Lippenstift, den sie stets trug und der Eyeliner war jedoch einfach ein Teil ihres Make-Ups und kein besonderer Anlass. Außerdem hatte Mia sowieso seit einigen Wochen eine feste Freundin.

« Hilfst du heute wieder mit aus? », fragte sie nun.

Ich nickte. « Wahrscheinlich schon. »

Zuhause hatte ich eh nie etwas zu tun und die Zeit mit Tristan und Mia machte immer mehr Spaß als Zuhause alleine herumzusitzen. Ich erinnerte mich noch genau an den Tag, an dem es noch nicht so gewesen ist.
« Super. » Sie strahlte. Dann sah sie betreten zu Tristan herüber. « Wenn du da bist, kommt er auch vielleicht auf andere Gedanken. »
« Andere Gedanken? »
Mia seufzte. « Stella hat gestern Abend mit ihm Schluss gemacht. »
« Was?! »
Mein Blick huschte zu Tristan, der verdächtig lange einen Teller abspülte. Offenbar hatte er unsere Gesprächsfetzen mitbekommen.
« Tristan? », hob ich vorsichtig an. Dieser wirbelte zu uns herum, stellte den Teller ab und verschränkte die Arme vor der Brust. « Ich bin darüber hinweg. Stella kann mir gestohlen bleiben. » Mia warf mir einen kurzen Seitenblick zu. Das war Bestätigung genug.
« Das klingt aber gar nicht nach dem Tristan, der heute Morgen die Schule geschwänzt hat, weil er angeblich krank ist », konterte Mia. Tristan schaute sie nicht an. « So ein Quatsch! Ich… »
« Und der mir danach eine ganze Stunde lang am Telefon die Ohren vollgejammert hat. Dass sein Zimmer nicht mehr nach ihrem Parfum riecht, dass sein Leben keinen Sinn mehr hat und dass er jetzt nur noch für den Rest seines Lebens Netflix schauen wird, um sich von seinem Herzschmerz abzulenken. »
« Neun Monate und fünfzehn Tage! »

Tristans ruhige, demonstrativ aufgesetzte Fassade bröckelte und bröckelte, bis sie wie eine Mauer in sich zusammen stürzte. « Sie hat uns einfach weggeschmissen, als hätte ihr die Zeit mit mir nie etwas bedeutet! »
« Woher weißt du, dass es exakt neun Monate und fünfzehn Tage waren? »
„Er hat eine App für so etwas", verriet mir Mia kichernd und wurde kurz darauf mit einem Hieb von Tristan gegen den Ellenbogen bestraft. « Das sollte ein Geheimnis zwischen uns bleiben », zischte er und ich gluckste. Tristan konnte schon ziemlich niedlich sein. Wie jetzt zum Beispiel als er beschämt den Kopf senkte und dabei knallrot wurde.
« Tisch Nr. 2 wartet schon ziemlich lange auf ihre Bestellung », murmelte er. « Wir werden schließlich nicht bezahlt um dumm rumzustehen. »
Während er kehrt machte, musste Mia sich ein Lachen verkneifen. « Sie hat dich nicht verdient », rief sie hinter ihm her. « Sie wollte immer, dass er sich seine Haare schneiden lässt », erklärte sie zu mir gewandt.
Oh. Mia und ich machten uns zwar ab und zu über Tristans lange blonde Haare lustig und benannten sie als Mähne, aber wenn jemand wie Stella nur länger mit ihm zusammen bleiben würde, wenn er seine Haare kurz schneiden würde, war das ziemlich toxisch. Also war es so gesehen sogar gut für ihn, dass sie ihn verlassen hatte.

***

Tristan, Mia und ich arbeiteten eine Stunde lang und redeten wenig. Irgendwann war Dad dazu gekommen und hatte mich daran erinnert, dass ich nicht eingestellt war und deshalb auch nach Hause gehen durfte, wenn ich das wollte. Doch da es heute ausnahmsweise nicht so voll im Café war, war die Atmosphäre angenehm und nicht zu laut.

Eine Gruppe älterer Frauen saßen in der beliebten Sofaecke direkt am Fenster.

Ich spülte gerade ein paar Teller und Tassen ab und stellte sie auf die Spüle, um sie später abzutrocknen, als ich ein *Hey* am Tresen vernahm.

Normalerweise hätte mein Gehirn in den Hilfe-mich-spricht-eine-fremde-Person-an-Modus um geschaltet und ich hätte mich mit einem aufgesetzten Lächeln im Gesicht umgedreht und hätte das getan, was ich bereits seit einer Stunde tat, aber es war *seine* Stimme.

Seinen Gesichtsausdruck konnte ich mir dabei sogar bildlich vorstellen. Bestimmt lächelte er wieder so schrecklich süß und schief, dass mein Herzschlag diesmal nicht aus sozialer Angst aussetzte. Bestimmt würde mein Blick erneut an seinen Lippen heften bleiben und bestimmt müsste ich quietschend ins Badezimmer rennen, wenn er mir wieder erzählte, dass er Cigarettes After Sex hörte.

« Hallo? », drang diese samtweiche Stimme erneut an mein Ohr und ich fürchtete, dass der Teller in meiner Hand gleich auf dem Boden fallen würde.Prompt drehte ich mich um und scannte das komplette Café mit einem schnellen Blick.

Konnten Tristan oder Mia nicht für mich einspringen? Doch die beiden nahmen gerade Bestellungen auf und konnten nicht zum Tresen kommen.

Verdammt!

Warum musste Claires Enkel auch ausgerechnet heute ins *Brownies & Co* kommen?

Seufzend ließ ich den Teller sinken und drehte mich zum Tresen um.

« Hi », piepste ich kaum hörbar.
« Was möchtest du bestellen? » Mir war bewusst, dass ich rot anlief, doch ich beschloss es, tapfer zu ignorieren. « Ich wusste gar nicht, dass du hier arbeitest », kam es anstatt einer Bestellung von ihm zurück. Schwang Neugier in seinem Tonfall mit? Nein, ich musste mich wohl irren.
« Ich arbeitete hier nicht », beantwortete ich seine Frage sachlich. « Das Café gehört meinem Vater. Ich helfe manchmal aus. »
« Und, macht es dir Spaß? », wollte William wissen und genau in diesem Moment, als die Worte seinen Mund verließen, wollte ich schreien.
Merkte er denn nicht wie verkrampft diese Unterhaltung war? Wie unwohl ich mich fühlte? Am liebsten wäre ich im Boden versunken.
« Ja », nuschelte ich und hätte mir für dieses eine Wort bereitwillig eine Backpfeife geben können. Die Stimmung wurde mit jeder verstrichenen Sekunde unangenehmer.
Ich will hier nicht stehen. Ich will hier nicht stehen. Ich will hier nicht stehen.
« Okay, ähm… was möchtest du bestellen? », fragte ich ihn nach einer langen Pause zum wiederholten Mal, nachdem ich mich geräuspert hatte. Die Erleichterung, die über Williams Gesichtszüge huschte, tat weh. Plötzlich wollte ich doch weiter mit ihm reden und hoffte insgeheim, dass er mich nicht langweilig fand, nur weil ich zu nervös war, um ein Gespräch am Laufen zu halten.
« Nur einen Cappuccino bitte. »
« Kommt sofort », murmelte ich und machte mich mit schwitzigen Händen an die Arbeit. Wohlwissend, dass Williams stechender Blick auf mir lag.
Gott, wie sehr ich das hasste.

« Bitte sehr », flüsterte ich atemlos und reichte ihm die Tasse. « Oder möchtest du nicht bleiben? »
« Doch », erwiderte William und sah sich nach einem freien Platz um. « Nur… »
« Du kannst den Platz am Fenster nehmen », schlug ich ihm vor und deutete auf die Reihe Couches in der linken Ecke am Fenster. Überrascht musste ich feststellen, dass dieser besetzt war. Irritiert ließ ich den Blick über die Tische schweifen und musste zu dem Entschluss kommen, dass kein einziger Platz mehr frei war. Wie war es auf einmal so voll geworden? Mein Gehirn hatte anscheinend erfolgreich alle Geräusche, Bewegungen und das Stimmengewirr ausgeblendet, um sich auf William fokussieren zu können.
« Okay… » Ich zögerte. « Dann musst du am Tresen sitzen bleiben. Wenn dich das stört, könnte ich dir die Tasse in einen Becher umfüllen, damit du den Cappuccino mit nach Hause nehmen kannst. »
« Nein, alles gut. Ich bleibe hier. »
Meine Schultern sackten nach unten.
« Gut. »
Er wird mich aber nicht die ganze Zeit beobachten, oder? Denn ich glaubte nicht, dass ich das überleben würde.
Rasch ging ich zurück zum Waschbecken und begann das schmutzige Geschirr, das Tristan und Ella dort im Laufe der Zeit gestapelt hatten, abzuwaschen. Es dauerte ungefähr zwanzig Minuten und sobald ich fertig war, schritt ich zurück zum Tresen.
« Kann ich dir noch irgendetwas bringen? » Wieder schenkte er mir dieses schiefes Lächeln, das mein Herz zum Flattern brachte.

« Nein, aber ich *liebe* diesen Cappuccino », sagte er. Ein Lächeln umspielte seine Mundwinkel. Ich erstarrte. Mit diesem einzigen Satz hatte er das Eis zwischen uns gebrochen.
« Schön », schnaubte ich verärgert. « Aber ich meinte deinen Musikgeschmack. » William lachte. « Ja, ich weiß. » Meine Verärgerung über seinen Kommentar senkte sich etwas.
« Also, was machst du hier? Bist du nur hierhergekommen, um einen Cappuccino zu trinken, oder was? »
Das Konzept kam mir irgendwie merkwürdig vor. Schließlich konnte man das auch Zuhause.
« Nein. » William seufzte.
« Meine Mutter hat mich dazu gedrängt. Sie meinte, es wäre gut, wenn ich die Kleinstadt ein bisschen kennenlernen würde. »
« Wie gefällt es dir denn in Walton? »
Diesmal lächelte er nicht. Stattdessen wirkte er eher unschlüssig. « Ich weiß es noch nicht. Ich denke, ich habe noch ein bisschen Heimweh nach Cornwall. » Mitgefühl erfasste mich völlig unerwartet.
« Das tut mir leid. Heimweh kann echt schlimm sein. » Verzweifelt suchte ich nach einem aufmunterten Satz.
« Mit der Zeit wird es bestimmt besser », schob ich schnell hinterher. « Wenn… wenn irgendwas ist, kannst du gerne mit mir sprechen, wenn du möchtest. Wir wohnen schließlich jetzt nebeneinander. »
Direkt wurden seine Gesichtszüge weich und seine babyblauen Augen begannen zu strahlen. « Danke. » Mein Herz hüpfte, als würde es sich auf einem Trampolin befinden und die Aufgabe war es, mit jedem Takt schneller zu werden.
« Leah, kannst du da vorne übernehmen? »
Mias Stimme riss mich aus den Gedanken und ich hob den Kopf. Sie sah zu mir herüber, in ihren Augen blitzte etwas auf.

« Wenn du später Hilfe beim Tragen brauchst … »
« Ich bekomme das hin », unterbrach ich sie schroff und widmete mich Claires Enkel zu.
« Ich muss dahinten… genieß deinen Cappuccino », stotterte ich an ihn gewandt und floh.
Meine Füße setzten sich in Bewegung, doch innerlich war ich ganz weit weg. Denn mein Herz hüpfte und hüpfte und hüpfte pausenlos auf diesem dämlichen Trampolin. Und alles woran ich denken konnte, waren blaue Augen, Cigarettes After Sex und schwarze Locken.

Vor zwei Wochen

« Hey, Dad », rief ich, sobald ich *Brownies & Co* betrat und zum Tresen herüberlief. Nachmittags verspürte ich immer die Lust im Laden mitzuhelfen. Und da ich meine Hausaufgaben bereits erledigt hatte, war das gar kein Problem.
« Leah, darf ich dir Tristan und Mia vorstellen? »
Dad, der hinter dem Tresen stand, deutete auf zwei unbekannte Personen, die einzelnd hinter ihm auftauchten und sich neben ihm einreihten.
« Mia und Tristan sind Studenten und helfen mir von nun an im *Brownies & Co* als Aushilfen. »
« Leute, das ist meine Tochter Leah. » Dad zeigte auf mich und mir wurde heiß.
« Ja, hi », nuschelte ich und spielte nervös mit einer Haarsträhne.
« Ich… ich helfe manchmal auch hier aus. »

« Das ist schön. » Diese Mia lächelte mich offen und herzlich an und schüttelte meine Hand. Tristan, ein groß gebauter Typ mit langen, blonden, vollen Haaren grinste mir zu.
« Magst du Kaffee? »
Meine Mundwinkel hoben sich ein kleines Stück.
« Oh ja, ich liebe Kaffee. Vor allem Cappuccino. »
« Na dann. » Tristan zwinkerte mir zu und begann die Kaffeemaschine anzuschalten, die ich bereits auswendig kannte.
« Deine Bestellung kommt sofort. » Doch er schien sichtlich mit der Kaffeemaschine und ihrer Bedienung zu kämpfen. Ich schmunzelte.
« Soll ich dir zeigen, wie es geht? »
« Ja, bitte. » Tristan wirkte peinlich berührt.
« Sorry, das ist mein erster Tag. »
« Alles gut », winkte ich ab und machte Platz, um mich vor treten zu lassen. Mia lachte im Hintergrund.
« Leahs Gehalt sollte jetzt schon höher sein als deins, Tristan. »
Tristan lachte. « Stimmt. »
Ich lachte unbeholfen etwas mit, weil ich haargenau wusste, dass sie versuchten die Spannung in unserem Gespräch zu lösen.

« Ich übernehme den dritten Tisch », murmelte ich ein wenig später in Richtung von Tristan und Ella und eilte eilig um den Tresen herum. Mein Herz klopfte mir zwar bis zum Hals vor Aufregung, die ältere Frau, die hinter dem dritten Tisch saß, anzusprechen, aber ich riss mich am Riemen und versuchte tief durchzuatmen.
« Was kann ich Ihnen bringen? » fragte ich höflich und versuchte so gut wie möglich ein selbstbewusstes Lächeln aufzusetzen, dabei verkrampften sich meine Hände bereits. Die ältere Frau strahlte mich an.

« Ich nehme ein Stück Blaubeerkuchen, einen Espresso, zwei Zitronenmuffins, zwei Latte Macchiatos und einen Brownie. »
Fast hätte ich entgeistert aufgeschnaubt. *Wer zur Hölle bestellt denn so viel ?*

Ich hatte bereits Schwierigkeiten das Alles auf meinen Block aufzuschreiben.

Als hätte sie meine Gedanken gelesen, begann die Frau vor mir laut zu lachen. Es klang ein bisschen dreckig. Ich tippte auf eine Raucherlunge. Wäre ich mutiger gewesen, hätte ich ihr vorgeschlagen, sofort mit dem Rauchen aufzuhören, wenn sie noch zehn Jahre leben wollen würde.

« Das ist doch nicht alles für mich », keuchte sie außer Atem. « Ich habe noch ein paar Freundinnen eingeladen. »

« Achso. » Ich lächelte verkrampft.

« Das wär`s dann? », vergewisserte ich mich erneut.

« Das ist alles, meine Süße. »

Schnurstracks, als hätte mein Unterbewusstsein nur darauf gewartet, eilte ich zurück zum Tresen und bereitete ihre Bestellung vor. Doch es stellte sich als schwierig heraus, all die Gläser und Teller auf das Tablet zu stapeln. Als ich es endlich schaffte und das Tablet anhob, begannen meine Hände unter dem Gewicht zu zittern. *Fuck.* Wie in einem verdammten Slowmo Video trug ich das schwere Tablet zu Tisch Nr. 3 herüber, bedacht darauf nichts überlaufen zu lassen. Endlich bei der älteren Frau angekommen, ließ ich innerlich schnaubend das Tablet auf den Tisch nieder. Meine rechte Hand war schon ganz rot. Aber die Frau schien meine Erschöpfung gar nicht zu bemerken.

« Dankeschön, Liebes », säuselte sie nur und schenkte mir ein breites Lächeln.

« Wenn Sie noch etwas wollen, lassen Sie es mich wissen, ja? », fügte ich an ihr gewandt hinzu und machte kehrt, lief zurück zum Tresen. *Nächstes Mal laufe ich einfach mehrmals.*
Hinter dem Tresen fand ich Tristan und Mia flüsternd vor. Doch als ich in ihrem Blickfeld auftauchte, verstummten sie schlagartig. Mia reichte mir fürsorglich ein kleines Tablet, auf dem eine Tasse Kaffee und ein Stück Apfelkuchen platziert war.
« Zu dem jungen Mann rechts von dir. Tisch Nummer zehn. »
Mein Blick zuckte zu ihren freundlichen, einfühlsamen Gesichtern, dann auf das Tablet in meinen Händen. Urplötzlich begann mein Kopf zu arbeiten. Es dauerte nicht lange, bis mein Kopf die Lösung erriet. Wut so heiß wie eine Flamme durchfuhr mich und brachte mein Glas an Emotionen zum Überlaufen.
« Dad hat euch meine Spastik gesteckt, was? » Ich lachte bitter auf.
« Aber wenn ich eins nicht leiden kann, dann ist es, Sonderrechte deswegen zu bekommen. » Das Tablet knallte ich erzürnt auf die Arbeitsfläche. Kurz darauf musterte ich unseren Arbeitsplatz, bis mir ein anderes, volleres Tablet ins Auge stach.
« Die Bestellung hast du vorhin aufgenommen, oder Tristan? », hakte ich nach und deutete auf das Tablet.
« Ja, aber... », stotterte dieser, völlig überfordert mit der Situation.
« Tisch? », fiel ich ihm barsch ins Wort. Tief in meinem Inneren wusste ich, dass sie nur versuchen wollten, nett zu sein, aber das war in diesem Fall total überflüssig.
« Neun », raunte er.
« Okay. » Ich streckte bemüht kühn die Schultern, lief zu seinem Tablet herüber, hob es an und machte mich auf den Weg damit zum neunten Tisch. Das Paar, das an diesem Tisch saß, strahlte mich bereits begeistert an. Ich erwiderte ihr Lächeln etwas

verkniffen und versuchte meine aufgelösten Gefühle unter Kontrolle zu bekommen.

Am Ende von ihrer Schicht, kam Mia auf mich zugelaufen und drückte mich fest an sich.
« Auch ohne Spastik sind manche Tablets echt schwer. Mir ist gerade eben zum Beispiel eine Tasse heruntergefallen. »

Manchmal fragte ich mich, warum ich permanent so ängstlich, unbeholfen und peinlich sein musste.
Warum ich mit so vielen Zweifeln in mir leben musste und warum ich nicht einfach selbstbewusst sein konnte. Die Antwort fand ich jedoch recht zügig, wenn ich einen Blick in den Spiegel warf und meine Spastik entdeckte. Meine verfluchte rechte Hand.
Heute Morgen stand ich wieder vor dem Spiegel, machte mich fertig für den Schultag und betrachtete meine Silhouette. Streckte dabei meine Hand aus und sah zu, wie meine Finger sich wie eine Dinosaurierklaue verbogen. Abscheu überkam mich so heftig, dass ich mir wünschte, meine rechte Hand einfach abhacken zu können. Kein Wunder, dass Austin aus der Middle School mich hinter meinem Rücken *Dinosaurier* genannt hatte. Ich ertappte mich in der Schule selbst dabei, meine Hand hinter den Rücken oder in meine Hosentasche zu versenken, damit sie nicht auffiel. Jedes Mal darauf bedacht, nicht komisch damit auszusehen. Trotzdem wirkte ich jedes Mal verkrampft.
Mit dem Haargummi, das um mein Handgelenk baumelte, machte ich mir einen einfachen, langweiligen Pferdeschwanz,

prüfte meine Mascara ein drittes Mal und wollte mich gerade meine Lippen zuwenden, da hörte ich Dads Stimme, die von unten nach mir rief.
Aufseufzend ließ ich den Lipliner in meiner Hand sinken, fuhr mir noch einmal durch die Haare und verließ mein Zimmer. Sobald ich die Treppen herunter eilte, ließ ich meine rechte Hand in meiner Hosentasche verschwinden.

***

Lautes Gelächter. Aufgeregtes Stimmengewirr. Verschmitztes Flüstern. Mein Gehirn überzeugte mich davon,dass sie über mich redeten.
Höchstens ein paar Sekunden später lief ein hübsches Mädchen an mir vorbei. Sie hatte ihre Haare elegant mit einer Klammer hochgesteckt, trug einen Strickpullover, der mich an Rory Gilmore aus *Gilmore Girls* erinnerte und trug eine silberne Kette, die um ihren Hals hing. Ihr Blick flog zu mir und ich verkrampfte mich augenblicklich.
Sie verurteilt dich, flüsterte mir die Stimme in meinem Kopf hinterhältig zu.
Sicher denkt sie, dass du komisch und total dumm aussiehst.
Ihr abschätziger Blick auf mir hielt für ungefähr einen Wimpernschlag an, dann eilte sie an mir vorbei. Reue durchfuhr mich.
Ich wünschte, ich wäre mutig gewesen und hätte ihr gesagt, wie hübsch sie aussah. Ich wünschte, *ich* könnte so aussehen wie sie.
« Leah? »
Megan zog mich ein wenig schroff in die Gegenwart zurück. Nämlich zurück in den Schulflur der Walton High.

« Hm? » Ich drehte meinen Kopf zu ihr. Megan rollte genervt mit den Augen.
« Was ist denn los mit dir? Du bist ja völlig neben der Spur. »
« Sorry. » Beschämt wich ich ihrem bohrenden Seitenblick aus.
« Was hast du gesagt? »
Megan seufzte. « Ich wollte wissen, ob du heute Abend zu der Geburtstagsparty meiner Freundin kommst. » Perplex starrte ich sie an. « Welche Freundin? »
Megan schien nun endgültig ihren Geduldsfaden verloren zu haben.
« Autumn! », herrschte sie mich verärgert an. « Sie wird sechzehn und feiert eine große Party. Ihre Eltern sind am Wochenende nicht da. Also, was sagst du? »
Ich brauchte etwas um diese Information in mir aufzunehmen. Megan hatte mich noch *nie* zu irgendetwas eingeladen. Weder zu Partys, noch zu irgendeinem privaten Treffen. Wir kannten uns praktisch nur in der Schule. Außerhalb hatte ich keinen blassen Schimmer, wer sie eigentlich als Person war. Dass sie mich jetzt zu einer Party einlud, kam mir seltsam vor. Schließlich wusste ich, warum sie mich nie zu irgendetwas eingeladen hatte.
Doch bevor ich weiter grübeln konnte, unterbrach Megan das Durcheinander in meinem Kopf.
« Aber du darfst nur kommen, wenn du dein gottverdammtes Buch endlich mal Zuhause lässt. Und wenn du mittrinkst. Wir wollen keine Langweiler, die nur in der Ecke sitzen und an einer Cola nippen. »
Sie funkelte mich warnend an. In ihren Augen schwang eine Dringlichkeit mit, die mich völlig überforderte. Anscheinend war es ihr *sehr* wichtig, dass ich sie nicht vor ihren Freunden blamierte.

« Okay, verstanden », murmelte ich und Megan atmete erleichtert aus. « Super. Ich schick dir später die Adresse. » Daraufhin beäugte sie skeptisch ihre schwarze Tasche, die mit einem Anflug von Dominanz über ihrem Arm hin und her schwankte. « Hast du dein Buch dabei? », rutschte es da auch schon wie üblich aus ihr heraus.

Ich stieß einen schweren Seufzer aus. « Wozu haben wir einen Spind, Megan? » Diese jedoch schien meine Erwiderung gar nicht gehört zu haben. Ihre Augen schienen fahrig durch den Flur zu wandern.

« Sag mal, hast du William gesehen? » Bei der Erwähnung seines Namens galoppierte mein Herz los. « Nein, warum? » Unwirsch schüttelte Megan den Kopf. « Wir haben gestern noch geschrieben. Auf meine letzte Nachricht hat er mir aber nicht mehr geantwortet, dieser Arsch. »

Sie haben gestern miteinander geschrieben. Bittere Enttäuschung stieg in mir auf. Das Gefühl durchflutete mich und ließ sich auch nicht mehr abschütteln. Es zwang meine Augen dazu bekümmert und heiß zu brennen.

« Ich dachte, du hast keine Interesse an ihm », flüsterte ich rau. Megan sah verdutzt drein. « Habe ich das gesagt? »

Sie kicherte. « Wow, das habe ich völlig vergessen. » Danach ließ sie mich stehen und eilte schwungvoll auf ihre Freundinnen zu, die mit den Rücken zu uns standen. « Leute », trällerte sie.

« Ihr wisst nicht, mit wem ich gerade schreibe! »

Egal wie sehr ich weiterlaufen wollte, meine Füße ignorierten mich. Sie blieben wie angewurzelt stehen, sodass ich die Szene vor meinen Augen bis ins kleinste Detail beobachten musste. Megan, die laut quietschend in die Arme ihrer Freundinnen fiel. Die ihr Handy aus der Tasche zog und den Chat mit William anklickte, um ihn dann vor die

wissbegierigen Nasen ihrer Freundinnen zu halten. Ihre Freundinnen, die nur sekundenspäter in ein lautes Gejubel einstimmten und sich alle auf einmal Megans Handy krallten, als würde das Ding ihre Existenz auf der Erde bestimmen.
Vielleicht klang das melodramatisch und völlig übertrieben, aber als ich dort mitten im Flur stand, während sich sämtliche Teenager an mir vorbeidrängten und ich niemanden davon richtig wahrnahm, glaubte ich zu spüren, dass mein Herz brach. Oder jedenfalls fühlte es sich so an.

***

Noch im Bus auf dem Weg nach Hause, beschloss ich auf die Party von Autumn zu gehen. Nach der Aktion von Megan heute Morgen war die Versuchung abzusagen groß gewesen, aber ich hatte den Drang erfolgreich verdrängt. Megan hatte recht, ich war eine ziemliche Loserin. Mein Wochenende würde ich wahrscheinlich sowieso wieder nur in meinem Zimmer, im Café oder in *Claires Flowers* verbringen.Eine Abwechslung wäre vielleicht nicht schlecht.
Regentropfen rannen über die Fenster und ich folgte einem von ihnen gedankenverloren mit dem Finger. Der Schulbus war überfüllt und stickig und ich sehnte mich bereits nach dem Moment, in dem ich mich in mein Bett kuscheln konnte. Die Kopfhörer aufgesetzt, hörte ich *loml* von Taylor Swift und wollte gerade die Lautstärke meiner Kopfhörer erhöhen, da drang eine Stimme an mein Ohr.
Desinteressiert bewegte ich meinen Kopf in die Richtung. Direkt vor meinem Platz stand Claires Enkel. Obwohl meine Laune um diese Uhrzeit nie wirklich gut war, hob sie sich überraschender Weise bei dem Anblick von *ihm.*

Unmittelbar riss ich meine Kopfhörer von den Ohren, sodass sie jetzt um meinen Hals baumelten. Die Art, wie meine Mundwinkel begannen wie verrückt zu zucken, kam mir gruselig vor. Rote Wangen. Schwarze, wirre Locken. Ein breites Lächeln. Ein grauer, gemütlich aussehender Hoodie.

« Hey », stieß ich rasch hervor. Plötzlich fühlte es sich so an, als gäbe es keine Luft mehr zum Atmen. Jeder Atemzug kam mir schwer vor.

« Möchtest du sitzen? », rollte es über meine Zunge. William nickte. « Ja, danke. »

Als er sich neben mich setzte, berührten unsere Knie sich und mein Gesicht ging in Flammen auf. Schnell rückte ich von ihm ab. William schien es zu bemerken und missinterpretierte es falsch.

« Entschuldigung, ich wollte dir deinen Platz nicht wegnehmen. Es gibt bloß keinen anderen Platz mehr. »

Er hielt inne. « Wenn du nicht möchtest, dass ich neben dir sitze, kann ich aber aufstehen. »

In meinem Magen wurde es warm. Seine Verlegenheit war süß. « Bleib sitzen », entgegnete ich. William lächelte. « Okay. »

Unschlüssig wandte ich den Blick ab, bis mir etwas ins Auge stach. Auf seinem Schoß lag ein Buch. *Ein Buch.* « Du liest? », platzte es aus mir heraus.

William nickte. « Kennst du *The Perks Of Being A Wildflower?* » Er nahm das Buch von seinem Schoß und hielt es nach oben. Sein süßes Lächeln brachte mein Inneres zum Platzen. *Er liest.* Es war, als würden sich meine Lippen wie von selbst bewegen. « Davon habe ich schon mal gehört. »

William legte das Buch wieder auf seinen Schoß.

« Ich kann es dir ausleihen, wenn du möchtest. »

Ohne es wirklich zu merken, rutschte ich ein wenig näher an ihn heran. « Das wäre toll. »
« Welches Genre liest du? », wollte William neugierig von mir wissen und Euphorie durchzuckte mich.
Ich liebe diese Frage. « Romantik und Jugendromane. Meistens liebe ich, wenn Bücher tiefgründig sind und ich am Ende etwas lernen und mitnehmen kann, verstehst du? »
William nickte heftig. Anscheinend teilten wir diese Eigenschaft. « Ich liebe Coming Of Age auch », fügte er hinzu und mein Herz ging auf.

Unsere Unterhaltung streckte sich so lange, dass wir noch miteinander an unserer Bushaltestelle ausstiegen und durch die Kleinstadt spazierten. Und da wir beide nebeneinander wohnten, hatten wir dasselbe Ziel. Ich hatte keine Ahnung, warum, aber meine Schüchternheit war wie weggeblassen.
Auf dem Weg nach Hause redeten wir ausgelassen über Bücher und Musik. William hatte sein Buch fest an seine Brust gedrückt und ich konnte nicht anders, als sein Gesicht haarscharf zu studieren. Die vollen Lippen. Die rotverfärbten Wangen. Der unbeschreibliche Ausdruck in seinen Augen. Seine Haare, die mich in diesem Augenblick an *Jess Mariano* von *Gilmore Girls* erinnerten.
« Was ist? » William runzelte die Stirn und ich wurde rot. « Gerade siehst du aus wie *Jess* aus *Gilmore Girls* », haspelte ich wie aus der Pistole geschossen und wurde daraufhin viel röter. Er hatte bestimmt keinen blassen Schimmer, wovon ich überhaupt redete. Er kannte die Serie vermutlich nicht einmal. Kurz entstand eine peinliche Pause zwischen uns, dann veränderte sich Williams Miene und wurde… entgeistert.
« Ich hoffe, das ist ein Witz. »
Mein Kopf wurde blank. « N-Nein », stotterte ich.

Ist er verärgert?
« *Jess* ist das größte Arschloch der ganzen Serie », redete er weiter. Ich musste lachen.
« Du kennst *Gilmore Girls*? »
William bejahte. « Natürlich. Ich habe sie mir bloß lange nicht mehr angesehen. »
Ich erstarrte. Auf der Stelle wurde mir heiß, dann kalt. Schlagartig sah ich nur noch rosa. Mir war plötzlich so heiß, dass ich dachte, ich hätte mir den schlimmsten Sonnenbrand der Welt eingefangen. Aber das hatte ich nicht.
« Was ist dein Lieblingscharakter? », hauchte ich. Ganz in meinem Umfeld angekommen, war ich noch nicht. Mein Gehirn raste, als müsste es sich sehr wichtige Informationen einprägen.
Er hört Cigarettes After Sex, The Smiths, Coldplay und Lana Del Rey. Er liest regelmäßig Bücher und schaut Gilmore Girls. Mein Gehirn arbeitete, als wäre ich dabei eine Mathearbeit zu schreiben.
Er härt Cigarettes After Sex, The Smiths, Coldplay und Lana Del Rey. Er liest regelmäßig Bücher und hat Gilmore Girls geschaut. Mit jeder Sekunde nahm mein Lächeln zu. In Williams Augen musste ich wie eine verrückte, breitgrinsende Irre wirken. In meinem Bauch häuften sich Schmetterlinge an und begannen loszufliegen, als William antwortete: « *Babette Dell.* »
Er zögerte. « Wenn ich mehr aufzählen dürfte, würde ich noch *Miss Patty, Lane Kim* und *Kirk* sagen. »
Ich grinste und mein Inneres jauchzte glücklich. « Ich liebe *Babette* und *Miss Patty.* » William erwiderte zaghaft mein Lächeln.
« Was sind deine Lieblingscharaktere? »

« *Paris Geller, Emily Gilmore, Logan Huntzberger, Dave Rygalski, und Michel Gerard.* »

Mir entfuhr ein Kichern wegen der Erinnerung an *Paris Geller.* « *Paris Geller,* weil ich ihr ziemlich ähnle. »

« Du ähnelst *Paris Geller*? »

Amüsiert blinzelte er. « Du erinnerst mich eher an *Rory Gilmore.* »

« *Rory Gilmore*? » Ich prustete los. « Vom Äußeren vielleicht, aber vom Inneren? »

Ich schüttelte belustigt den Kopf. « Niemals. »

Neugier huschte über Williams Gesicht. « Na dann hoffe ich, dass ich die *Paris Geller* in dir kennenlerne werde. » Ich zuckte geheimnisvoll mit den Schultern. « Vielleicht. »

Kurzzeitig verfielen wir ein kurzes Schweigen, bis vor uns der Laden *Books & Coffee* aufragte. Durch das Schaufenster konnte man bereits die gemütlichen Sessel und Bücherregale entdecken. Hinter dem Tresen, an dem Cameron und ich uns stets bedient hatten, stand ein junger Mann.

Unsicher blieb ich vor dem Schaufenster stehen und warf William einen Blick zu. Seltsamer Mut übernahm mich. « Hättest du Lust mit mir einen Cappuccino zu trinken? » Angespannt wartete ich auf Williams Reaktion. Hoffentlich sagte er nicht nein, sonst müsste ich vor Scham im Erdboden versinken. Zu meinem Glück nickte er langsam und ich atmete erleichtert aus.

„Klar, können wir machen.“

***

Ob ich extra ab und zu falsch abbog, um den Weg nach Hause zu verlängern oder er, wusste ich nicht. Doch was ich wusste, war dass der Weg nach Hause einiges länger dauerte als sonst. Mit unseren heißen Bechern in den Händen liefen wir in einem trägen Tempo durch ganz Walton. Denn anstatt nach Hause zu laufen, hatten wir ohne es auszusprechen entschieden, dass ich ihm Läden und Orte der Stadt zeigen würde.

Nachdem ich die beliebtesten und gleichzeitig besten Läden abgeklappert hatte, realisierte ich mit einem Blick auf das Handy, wie spät es eigentlich geworden war.

Der Nachmittag hatte bereits angebrochen und in zwei Stunden war ich bei Megans Freundin eingeladen!

« Scheiße », entfuhr es mir und verstaute mein Handy schnell zurück in meinen Rucksack.

« Ich muss nach Hause. » Vielleicht bildete ich mir das aus winzig kleiner Hoffnung nur ein, aber mir kam es so vor, als würde William neben mir betrübt wirken. Er sprach das *Warum* zwar nicht an, aber ich konnte es auf seinem Gesichtsausdruck so deutlich ablesen, als ob er es wirklich gefragt hätte.

« Megan hat mich zu einer Geburtstagsparty ihrer Freundin eingeladen », erklärte ich also. Ich fragte ihn nicht, ob er Megan kannte, denn mir war nur allzu gut bewusst, dass er bereits mit ihr schrieb. Mein Herz rutschte mir in die Hose bei der Erinnerung an heute Morgen auf dem Schulflur.

« Megan und du seid Freunde? », vergewisserte sich William verblüfft.

« Nein », murmelte ich und knetete meine rechte Hand. Bog meine Finger zurecht.

« Oh. » Jetzt wirkte er noch verwirrter, aber ich konnte ihm nicht einfach sagen, dass ich keine Freunde hatte.

Dass der einzige Freund, den ich hatte, studierte und kaum mehr Zeit für mich hatte. Dass die einzige Option war, mit Megan Zeit zu verbringen, weil sie mich tolerierte und mich gleichzeitig von meiner ständigen Einsamkeit ablenkte.
Nervös räusperte ich mich. « Ja, also… »
« Musst du jetzt nach Hause », beantwortete William von selbst meinen Satz.
« Genau. » Ich zog die Schultern hoch.
« Dann lass uns nach Hause laufen », sagte er und ich hob den Kopf. Für einen Moment hatte ich ganz vergessen, dass er neben mir wohnte.
Den genauen Grund, warum er zusammen mit seiner Mutter bei seiner Großmutter eingezogen war, wusste ich immer noch nicht. Aber ihn zu fragen kam mir zu aufdringlich vor.
« Wie ist es mit deiner Großmutter und ihrem Ehemann zu leben? »
« Gut. Ed ist echt nett. Morgens reißt er Witze, die meistens so unwitzig sind, dass man trotzdem lachen muss. »
Er grinste und fügte hinzu: « Mom hat einmal so sehr gelacht, dass sie sich an ihrem Kaffee verschluckt hat und gefühlt eine halbe Stunde lang gehustet hat. »
Er schmunzelte und da der Drang es zu wissen, immer größer wurde, wurde ich mit jeder zunehmenden Sekunde ungeduldiger. Hin und hergerissen trat ich auf einen Bein hin und her. William schien meine wachsende Unruhe zu merken. Er kniff die Augen zusammen.
« Was ist los? »
« Nichts, ich… » Die Lippen aufeinander gepresst, atmete ich einmal aus.
« Habt ihr viel Kontakt? Megan und du? »

Fuck, fuck, fuck. Ich errötete. Wie offensichtlich wollte ich es denn noch machen?!
Entweder war William ein purer Engel, der so lieb war, dass er so tat, als würde er nicht wissen, worauf ich anspielte oder er war wirklich ahnungslos.
« Nein », lautete seine Antwort. Ein schmales Lächeln breitete sich auf seinem Gesicht aus.
« Wir haben manchmal hin und her geschrieben, weil sie ein paar Fragen hatte. »
« Fragen? », wiederholte ich argwöhnisch.
« Ja. Sie wollte wissen, warum ich nach Walton gezogen bin und so weiter. »
« Ach so. » Ich senkte den Blick und wünschte, ich hätte ihn nicht danach gefragt. Zwischen uns enstand ein Schweigen, doch diesmal weniger erdrückend. Nach einigen Metern kam mein Haus in Sicht und die Stimmung zwischen uns änderte sich erneut.
Abrupt blieben wir kurz vor unseren Zielen stehen. Schlagartig fühlte es sich so an, als ob es ein paar ungesagte Sätze zwischen uns gab.
« Möchtest du mir vielleicht deine Nummer geben? », schoss es da schon aus William heraus.
Sein Blick spähte nervös um her, als wüsste er nicht, wohin er gucken sollte. « Du musst mir natürlich nicht deine Nummer geben, wenn du das nicht möchtest. »
Ich hob den Kopf und begegnete seinem unwiderstehlichen Blick aus den wunderschönen blauen Augen. Meine grünen Augen verschmolzen mit seinen blauen Augen. Tausend Blitze durchzuckten mich. « Ja… ja, klar », haspelte ich und kramte wirklich sehr unbeholfen in meinem Rucksack herum. Da meine Hände vor lauter Aufregung zitterten, brauchte es

etliche Anläufe, bevor ich mein Handy greifen und aus der Jackentasche ziehen konnte.
Atemlos las ich ihm meine Handynummer vor und wartete geduldig ab, bis er sie abgespeichert hatte. Dann hob er zur Bestätigung, dass es funktioniert hatte, sein Handy, und warf mir ein umwerfendes Lächeln zu.
« Danke. »
Wieder erwiderte ich seine Herzlichkeit mit einem unsicheren schiefen Grinsen. « Ich gehe dann mal… »
Ich rief ihm noch ein schnelles *Tschüss* zu, bevor ich die Veranda betrat, die Haustür aufdrückte und ins Innere verschwand.
Erst als ich inmitten der schützenden Wände stand und mich mein neuer Nachbar nicht mehr sehen konnte, erlaubte ich mir zu quietschen.
Dabei sprang ich auf und ab wie ein Kleinkind.

6. Kapitel

Auf die Party heute Abend freute ich mich zwar nicht so sehr, aber das Fertigmachen vor dem Spiegel in meinem Zimmer, war in den meisten Fällen ziemlich cool.
Vor allem wenn meine Musik dabei durch das ganze Zimmer hallte. Während ich mich schminkte, entschied ich mich für ein uraltes dunkelgrünes Top, das ich zuletzt mit fünfzehn getragen hatte. Mein Klamottenschrank bestand buchstäblich nur aus Hoodies, Pullovern und T- Shirts. Ich ging nicht gerne feiern, weswegen ich auch keine wirklichen coolen Outfits im Schrank parat hatte, die lässig, atemberaubend und ungezwungen gleichzeitig aussahen.
Also bestand mein Outfit aus dem dunkelgrünen Top mit Rüschen und einer stinknormalen Jeans, die ich sowieso meistens zur Schule trug. Auch wenn mein Outfit ein wenig langweilig war, ertappte ich mich dabei, lächelnd mein Spiegelbild anzustarren. Ich hatte meine Wimpern dezent getuscht, Lipgloss auf den Lippen und ein bisschen Blush auf den Wangen verteilt. Meine Haare hatte ich zu einem hohen Pferdeschwanz gebunden, der normalerweise nie lange hielt, aber in diesem Moment perfekt schien.
Plötzlich fühlte ich mich so leicht, dass ich glaubte vor lauter Hochgefühl schweben zu können. Komischerweise hielt das Hochgefühl so lange an, dass ich sogar ein paar Fotos von mir machte. Eins, zwei, drei, vier. Auf einmal fühlte ich mich richtig hübsch. Breit grinsend musterte ich mich erneut und spielte mit dem Gedanken, Megan ein Foto zu schicken.

Diesen Gedanken verwarf ich jedoch einige Momente später. Hastig sprühte ich mich mit meinem Lieblingsparfum ein, verließ mein Zimmer und eilte die Treppenstufen herunter. Im Flur angekommen blickte ich auf mein Handy. Megan hatte mir geschrieben. Sie wollte wissen, wann ich kam.
Während ich heruntereilte, verschickte ich eine Antwort.

***

« Werden Jungs dabei sein? », fragte mich Dad, bevor der Van vor Autumns Haus an hielt. « Nein », nuschelte ich, obwohl ich mir da nicht so ganz sicher war. Autumn und Megan waren schließlich anders als ich und hatten Jungs, mit denen sie in Kontakt waren. Dass die vorbeischauen konnten, war nicht einmal unrealistisch.
« Wann soll ich dich denn abholen? »
« Um halb elf? », fragte ich und Dad nickte.
« Okay. Viel Spaß dir. »

Ich öffnete die Beifahrertür und stieg aus. Mit rasendem Herzen lief ich die Auffahrt zu Autumns Haus hoch und blieb direkt vor der etwas kitschig verzierten Haustür stehen. Nervosität stieg in mir auf und ich musste meine schwitzenden Hände an meiner Hose abwischen. Dann klemmte ich mir eine nervige Haarsträhne, die aus meinem Pferdeschwanz gerutscht war, hinter die Ohren und drückte auf die Klingel rechts von mir.
Es dauerte eine Weile, doch dann öffnete jemand die Tür. Mein Herz sackte vor Aufregung in sich zusammen.
« Oh, hey. »

Vor mir stand ein großes Mädchen mit langen dunkelbraunen Haaren. Anscheinend schien sie mich nicht zu erkennen, denn sie runzelte die Stirn.
« Habe ich dich eingeladen? » Meine Wangen wurden flammenrot.
« Megan hat mich eingeladen. » Schlagartig huschte Erkenntnis über ihren Gesichtsausdruck.
« Ja, stimmt. Du bist… Leah, oder? »
Ich nickte angespannt.
»Komm rein », rief sie überschwänglich und hielt mir die Tür auf. « Ich bin Autumn. Das Geburtstagskind. » Sie kicherte albern. Ich erstarrte. *Sie* war Autumn?
Es fühlte sich an, als ob das Blut in meinen Adern zu Eis gefrieren würde. Sie sah nicht aus wie jemand, der seinen sechzehnten Geburtstag feierte. Instinktiv begann ich ihr Outfit zu mustern. Sie trug ein eng anliegendes pinkes Kleid und eine Halskette. Große silberne Ohrringe baumelten an ihren Ohren und ihre Haare fielen ihr geglättet über ihre Schultern. Heißer Neid brannte durch meinen Körper. Brannte, brannte und brannte und wollte einfach nicht damit aufhören.
Ich hatte nicht so ausgesehen an meinen sechzehnten Geburtstag. Nein, ich hatte ein lockeres schwarz-weißes Kleid angezogen, das mir meine Mutter bereits gekauft hatte, als ich vierzehn gewesen war. Ungeschminkt war ich nicht gewesen, aber so wie Autumn in diesem Moment aussah, hatte ich *nie* ausgesehen.
Ihre Wimpern hatte sie mit Mascara getuscht, aber anders als meine Wimpern wirkten sie voluminös und lang. Meine waren kurz, abgenutzt und ähnelten eher den Beinen einer

Spinne. Sie trug einen rosa Lippenstift, hatte Puder und Blush aufgetragen und wenn ich richtig lag, hatte sie auch ihre Augenbrauen gemacht. Ihre Haut war makellos. Kein einziger Pickel war auf ihrem Gesicht zu sehen. Fast so, als wäre sie aus einem Pinterest- Bild heraus geschnitten worden.

Der Fakt, dass ich älter als sie war, störte mich. Es störte mich sogar so sehr, dass mein Herz vor lauter Eifersucht schwer wurde.

« Was stehst du noch so dumm hier? Komm rein! », wiederholte Autumn und mein Verstand setzte wieder ein. Eingeschüchtert folgte ich ihr ins Haus und sie führte mich von dem Flur zu einem großen Raum, das sich als das Wohnzimmer entpuppte. Das Spektakel, das mir dort entgegenblickte, verunsicherte mich. Auf einer langen großen Couch lagen ein Mädchen und ein Junge und küssten sich begierig.Auf dem dunkelblauen Sessel daneben hockte ein Junge, der sich gerade im hohen Bogen übergab.

Autumn verzog angeekelt das Gesicht und zog mich weiter.

« Das ist Grayson. Er kennt seine Grenzen noch nicht. »

Amüsiert den Kopf schüttelnd führte sie mich nun zu dem letzten Sofa im Raum, das direkt gegenüber von der langen Couch stand. Und dort fand ich die Person, die ich suchte. Megan hockte kichernd zwischen zwei Jungen und himmelte sie an. Als Autumn und ich direkt vor ihr stehen blieben, hob sie den Kopf und ihr Blick fiel auf mich.

« Leah! »

Sie torkelte breitgrinsend auf mich zu und schlang ihre Arme um meinen Hals. Etwas, das sie noch nie getan hatte. Die Art wie sie mit mir umging, bewies mir, dass sie bereits angetrunken war.

« Du hast kein Buch dabei, oder? »

Tadelnd reckte sie einen Zeigefinger in mein Gesicht.
« Nein », murmelte ich beschämt und Megan ließ mich los.
« Leah ist nämlich so ein Langweiler », informierte sie die zwei Jungen, die immer noch auf der Couch hockten und sich nicht einmal einen Zentimeter bewegten. « Das Einzige, was sie tut, ist lesen. Deshalb lade ich sie auch nie zu Partys ein. Sie trinkt sowieso keinen Alkohol. »
Megan lachte. « Ein Wunder, dass sie überhaupt aufgetaucht ist. »
« Du trinkst keinen Alkohol? Bist du nicht älter als ich? », mischte sich Autumn jetzt ein und warf mir einen ungläubigen Blick zu.
« Doch ich … ich trinke », stammelte ich, während mir das Blut ins Gesicht schoss.
Tue ich nicht. Seit wann war es hier so warm? Hatte jemand die Heizung aufgedreht?
« Gib ihr nicht so viel. Nicht, dass ihre Eltern noch schimpfen », scherzte Megan spöttisch. Autumn lachte laut.
« Du Arme. » Dann machte sie kehrt und verschwand in die entgegengesetzte Richtung. « Herzlichen Glückwunsch zum Geburtstag », murmelte ich leise.

***

Überall befanden sich minderjährige Teenager, die sich Alkohol die Kehle herunter kippten, als gäbe es kein Morgen mehr. In der Küche, im Wohnzimmer, im Flur und im Badezimmer. Und plötzlich war *ich* einer von ihnen. Woher kannte Autumn so viele Menschen? Ich bezweifelte, dass sie mit allen befreundet war.
Gelangweilt saß ich auf einen ungemütlichen Stuhl in der Küche und nippte an dem Papierbecher in meiner Hand. Eine

braune Flüssigkeit schwamm dort drin. Mir war schleierhaft, was ich da überhaupt trank. Megan hatte es mir gemischt. Mädchen, die ich nicht kannte, tanzten und johlten in der Küche zu irgendeiner Musik, die durch einer Box in der Ecke drang und ich bekam das dringende Gefühl gehen zu wollen. Ich würgte einen neuen Schluck von dem Papierbecher herunter und stand ruckartig auf.

Wenn ich hier nur herumsaß, konnte ich mich auch nicht beschweren, dass ich keine gute Zeit hatte.

Zögernd drängte ich mich durch die Menschenmenge, bis ich mit Megan zusammenstieß. « Hey », stieß ich hervor und blieb stehen.

« Trink das », gluckste sie und hielt mir ihren Papierbecher vor die Nase. Zögernd nahm ich ihn in die Hand und beäugte ihn misstrauisch.

« Jetzt mach schon! », forderte sie mich auf und ich nahm vorsichtig einen Schluck. Es brannte in meiner Kehle und ich verzog instinktiv das Gesicht. Celine brach in ein schallendes Gelächter aus.

« Gott, Leah. Man merkt dir einfach an, dass du noch nie Alkohol getrunken hast. Du bist dafür einfach viel zu unschuldig. » Sie packte mich etwas grob an der Schulter.

« Hast du überhaupt Spaß in deinem Leben? » , lallte sie und sah mir fest in die Augen. Auf einmal war ich den Tränen nahe. Mein Hals fühlte sich eng an.

« Ich gehe auf Toilette », presste ich hervor und könnte mich für meine brechende Stimme verfluchen. Zum Glück hatte Autumn mir vorhin eine Tour durch das Haus gegeben. Damit sprintete ich in den Flur und zog die dritte Tür auf.

Vor dem großen Waschbecken im Raum blieb ich stehen und stützte mich an der Kante ab. Der Spiegel zeigte mir mein Spiegelbild. Meine straffen Gesichtszüge. Die leeren

Augen. Meine etwas verschmierte Mascara. Desto länger ich in den Spiegel blickte, desto wütender wurde ich. Selbsthass prickelte durch meinen ganzen Körper, pumpte durch meine Adern und besetzte jede meiner Körperzellen.
Eine Träne rollte über meine Wange. Noch eine folgte. Dann noch eine. Unendliche Wut ergriff mich. Warum musste ich immer so peinlich sein?
Warum war ich immer so unbeholfen?
Warum konnte ich nie so hübsch und elegant aussehen wie Autumn?
Warum wurde ich schon bald siebzehn?
Warum konnte ich nicht so sein wie die anderen Mädchen?
Warum war ich so langweilig?
Warum fühlte ich mich immer noch wie vierzehn?
Warum war ich so unwissend?
Warum war ich *so?*
Megan hatte recht.
Hatte ich je Spaß in meinem Leben gehabt?
Hier stand ich nun. Hielt mich an der Kante des Waschbeckens fest, grub meine Nägel in meinen rechten Arm und schluchzte mir die Seele aus. Während die laute, ätzende Musik, die durch das ganze Haus dröhnte, einfach nicht leiser wurde.

« Megan, hey. »
Zwanzig Minuten später stand ich wieder in der Küche. Hatte mir meine verschmierte Mascara aus dem Gesicht gewischt, mir Wasser ins Gesicht gespritzt und Dad eine Nachricht geschickt, damit er mich abholen kam.
Meine soziale Batterie war nämlich nun völlig leer.
Megan, die gerade mit einem Mädchen tanzte, wirbelte herum.

« Hi. » Sie sah mir nicht an, dass ich geweint hatte.
« Ich wollte dir nur Bescheid geben, dass mein Dad mich gleich abholt. Sag Autumn, dass ich ihr noch einen schönen Geburtstag wünsche. »
Ich sprach schnell und undeutlich, aber das war mir egal. Megan hörte mir sowieso gar nicht mehr zu. Sie nickte mir nur schnell zu und wandte sich wieder dem fremden Mädchen zu.

Draußen auf der Auffahrt wartete ich auf Dad. Es war dunkel geworden. Der schwarze Nachthimmel zeigte bereits die ersten Sterne. Ich hatte keine Ahnung, ob es an dem Alkohol lag, aber plötzlich musste ich an mein Zehnjähriges- Ich denken. Und war wieder kurz davor in Tränen auszubrechen. Ich sah sie vor meinem inneren Auge. Das breite Lächeln. Das kindliche Gesicht.
Früher hatte ich immer davon geträumt, ein Teenager zu sein. Groß und erwachsen zu sein. Warum hatte ihr nie jemand gesagt, dass man das Gegenteil davon war? Warum hatte niemand ihr gesagt, dass sie ihre Kindheit genießen sollte, solange sie noch eine hatte?
Denn früher habe ich mich nicht ein bisschen um mein Aussehen geschert.
Früher habe ich nicht über meine Spastik nachgedacht.
Früher habe ich mich nicht anpassen wollen.
Früher hat mich nicht blanke Panik ergriffen, sobald ich einen Fuß in die Öffentlichkeit setzte, weil ich Angst hatte, was Menschen über mich dachten.
Früher hatte mich nicht aus dem Nichts bittersüße und gleichzeitig scharfe Nostalgie erfasst.
Früher hatte ich keine Angst vor dem Erwachsenwerden gehabt.

Früher war die Vorstellung achtzehn zu werden, traumhaft gewesen.
Hier stand ich nun. Am siebenundzwanzigsten Oktober.
Wunderte mich, wie ich von dem unbeschwerten zehnjährigen Kind zu meinem heutigen Ich geworden war.

7. Kapitel

Bronzer. Neuer Lippenstift. Augenbrauenstift. Puder. Einen besseren Concealer. Ich brauchte neues Make-Up. Einen neuen Style. Die schlimme Geburtstagsfeier vorgestern hatte mir eindeutig die Augen geöffnet. Es war Zeit für eine Veränderung. Vielleicht würde ich dann endlich anfangen mich zu mögen. Vielleicht müsste ich dann endlich nicht mehr das Gefühl haben, dazugehören zu müssen. Vielleicht würde ich mich endlich gut fühlen.

Mit meinem uralten Fahrrad, was ich meistens nur einmal im Jahr benutzte, radelte ich durch Walton auf dem Weg zur Drogerie. Meine Kopfhörer schützten mich von der Kälte.Der Wind peitschte mir die Haare ins Gesicht. Trotz wegen des starken Winds, trat ich in die Pedale. Taylor Swifts Stimme in meinem Ohr motivierte mich.
Vor der Drogerie stellte ich mein Fahrrad ab, schritt in den Laden und erinnerte mich an die Produkte, die ich kaufen wollte. In der Kosmetik- Ecke blieb ich stehen und griff nach allem, was mir nützlich erschien. Manche Produkte kannte ich noch gar nicht. Gerade wollte ich einen Concealer studieren, da hörte ich eine Stimme hinter mir. Mittlerweile hatte ich mich an ihren Klang gewöhnt.
« Hey. »
Mit dem Concealer in der Hand, drehte ich mich zu William um. Meine Wangen nahmen die Farbe Pink an. Ich glaubte nicht, dass sich das jemals ändern würde.

« Hi. »

Meine Augen verloren sich wieder in seine Augen. Dann blieben sie an seinen Lippen hängen. Was wohl passieren würde, wenn ich ihn jetzt küssen würde? Nur bei dem Gedanken daran, erlebte mein Bauch eine Silvesternacht.

« Wie war es gestern auf der Geburtstagsparty? », fing er den Smalltalk an und bei der Erinnerung verpuffte das Feuerwerk in meinem Magen.

« Gut », erwiderte ich neutral, aber ich war keine besonders gute Lügnerin. Er sah wahrscheinlich nur an meinem Gesichtsausdruck, dass die Party gar nicht gut gewesen war.

« Sie war nicht so gut, oder? », fragte er auch schon nach und ich biss mir nervös auf die Unterlippe.

« Naja, nicht so. Ich meine… Auf einer Party sind überall Teenager, die sich gegenseitig abfüllen und ich *hasse* es. Ich hasse Alkohol, aber jedes Mal, wenn ich auf einer Party bin, habe ich das Bedürfnis, bei den anderen dazu gehören zu müssen und wenn das nicht klappt, dann… »

Ich unterbrach meinen von mir unkontrollierten Redefluss und bekam schlagartig einen Flashback aus dem Badezimmer. Beinahe hätte ich Claires Enkel erzählt, dass ich bei einem Schluck Alkohol weinend zusammen gebrochen bin. Schnell räusperte ich mich.

« Also nein, die Party war alles andere als toll. »

Williams Miene wurde weich vor Mitgefühl.

« Ich hasse Partys auch. Mein Freund aus Cornwall hat mich zu jeder Party, auf die er eingeladen wurde, mitgeschleppt. Ich saß meistens nur in der Ecke. »

Mein Herzschlag setzte aus.

« Was? Ich auch! »

Er lachte.

Für einen Moment, der sich wie eine Ewigkeit anfühlte, sahen wir uns an und ich wollte nicht wegsehen. Wollte mir seine weichen Gesichtszüge einprägen und mir jedes Detail seiner blauen Augen. Leider hielt unser Blickkontakt in Realität nicht sehr lange und William sah auf meinen Concealer herunter.
« Dann lasse ich dich besser weiter shoppen. Ich muss nämlich sowieso nach Hause. Meine Mutter will, dass ich mit Henry laufen gehe. »
« Henry? », hakte ich neugierig nach.
« Der neue Welpe von Ed und Claire. Er ist letzte Woche bei uns eingezogen. »
« Wie süß. »
Er grinste.
« Ja, er ist wirklich sehr niedlich. » Er zögerte.
« Wenn du Lust hast, könntest du vorbeikommen und ihn besuchen. »
« Ja, klar », antwortete ich bemüht lässig, aber mein Herz flatterte wie ein kleiner Schmetterling dabei.
« Okay. » William nickte mir zu.
« Schönen Tag noch, Leah. »
« Dir auch. » Nachdem er aus dem Laden gegangen war, kramte ich mein Bargeld zusammen und machte mich schleunigst auf dem Weg zur Kasse.

Der Grund, warum ich nach der Drogerie, zum *Claires Flowers* joggte, war mir schleierhaft. Möglicherweise war es das Resultat, wenn man keine Freunde hatte. Doch als ich vor meinem Lieblingsladen stehen blieb, kam mir meine Idee ziemlich absurd vor.
Wie hatte ich gerade eben noch denken können, dass ich mit Claire über William sprechen könnte? Schließlich ging es um

ihren Enkel! Außerdem war sie keine Teenagerin, die jedes kleinste Detail über ein harmloses Gespräch mit einem Jungen wissen wollte. Sie war eine sechzigjährige Frau. So langsam wurde ich echt verrückt. Noch vorhin in der Drogerie hätte ich William meine schlimmsten Ängste und Probleme fast gebeichtet und jetzt behandelte ich Claire so, als wäre sie eine gute Freundin von mir. Die Einsamkeit stieg mir allmählich in den Kopf. Ignorieren konnte ich sie aber nicht mehr länger.

Ich wollte gerade auf der Stelle kehrt machen und zurück nach Hause laufen, da vernahm ich Claires vertraute Stimme.

« Schätzchen, bleib hier. »

Oh nein. Sie hatte mich bereits vor dem Schaufenster stehen sehen und öffnete jetzt die Tür. Langsam drehte ich mich um.

« Hallo, Claire », murmelte ich.

« Komm rein. » Sie winkte mich herein und ich folgte ihr widerstrebend.

« Heute ist doch aber gar kein Dienstag », protestierte ich, als wir uns an unserem üblichen Platz nämlich der Kasse begaben. Claire setzte sich auf den Stuhl, der sowieso direkt vor dem Tresen stand und ich schnappte mir einen Hocker, der beim Schreibtisch zu finden war.

« Ich freue mich immer auf deine Gesellschaft », entgegnete Claire herzlich.

« Letzten Dienstag hast du mich allerdings vergessen », fügte sie streng hinzu und wackelte mit dem Zeigefinger vor meiner Nase herum.

« Nicht, dass es dir noch einmal passiert. »

Ich grinste. « Werde ich nicht. »

Claire erhob sich, lief zum Schreibtisch und stellte den Wasserkocher an.

« Das hoffe ich auch. »
Nachdem sie unsere Tassen mit Teebeutel gefüllt hatte, setzte sie sie sich wieder neben mich.
« Also, was gibt`s? Du stattest mir bestimmt nicht ohne Grund einen Besuch ab.»
In Windeseile wurde ich rot und begann nervös auf meiner Unterlippe zu kauen. Was sollte ich denn jetzt sagen?
Den wahren Grund, warum ich vorhin so selbstsicher hergerannt war, konnte ich ihr auf keinen Fall anvertrauen. Aber wenn ich nichts sagte, würde sie gleich misstrauisch werden. Außerdem kannte Claire mich zu gut und wusste haargenau, wann ich log und wann nicht. Ihr nun eine andere Geschichte andrehen zu wollen, brachte eh nichts.
« Ich wollte dir eigentlich nur erzählen, dass ich deinen Enkel kennengelernt habe », sagte ich und war ziemlich stolz darauf, wie mein Satz eine perfekte Mischung aus der Wahrheit und Lüge darstellte.
Die Augen von Claire begannen augenblicklich zu strahlen.
« Und, magst du ihn? » Sie klimperte mit den Augen. « Ich hätte dir früher sagen müssen, dass er ein Nerd ist, wenn es um Bücher geht. Er will schließlich Autor werden. »
« Wirklich? » Das Feuerwerk von eben knisterte in meinem Bauch. Konnte dieser Typ eigentlich noch besser werden?
« Ja, er hat auch schon ein Buch veröffentlicht »,erzählte Claire weiter und das Feuerwerk wurde mit jeder von ihr ausgesprochenen Silbe mehr.
« Habt ihr eigentlich auch ein paar Kurse zusammen? », wollte sie dann neugierig wissen.
« Er ist eine Stufe über mir, also leider nein. »
« Schade. » Claire seufzte auf.
« Aber zum Glück gibt es immer noch Pausen. »

Sie zwinkerte mir zu. « Die solltest du nutzen, glaub mir. »
Ich lachte auf.
« Claire! »
« Was denn? Ihr beiden habt die gleichen Interessen. Es wäre doch jammerschade, wenn aus euch nichts werden würde. »
« Du willst, dass ich mit ihm zusammenkomme? », hakte ich verblüfft nach. Bis jetzt hatte ich nämlich verstanden, dass es sich nur um Freundschaft handeln sollte.
« Nicht unbedingt. » Claire lächelte unschuldig.
« Aber wenn du im Laufe der Zeit Gefühle entwickeln würdest, wäre das auf keinen Fall schlimm. Ich glaube, es wäre sogar ganz gut für dich. »
« Warum das? » Mein amüsiertes Lächeln erlosch und Claires Gesichtszüge wurden betroffen, als sie realisierte, dass sie gerade einen wunden Punkt bei mir getroffen hatte. Vorsichtig, als wäre ich ein verschrecktes Tier, sprach sie behutsam weiter.
« Weil du dich doch so einsam fühlst, seitdem Cameron studiert. » Ihre Augen waren voller Mitgefühl.
« Vielleicht würde dir das helfen, damit du dich davon ablenken kannst. »
Claire sah hoffnungsvoll zu mir, als würde eine Beziehung zwischen mir und ihrem Enkel die fehlenden Puzzleteile zusammenbringen.
« Ja, vielleicht. » Ich zwang mir ein unbeschwertes Lächeln auf die Lippen.
Claire schenkte mir ein aufmunterndes Lächeln.
« Das wird schon wieder, Schätzchen. Wenn man jung ist, ist alles ein reines Gefühlschaos. Das legt sich, sobald man älter wird. » Sie drückte mich an sich und strich mir in gleichmäßigen Zügen über den Rücken. Für einen Moment

verharrten wir so, dann ließ sie mich los und richtete sich auf.

« Benutzt du ein neues Parfum? »

8. Kapitel

„Na, wie fühlt es sich an, morgen achtzehn zu werden?“ Dad lehnte am Türrahmen und beobachtete, wie ich meine Federtasche in meinen Rucksack tat.
„Dein letzter Tag als Siebzehnjährige.“
„Was?“ Augenblicklich ließ ich von meinem Schulrucksack ab und stand auf.
„Dad, ich bin gerade erst siebzehn geworden.“
Mein Vater lachte.
„Hast du jetzt schon Angst vor dem Älterwerden?“ Er ließ seinen Blick durch mein Zimmer schweifen.
„Dein Zimmer könntest du auch einmal wieder aufräumen. Unglaublich, dass ich dir das noch mit fast achtzehn Jahren sagen muss.“
„Ich bin siebzehn“, protestierte ich schwach.
„Für heute noch.“
„Ich bin erst vor ein paar Monaten siebzehn geworden“, versuchte ich es erneut.
Dad schmunzelte.
„Es ist der 31 Oktober. Morgen bist du achtzehn, Leah.“
„Nein, das kann nicht sein.“
„Es ist doch gerade erst...“
„Bald ist Weihnachten.“
„Nein, ist es nicht!“

Meine Augen öffneten sich ruckartig. Mein Herz hämmerte. Ich warf einen schnellen Blick auf die Uhr, die auf meinem Nachttisch stand. Dann ließ ich mich erleichtert zurück ins Bett sinken. Es war mitten in der Nacht. Ich hatte geträumt. Nach einer Weile beruhigte sich mein Herzschlag ein wenig, doch jetzt sickerten die Gründe für meinen Traum ein. Nächste Woche hatte ich Geburtstag. Wie konnte das sein? Wie konnte mein sechzehnter Geburtstag bald ein Jahr her sein? Mein Herzschlag nahm wieder zu. Panische Angst drohte mich aufzufressen. Wie verhielt man sich, wenn man siebzehn Jahre alt war? Was tat ich, wenn ich nächstes Jahr achtzehn wurde? Wann wurde man erwachsen und wann musste man sich so verhalten? Welche Erwartungen musste ich erfüllen? Gedanken über Gedanken trudelten in mein Gedächtnis und mein Herz wurde mit jeder Minute zunehmend schwerer.
Wie konnte das sein? Ich war noch nicht bereit für das Erwachsenwerden. Ich hatte noch so viel Zeit vor mir gehabt. Wo war sie nur geblieben?
Wie konnte es sein, dass ich gerade noch fünfzehn gewesen war und mit einem Wimpernschlag bald siebzehn wurde?
Erschrocken musste ich feststellen, dass mein achtzehnter Geburtstag damit auch nicht mehr so weit entfernt war. Achtzehn. Es schien so eine große Zahl zu sein. Mit achtzehn Jahren konnte man schon eine gewisse Reife erwarten.
Die Angst in mir wuchs. Ich konnte mir nicht vorstellen, irgendwann keine Teenagerin mehr zu sein. Unterbewusst griff ich nach meinem Handy auf meinem Nachttisch und rief ein Video auf. Ich hatte es mir seit meinem sechzehnten Geburtstag nicht mehr angeguckt.
Ich spielte das Video ab.

Mein Bildschirm flackerte, dann zeigte es mein Gesicht. Mein frischgebackenes sechzehnjähriges- Ich. Wie anders ich noch ausgesehen hatte. Auf dem Video packte ich gerade ein buntverpacktes Geschenk aus und lächelte, als ich den Inhalt des Geschenks entdeckte. Es war ein Buch gewesen. Die Kamera begann zu wackeln und das Gesicht meiner Mutter erschien auf meinem Bildschirm.
« Musst du immer alles mitfilmen, John? »
Ihr gereizter Tonfall drang an mein Ohr und ich musste lächeln. Dad erwiderte etwas, was ich nicht verstehen konnte, dann kam Cameron zum Vorschein. « Du kannst ja doch lächeln, Leah », stellte er fest. « Und bei Familienfotos grinst du immer nur so schief. »
Ich entgegnete etwas schnippisches, dann stoppte das Video. Nostalgie ergriff mich so heftig, dass meine Augen sich mit Tränen füllten. Ich konnte mich noch ganz genau an den Tag erinnern und wie ich mich gefragt habe, was wohl in meinem neuen Lebensjahr auf mich zukommen würde. Eine Träne tropfte auf meine Bettdecke und ich ließ mein Handy sinken.
WARUM VERGING DIE ZEIT SO VERDAMMT SCHNELL?!
Früher hatte sich ein Jahr wie eine halbe Ewigkeit angefühlt. Jetzt fühlte sich ein Monat wie eine Woche an. Egal, was ich tat, diese Zeit bekam ich nicht wieder. Im Augenblick fühlte es sich so an, als wäre die Zeit mein größter Feind. Egal wie sehr ich versuchte, an Momente festzuhalten, sie entglitten mir immer wieder aufs Neue. Und ich konnte es einfach nicht stoppen.
Plötzlich vermisste ich meine Mutter.
Denn auch wenn ich früher gedacht hatte, dass man, wenn man älter wurde, seine Eltern nicht mehr brauchen würde, stimmte das auf keinen Fall. Im Gegenteil sogar. Ich glaubte,

jetzt da ich bald siebzehn sein würde, brauchte ich sie mehr, als je zu vor. Denn ich hatte auf einmal so viel Angst.
Angst vor der Zukunft.
Angst vor dem Erwachsenwerden.
Angst vor den vielen großen Zahlen, die auf mich zukommen würden.

***

« Guten Morgen. »
Das Licht in meinem Zimmer wurde angemacht. Meine Augen fühlten sich verquollen an, ich fragte mich wieso. Erinnerungen an die letzte Nacht überfluteten mich. Stimmt ja, ich hatte mir die Augen ausgeheult. Das Licht blendete meine müden Augen und ich kniff sie wieder zu. Langsam, aber sicher driftete ich zurück in den Schlaf.

« Leah! » Die laute Stimme von meinem Vater ertönte neben mir und ich konnte spüren, wie er mir meine warme, gemütliche Bettdecke wegriss. Fuck, ich hatte meinen Wecker gar nicht gehört.
« In zwanzig Minuten fährt dein Bus. Steh auf! »
« Ist doch gut », grummelte ich gereizt und tastete auf den Boden nach meinen Klamotten.
« Beeil dich! » Seufzend kauerte ich auf der Bettkante, starrte auf meine aufgesammelten Klamotten in meiner Hand und sah ausdruckslos auf den Boden. *In einer Woche werde ich siebzehn.* Die furchtbare Angst ergriff mich wieder.

In der Schule angekommen, quatschte mich Megan schon wieder über Autumns Geburtstagsfeier voll. Obwohl sie fast

bereits eine Woche her war. Und das nur, weil sie dort ihren neuen Schwarm kennengelernt hatte. Die Phase, in der sie mit William geschrieben hatte, war zu meiner Erleichterung, anscheinend vorbei.
« Ich muss zu meinem Spind », informierte ich sie nach einer Weile und deutete nach links.
« Okay. Wir sehen uns später. »
Ohne auf eine Antwort von mir zu warten, lief sie davon. Ich konnte nur raten, wohin. Zu ihren echten Freunden, mit denen sie auch außerhalb der Schule abhing. Manchmal fragte ich mich, warum sie überhaupt Zeit mit mir verbrachte. Vermutlich nur, weil wir die gleichen Kurse belegten.
Leise seufzend öffnete ich meinen Spind und nahm mir das Buch für die nächste Stunde heraus. Da ertönte ein quietschendes Geräusch. Jemand hatte seinen Spind neben mir geöffnet. Eine sanfte Stimme begrüßte mich. « Hey. »
« Oh… hey. » Schüchtern hob ich die Hand und schloss mit Gewalt meinen Spind. Das fehlte mir noch. William, der die Unordnung und das pure Chaos in meinem Spind entdeckte. Ordnung war halt nie eine Stärke von mir gewesen.
« Geschichte? », fragte er mich und ich schüttelte mit den Kopf.
« Mathe. »
« Mist. »Er verzog das Gesicht, als hätte er Schmerzen.
« Viel Glück. »
Ich lächelte. « Danke. Was hast du? »
« Biologie. » Ich ahmte seinen Gesichtsausdruck nach.
« Mist. »
« Viel Glück dir », äffte ich seine Worte nach und grinste. William erwiderte es.

« Danke. » Damit holte er ein Buch aus seinem Spind, winkte mir noch einmal lächelnd zu und verabschiedete sich von mir.

***

« Wartest du noch auf mich? »

Megan stopfte ihr Buch und ihre Federtasche mühsam in ihre viel zu kleine Handtasche. Ich, die bereits fast im Flur stand, musste den Drang, mit den Augen zu rollen, unterdrücken.

« Beeil dich. Sonst verpass ich noch den Bus. »

Anders als Megan hatte ich noch keinen Führerschein. Wenn ich den Bus verpasste, musste ich laufen. Nach diesem anstrengenden Schultag hatte ich dazu gar keine Kraft mehr.

« Ja, ja. » Endlich gesellte sich Megan zu mir, ihre Tasche hing um ihre Schulter.

« Warum kaufst du dir nicht einfach einen richtigen Rucksack? Dann bräuchtest du auch nicht immer so lange beim Einräumen. »

Megan verdrehte die Augen.

« Das wäre dann aber nicht mehr so stylisch, Leah. »

In einem gemütlichen Tempo liefen wir den Flur entlang.

« Patrick ist in mich verliebt », erzählte sie mir gerade, aber ich hörte ihr nur mit einem halben Ohr zu. Mein Kopf war schon bei meinem siebzehnten Geburtstag angekommen. Nachdenklich warf ich Megan einen Blick zu. Ob ich ihr wohl meine Ängste anvertrauen konnte?

Schnell verwarf ich meinen dummen, verzweifelten Gedanken wieder. Megan war vermutlich gar nicht die Art von Person, die meine Ängste teilte.

Als sich Megan ein wenig später von mir verabschiedete und in Richtung Parkplatz marschierte, blieb ich wie angewurzelt stehen. Kein gelber Bus in Reichweite. Kein gelber Bus in Reichweite.
« Fuck! », stieß ich aus. Verdammte Megan. Ich hatte den Bus verpasst. Mürrisch zerrte ich meine Kopfhörer aus meinem Rucksack, setzte sie auf und begann zu laufen.
Auf meinem Weg nach Hause, konnte ich nicht aufhören an meinen Geburtstag nächste Woche zu denken. *Heute in einer Woche werde ich siebzehn Jahre alt. Siebzehn. Wieso nur?* Ich hatte mein ganzes sechzehntes Lebensjahr verschwendet. Hatte nichts erlebt, nichts getan, was von Bedeutung hatte. Andere hatten in dem Alter den Spaß des Lebens und ich hatte nur rumgesessen und mein Leben betrauert. Frust stieg in mir auf und als es auch noch anfing, zu regnen, wurde meine Stimmung noch schlechter. *Blue* von Billie Eilish drang an meine Ohren und mir war nach Weinen zumute. Am liebsten würde ich die Zeit zurückdrehen. Eine zweite Chance bekommen, um sechzehn zu sein. Wie konnte es sein, dass ich nächste Woche Geburtstag hatte? Siebzehn war zu erwachsen. Zu viel für mich. Ich war nicht reif. Ich war nicht intelligent. Ich wusste absolut *gar nichts.* Ich war nicht bereit für diese Zahl. Ich wollte weinen, aber konnte es aus irgendeinem Grund nicht. Die Hilflosigkeit und Überforderung in mir, brachte mich fast um. Das Gefühl, das ich meine Jugend wegwarf, zerstörte mich.
Es begann zu hageln, mein Haar war wegen dem vielen Regen durchnässt. Ich spürte die Kälte nicht. Die vielen, starken Gefühle in mir, nahm ich jedoch stärker wahr, als nichts zuvor.
Als Kind hatte ich geglaubt, dass ich mit siebzehn selbstbewusst und reif sein würde. Dass siebzehn meine Zeit

sein würde. Dass ich mit siebzehn Freunde und einen Freund haben würde.
Wie sollte ich ihr bloß sagen, dass das Gegenteil der Fall war?
Sie wäre so enttäuscht von mir, wenn sie mich jetzt sehen könnte.
Eine Träne rollte über meine Wange, sie schmeckte salzig.
« Leah? » Bei dem Klang meines Namens zuckte ich zusammen und hob ratlos den Kopf.
Claires Flowers erstreckte sich vor mir. Ich hatte gar nicht bemerkt, dass ich bereits so lange gelaufen war.
William stand im Laden und hatte meine elendige Gestalt aus dem Schaufenster entdeckt. Mit nur einem Schritt war er aus dem Blumenladen seiner Großmutter herausgelaufen. Jetzt stand er direkt vor mir, während der Regen auf uns prasselte.
« Komm rein », rief er und streckte seine Hand nach meinem Arm aus.
« Nein, alles gut », murmelte ich und hasste, wie brüchig meine Stimme klang.
« Ich wollte sowieso nach Hause. »
« Es hagelt. Komm schon, Leah. »
Wieder schüttelte ich mit dem Kopf. Wenn ich ihm folgte, würde er mit mir reden wollen. Das konnte ich einfach nicht.
« Was ist passiert? » Er trat einen weiteren Schritt auf mich zu und konnte meine Tränenspur durch die verschmierte Mascara entziffern.
Sorge trat in seine Augen. Er begann mein Gesicht zu studieren. Ein Regentropfen löste sich aus einer schwarzen Strähne, die an seiner Stirn klebte.
« Nichts, geh zurück in den Laden. »

Ich drehte mich um, doch William umklammerte meinen Arm.
« Lass mich los », zischte ich, schlug um mich, wollte mich aus seinem Griff befreien. Doch er war stärker als ich und ließ mich nicht gehen, auch wenn er nun von mir ab ließ.
« Leah, was ist los? Warum weinst du? »
Ich schluckte, presste die Lippen aufeinander. Meine Augen begannen zu brennen. William verringerte den Abstand zwischen uns, sodass uns nur noch eine Nasenlänge voneinander trennte.
« Es ist okay. Du kannst weinen. »
Als hätte meine Tränendrüse nur auf die Erlaubnis gewartet, rollte mir eine Träne über die Wange.
« Ich werde nächste Woche siebzehn », flüsterte ich. Gott, das klang so erbärmlich, wenn ich es laut aussprach.
William musterte mich mit so viel Empathie, dass es mich völlig überforderte. Er sagte nicht, wie dumm das klang. Oder fragte sich, warum ich deswegen weinte. Nein - er versuchte mich zu verstehen.
Ein Schluchzer ließ meinen Körper beben.
« Ich habe das Gefühl, meine ganze Jugend ruiniert zu haben », sprach ich zitternd weiter.
« Ich bin nicht bereit siebzehn zu werden. »
Meine Stimme brach. « Ich hätte mehr Zeit haben müssen. »
« Ich … Ich hätte mehr Zeit haben müssen. »
Ich schluchzte auf, es durchschüttelte meinen ganzen Körper. William schloss seine Arme um meinen Körper und hielt mich fest. Drückte mich an sich.
Er fragte nicht nach, sondern umarmte mich einfach, während ich hemmungslos in seinen Armen schluchzte. Hätte er gefragt, was ich damit meinte, hätte ich keine Antwort gewusst. Zwar wusste ich den Grund für meinen

Zusammenbruch, aber ich konnte ihn nicht erläutern. Da gab es so viele Dinge in mir, die ich nicht sagen konnte - die ich nicht beschreiben konnte. Gefühle, die ich zwar zuordnen konnte, aber nicht erklären konnte.
Meine Tränen tropften auf Williams grauen Pullover, trotzdem ließ er mich nicht los.
« Ich hab dich », flüsterte er mir zu.
« Ich hab dich, okay? »
« Alles wird gut. »

Und ich weinte, weinte, weintc und weinte, bis ich es nicht mehr konnte.

Es war … befreiend.

9. Kapitel

Es war der erste November. Mein Geburtstag. Die ersten Sonnenstrahlen drangen durch die vorgeschobenen Gardinen in mein Zimmer und ich schlug die Augen auf. Ich war siebzehn Jahre alt. Ich fühlte mich so leer. So verzweifelt. Wie konnte es sein, dass ich bereits SIEBZEHN war?
Früher hatte ich mich über meine Geburtstage gefreut. Jedes Mal, wenn es fast November war, konnte ich kaum mehr einschlafen vor Aufregung. Jetzt kam mir der letzte Tag vor meinem Geburtstag immer so bedrückend vor. Aufgeregt war ich schon längst nicht mehr. Früher war ich noch mitten in der Nacht hatte ich im Bett gelegen und mir ausgemalt, welche Geschenke ich am nächsten Tag auspacken würde. Das war jetzt alles vorbei.
Seufzend stand ich auf, lief zu meinem Kleiderschrank und zog mir eine Jeans und einen grauen Hoodie an. Danach kämmte ich mir die Haare und cremte mir mein Gesicht ein. Ich wusste, dass es sich nur noch um Minuten handelte, bis Dad in mein Zimmer kam, lauthals einen Song grölen und mir zum Geburtstag gratulieren würde.. Dann würde er mich nach unten zur Küche führen und mich zum Esstisch lenken, der immer sehr schön gedeckt war. An meinem Platz lagen meistens schon all meine Geschenke. Als Kind hatte ich mich immer riesig darüber gefreut. Natürlich tat ich das immer noch, aber es fühlte sich nicht mehr so besonders an wie früher. Die Musik im Flur sagte mir, dass mein Dad in jedem

Moment meine Zimmertür aufziehen würde. Schnell verteilte ich die Creme in meinem Gesicht.
« Herzlichen Glückwunsch! » Dad sprang enthusiastisch in mein Zimmer. Dabei knallte die Tür lauter, als sie je geknallt hatte, wenn ich früher nach einem Streit in mein Zimmer gestürmt war. Aber wenn er es tat, war das selbstverständlich etwas anderes.
Aus der kleinen Musikbox in seiner Hand, ertönte das Lied *In Da Club* und meine Mundwinkel wanderten wie von selbst nach oben.
Plötzlich war es ziemlich schwer, nicht zu grinsen.
Dad tanzte eine Runde durch mein Zimmer und blieb erst dann vor mir stehen. Vorwurfsvoll schüttelte er mit dem Kopf.
« Du bist schon aufgestanden? »
« Ich war schon wach », warf ich ein, doch mein Vater unterbrach mich.
« Das ist nicht die Regel. Die Regel ist, dass du von meiner Musik aufgeweckt wirst. »
Ich schüttelte grinsend mit dem Kopf. « Ist doch egal. »
Dad lächelte. « Und, wie fühlst du dich mit siebzehn? »
« Gut », log ich und hatte jetzt Mühe mein Lächeln aufrecht zu erhalten. Zum Glück hatte er keine Ahnung, dass ich letzte Woche deswegen geweint hatte. Wenn ich an Williams tränenverschmierten Pullover dachte, wurde mir ganz heiß vor Scham. Nach meinem Zusammenbruch hatte ich ihn zwar nicht mehr gesehen, aber er hatte den Zettel mit meiner Nummer drauf, benutzt, und mir geschrieben.
Süß, wie er sich bei mir erkundigte, nachdem sein Pullover dank mir mit Mascara-Flecken übersät geworden war. Eigentlich hätte *ich* mich bei ihm melden müssen. Gott sei Dank hatte ich ihn nach diesem peinlichen Vorfall nicht mehr

gesehen. Ich hätte keinen blassen Schimmer gehabt, was ich zu ihm hätte sagen sollen.
Hey, William. Danke, dass du mich umarmt hast, als ich geheult habe. Tut mir leid, dass du deinen Pullover danach nicht mehr tragen konntest.
Nein, das wäre schrecklich gewesen.

Unten in der Küche packte ich meine ersten Geschenke aus. Einen blauen Pullover, ein neues Parfum, drei neue Bücher, die ich mir sogar gewünscht hatte und ein Poster.
« Das Poster hast du dir doch gewünscht, oder? », hakte Dad vorsichtig nach und ich nickte glücklich.
Mein Geburtstagsmorgen war eigentlich wie immer und ich liebte Dads Gesellschaft, aber mir fehlten Cameron und … Mom.
Normalerweise gab ich es nie zu, aber ich vermisste sie auch, wenn ich sauer auf sie war. Dass ich mich jedoch noch nicht entschuldigt hatte, rief Schuldgefühle in mir hervor.
Als hätte Dad meine Gedanken gelesen, erzählte er:
« Morgen kommen Cameron und deine Mutter vorbei. »
« Okay. » Ich lächelte, weil ich mich ehrlich auf meinen Bruder freute. Ich hatte ihn schon lange nicht mehr gesehen. Auch wenn wir fast jeden Tag miteinander hin und her schrieben - es war nicht das Gleiche.
Leider missinterpretierte Dad mein Lächeln. Eine Mischung aus Freude und Erleichterung huschte über sein Gesicht.
« Habt ihr miteinander gesprochen? Hast du dich entschuldigt? », fragte er beinahe aufgelöst und ich wich seinem Blick aus.
« Ja », nuschelte ich in meine Tasse hinein, weil ich keine Diskussion an meinem Geburtstag mit ihm führen wollte, und nahm einen Schluck Cappuccino.

« Lädst du heute Nachmittag ein paar Freunde ein? »
Dad rührte mit dem Löffel seinen Kaffee um.
« Autumn, Megan und Olivia kommen. »
Megan hatte mich vor ein paar Tagen ziemlich unerwartet zu ihrer Freundesgruppe hinzugefügt, was mir wirklich seltsam vorgekommen war. Nicht nur, weil wir nie zuvor etwas in der Schule gemacht hatten, sondern auch, weil das bedeutete, dass sie mich als ihre Freundin ansah. Oder nicht? Naja, es war trotzdem merkwürdig gewesen. Vor allem weil ich mit ihr und ihren Freundinnen nichts gemeinsam hatte. Dennoch hatte ich sie in der Gruppe zu meinem Geburtstag eingeladen, weil ich hilflos war und wirklich überhaupt keine Lust darauf hatte, meinen Geburtstag alleine zu verbringen.
« Okay. » Dad musterte mich verhalten.
« Ich wusste nicht, dass Megan und du auf einmal so gut befreundet seid. »
« Sind Autumn und Olivia ihre Freundinnen? »
Ich nickte. « Ich dachte, ich lade sie gleich mit ein. Schließlich war ich auch auf Autumns Geburtstag. »
« Braucht ihr noch ein paar Snacks? »
Ich schüttelte mit dem Kopf.
« Nein, ich habe gestern schon welche gekauft. »
« Okay. » Dad lächelte mich an.
« Dann wünsche ich dir viel Spaß heute Nachmittag. »
« Danke. » Ich biss von meinem Brötchen ab und überlegte mir schon ein paar Gespräche für nachher, damit es später, wenn Autumn, Megan und Olivia kamen, nicht langweilig werden würde.

***

Direkt nach der Schule deckte ich voller Vorfreude den Esstisch, füllte die Chips und Bonbons, die ich gekauft hatte in kleine Schüsseln und stellte sie auf den Tisch. Danach stellte ich mehrere Softdrinks auf den Tisch, schnitt den Apfelkuchen, den Dad gekauft hatte, in kleine Stücke und stellte ihn zwischen den weißen Schüsseln ab. Zufrieden betrachtete ich den Tisch, verband mich mit der Musikbox und spielte meine Lieblingsplaylist ab.

Es ist mein Geburtstag, also wer sollte mich stoppen?

Wenn Autumn, Olivia und Megan die Playlist nicht mochten, konnten sie gleich nach Hause gehen. Plötzliche Unbeschwertheit ergriff mich und mit meinem Handy in der Hand, stürmte ich nach oben in mein Zimmer. Ich spielte *ME!* von Taylor Swift ab und trällerte fröhlich die Lyrics, während ich vor meinem Spiegel Concealer, Mascara und Lipgloss auftrug. Als das erste Klingeln unten ertönte, durchfuhr mich eine Hitzewelle vor Aufregung und ich sprintete die Treppen herunter zur Tür.

« Hey! », rief ich. Mir blickten drei Gesichter entgegen.

« Hey, Süße », lächelte Autumn und zog mich in eine kurze unangenehme Umarmung. Olivia, die dicht neben Megan stand, begrüßte mich ein bisschen schroff. Megan grinste mich wie gewöhnt schief an.

« Herzlichen Glückwunsch », murmelte sie und zwängte sich an Olivia vorbei, um ins Innere zu gelangen.

« Megan ist schuld, dass wir zu spät sind », nuschelte Autumn zwischen zwei Bissen Kuchen und nahm einen Schluck aus ihrem Glas, das mit Cola befüllt war.

« Sie hat sich dreimal verfahren. » Megan wurde knallrot und warf einen Bonbon nach ihr.

« Du Bitch! Du weißt genau, dass ich kein Navi lesen kann. »

« Dann hättest du aber auch nicht sagen müssen, dass du fahren kannst », giftete Autumn zurück.

« Alles gut », warf ich ein, bevor es zwischen Megan und Autumn brenzlig wurde.
« So spät seid ihr gar nicht gekommen. »
Olivia saß schweigend am Tisch und hatte die ganze Zeit kaum ein Wort gesagt. Dabei waren sie schon seit einer halben Stunde hier.
« Alles in Ordnung? », vergewisserte ich mich bei ihr und blickte auf ihr volles Glas.
« Ja », erwiderte sie.
« Ich mag nur keine Softdrinks. »
« Oh, das wusste ich nicht. »
Hitze schoss in meine Wangen. Wieso hatte ich daran nicht gedacht?
« Möchtest du Sprudelwasser? Ich könnte dir auch einen Kakao oder einen Cappuccino anbieten », schlug ich hastig vor.
Olivias Lippen ähnelten einer schmalen Linie.
« Hast du auch was mit Alkohol da? » Die Frage erwischte mich völlig unvorbereitet.
« Nein … », murmelte ich und räusperte mich.
« Ich habe nur euch eingeladen. Der Plan für meinen Geburtstag war sowieso keine Party, auf der man sich besaufen und abfüllen kann. »
« Was? » Mit Olivias Frage hatte ich anscheinend auch Megans Interesse geweckt. Geschockt blinzelte sie mich an.
« Ich dachte, dass der Rest zum Feiern später kommt. »
« Der Rest? » Mir war die Verwirrung sicherlich anzuhören.
« Ich habe nie gesagt, dass aus meiner Geburtstagsfeier eine Party wird. »
« Dann nenne es doch auch nicht *Feier*! » Verärgerung und gleichzeitig Reue huschte über ihre Gesichtszüge. Reue, weil sie hierhergekommen war?

« Mädchen, du bist siebzehn geworden und keine fünfzig », schallte sich jetzt auch Olivia ein. Sie musterte mich, als wäre ich in innerhalb von ein paar Sekunden ein Alien geworden.
« Ich könnte mir nicht vorstellen, meinen siebzehnten Geburtstag so zu feiern. » Mir wurde heiß, dann kalt.
Ich bin wirklich so erbärmlich.
« Ich auch nicht », fügte Megan säuerlich hinzu. Sobald nun auch noch Autumn Anstalten machte, etwas zu sagen, begannen schwarze Punkte vor meinen Augen zu tanzen.
« Ich würde meinen siebzehnten Geburtstag auch nicht so feiern, aber Leute - es ist *ihr* Geburtstag. Sie muss das alles selbst wissen. » Autumn schenkte mir ein liebevolles Lächeln zu, das falscher nicht hätte sein können. Für einen Moment war es schrecklich still.
Dann betrachtete Autumn meinen Cardigan.
« Der sieht echt süß aus », kommentierte sie und warf mir erneut dieses falsche, zuckersüße Lächeln zu.
« Woher hast du ihn? »
Das Schlimmste an ihrer Frage war, dass ich wusste, dass sie meinen Cardigan überhaupt nicht mochte. Sie wollte auch gar nicht wissen, woher ich ihn hatte. Das Einzige, was sie wollte, war das Schweigen zu brechen.
Autumn wusste das auch.

So saßen wir für eine ganze Stunde, bewegten uns nicht vom Fleck und redeten über die Dinge, die wir uns krampfhaft überlegten.
Danach gingen sie - allesamt.

Ich glaube, ich hatte mich noch nie so niedergeschlagen gefühlt.

***

Nachdem Autumn, Olivia und Megan gegangen waren, räumte ich ihre Teller, Gläser und Gabeln weg. Meine Vorfreude von nur zwei Stunden war wie weggeblassen, stattdessen füllte sich mein Herz mit dauerhafter Traurigkeit.
Ich habe mir doch so viel Mühe gegeben, dachte ich bitter mit einem Blick auf den halbaufgeräumten Tisch.
Warum ist das, was ich tue, nie genug?
Mir war schon wieder nach Weinen zumute und ich fragte mich, seit wann ich so eine Heulsuse geworden bin. Die Musik, die ich vorhin abgespielt hatte, war aus - es war *so* leise in der Küche. Ich wollte gerade anfangen zu schluchzen, da klingelte es an der Haustür.
Fuck. In Eile richtete ich mich auf, pustete mir eine Haarsträhne aus dem Gesicht und schritt zur Haustür. Ich wischte mir eine Träne aus dem Gesicht.
Kann man denn nicht einmal in Ruhe weinen?
« Hi … », hob ich an, doch wurde schlagartig still, als ich realisierte, wer genau vor der Haustür stand. Was machte William denn hier?
« Hey. » Dort stand er. Schwarzer Hoodie, blaue Jeans. Weiße Sneakers. Ein breites Lächeln auf seinem Gesicht, das seine Grübchen zum Vorschein brachten. Seine blauen Augen, an denen ich mich irgendwie nie satt sehen konnte. Nur sein Anblick reichte, um mein Herz höher schlagen zu lassen. Mein Kopf spielte *Labyrinth* von Taylor Swift ab.
Ich könnte ihn für immer so ansehen.
Zum Glück setzte mein Verstand wieder ein.
« Was machst du hier? »

« Heute ist doch dein Geburtstag », sagte er. Erst jetzt sah ich das eingepackte Geschenk in seinen Händen. Mein Kopf fühlte sich völlig leer an, als er es mir reichte.
« Du hast daran gedacht? »
« Natürlich. » Unsicher betrachtete ich das Geschenk. Sollte ich es etwa schon auspacken?
Irgendwie kam mir ein Geschenk auszupacken, immer so unbeholfen vor. Doch William sah mich mit erwartungsvollen Augen an und wenn das kein Zeichen war, dann wusste ich auch nicht mehr weiter. Also riss ich das Papier ab und zur Sicht kam … ein Buch. Meine Augen begannen zu leuchten, da war ich mir sicher.
« Du hast mir erzählt, dass du Bücher mit Romantik magst aber auch Bücher, die tiefgründig sind, deshalb habe ich dir eine Mischung davon gekauft. »
« Es ist eine Liebesgeschichte mit einem Hauch Coming Of Age. » Zaghaft versuchte er aus meinem Blick schlau zu werden - seine Unsicherheit war wirklich süß. Generell die Tatsache, dass er hier draußen vor meiner Haustür stand, sich an meinen Geburtstag erinnert hatte und mir sogar ein Geschenk überreicht hatte. Es war… schön.
« Du hast meinen Geschmack perfekt getroffen. » Ich lächelte dezent. « Danke. » Dann gab ich mir einen Ruck.
« Möchtest du mit reinkommen? »
Während er mir in den Flur zur Küche folgte, bemerkte ich die Schokoladentafel, die auf dem Buchcover mit Tesafilm befestigt war. In meinem Bauch flatterten Schmetterlinge.
« War Megan bei dir? », fragte William interessiert, als er den Esstisch entdeckte und ich nickte.
« Ja. Zusammen mit ihren Freundinnen Olivia und Autumn. »
« Hattest du einen schönen Nachmittag? »

Ob ich einen schönen Nachmittag hatte? Bei seiner Frage stiegen mir schon wieder beinahe Tränen in die Augen, doch ich unterdrückte sie gerade noch rechtzeitig. Was war denn in mich gefahren, dass ich auf einmal so viel weinen musste?!
Im Augenblick fühlte es sich wirklich so an, als würde ich alle meine Gefühle stärker wahrnehmen, als sonst.
Mein Lächeln wirkte gezwungen, aber das war mir egal.
« Ja, es war wirklich schön », antwortete ich rau obwohl ich haargenau wusste, dass dieser Nachmittag alles andere als schön gewesen war. Doch erneutes Weinen in der Anwesenheit von William Morrison kam auf keinen Fall in Frage. Lieber würde ich tot umfallen.
William musterte mich jetzt nachdenklich.
« Siebzehn zu werden ist nicht schlimm », sagte er dann vorsichtig.
« Du musst mit siebzehn nicht die ganze Welt und ihre Logik verstanden haben. »
Es waren nur zwei Sätze, aber sie bedeuteten mir sehr viel. Dankbarkeit ergriff mich.
« Danke, William », flüsterte ich. Er sah mich mit diesem Blick in den Augen an, der einem praktisch zuschrie, dass er noch mehr zu sagen hatte. Aber dazu kam es gar nicht.
« Möchtest du dich hinsetzen? », bot ich ihm an und deutete auf die Stühle am Tisch. Vielleicht sprach da die Einsamkeit aus mir, aber ich wollte, dass William bei mir blieb. Als William nickte und sich an den Tisch setzte, atmete ich innerlich erleichtert aus.
Ganz alleine an meinem Geburtstag bin ich dann doch nicht.
Ich setzte mich ihm gegenüber. Wir schwiegen - es war ein schrecklich langes Schweigen. Irgendwann dehnte es sich so lange aus, dass ich es nicht mehr aushielt.
« Okay, das ist ziemlich peinlich » , brach es aus mir heraus.

« Und ich weiß, dass ich der Grund dafür bin, aber ich will nur, dass du weißt, dass es mir *so* leidtut. Ich wollte deinen Pullover nicht vollrotzen und ich wollte eigentlich auch nicht weinen. Vor allem nicht in der Öffentlichkeit, aber… »
« Leah, es ist okay », versuchte William mich zu besänftigen.
« Ich finde es überhaupt nicht schlimm, dass du geweint hast. »
« Wirklich? » Mir war bewusst, dass ich vermutlich wie ein Meerschweinchen quiekte, aber das war nun völlig nebensächlich.
« Meine Mutter hat mir früher immer gesagt, dass es gut ist, wenn man seinen Emotionen freien Lauf lässt. » Er zuckte mit den Schultern.
« Du hast alles richtig gemacht. »
« Okay. » Ich erlaubte mir ein kleines, zögerndes Grinsen.
« Ich dachte nämlich, du würdest mich nach dem Vorfall am liebsten meiden wollen. »
« Wieso sollte ich so etwas wollen? », hakte William sanft nach.
« Keine Ahnung, ich … » Ratlos strich ich eine Haarsträhne aus meinem Gesicht.
« Ich dachte, ich wäre dir jetzt peinlich oder so etwas. »
« Nein, auf keinen Fall », rief William entsetzt.
« Das warst und bist du nicht », wiederholte er nachdrücklich, als wolle er sichergehen, dass ich ihm auch wirklich glaubte.
« Wenn du denkst, dass Gefühle zeigen, peinlich ist, dann bist du nicht bereit für eine meiner peinlichsten Momente. »
« Soll ich dir von einem erzählen? Ich habe viele. »
Meine Mundwinkel hoben sich wie von selbst. Zuneigung zu ihm breitete sich in mir aus.
Er wollte mir eine peinliche Geschichte von ihm anvertrauen, damit ich nicht mehr negativ über meine eigene denken

musste. Das war so süß, dass ich es nicht einmal in Worte fassen konnte.
« Schieß los », erwiderte ich und konnte aus irgendeinem Grund nicht mehr aufhören zu lächeln.
« Okay. » Er räusperte sich und warf mir ein umwerfendes, verschmitztes Grinsen zu.
« Als ich fünfzehn war, war ich verrückt nach den *Star Wars* Filmen. Also habe ich an einem Montagabend einen Marathon gemacht. Natürlich habe ich nicht alle geguckt, immerhin sind es zwölf Teile, aber ich habe trotzdem die ganze Nacht durchgemacht. Als ich dann in der Schule war, bin ich so müde geworden, dass ich in der ersten Stunde eingeschlafen bin. Irgendwann hat mich ein Sitznachbar aufgeweckt, weil unsere Mathelehrerin mir eine Frage gestellt hat. Ich habe voll gesabbert und als meine Mathelehrerin gemerkt hat, dass ich in ihrer Stunde eingeschlafen bin, ist sie förmlich ausgerastet. »
Er lachte bei der Erinnerung.
« Sie hat mich wütend nach vorne gerufen und verlangt, dass ich ihr den Grund nenne, weswegen ich ihren kostbaren Unterricht mit meinem Schnarchen störe. »
Ich kicherte.
« Hast du ihr die Wahrheit gesagt? »
« Sie hat mich mit ihrem Blick praktisch aufgespießt - ich hatte keine andere Wahl. »
« Danach meinte sie nur, dass ich nicht in der Verfassung wäre, am Unterricht teilzunehmen und mich gefälligst abholen lassen sollte. »
Ich brach in ein schallendes Gelächter aus.
« Was?! »
« Jepp. » Er schmunzelte, seine Augen funkelten schelmisch, während er mich ansah.

« Meine Mutter kam eine Weile später, um mich abzuholen, schimpfte mit mir und befahl mir Zuhause schlafen zu gehen. Wenn ich ausgeschlafen habe, sollte ich mich sofort an meine Mathehausaufgaben setzen. »

« Mein Handy hat sie mir auch noch weggenommen », fügte er gespielt theatralisch dazu.

Kurz - ganz kurz, bekamen seine Augen etwas Trauriges, doch der Ausdruck verflog so schnell, dass ich meinte, es mir nur eingebildet zu haben.

« Das ist aber nicht ganz so peinlich », stellte ich amüsiert fest.

« Doch, ist es. Ich habe gesabbert! »

Ich lachte.

« Du warst halt einfach ein Fan. »

Ich lachte ihn an und er erwiderte meine Glückseligkeit mit einem kleinen Lächeln.

Für einen Moment verharrten wir so. Wir blickten uns schweigend an und ich hoffte, dass er wusste, wie sehr mir seine Anwesenheit bedeutete. Und wie viel es mir bedeutete, dass er an mich und meinen Geburtstag gedacht hatte.

« Der Nachmittag mit Megan, Olivia und Autumn war nicht schön », flüsterte ich und brach somit die Stille. Warum ich ihm das erzählte, wusste ich auch nicht so genau. Vielleicht weil ich mich wohlfühlte. Dennoch wirkte William nicht überrascht. Er schien es bereits geahnt zu haben.

« Scheiße », entfuhr es ihm. In seinen Augen lag echte Einfühlsamkeit.

« Was ist passiert? »

« Sie sind nach einer Stunde gegangen. Ich glaube, sie haben sich den Geburtstag nicht so vorgestellt. »

Er schnaubte.

« Scheiß auf sie. Wenn sie andere Vorstellungen haben und deshalb eingeschnappt sind, hätten sie auch gleich gehen können. »
« Tu das, was dir gefällt und kümmere dich nicht um andere Meinungen. Sie sind unrelevant, okay? »
Wäre das nur so leicht, hätte ich schon längst damit aufgehört.
William warf mir einen bedeutsamen Blick zu - ich erwiderte ihn. Dann unterbrach ich den Blickkontakt. Fasste meinen ganzen Mut zusammen und fragte: « Möchtest du bleiben? »
Er nickte, dann begannen seine Augen zu glitzern.
« Ich habe noch mehr peinliche Geschichten auf Lager. Wappne dich, es wird schlimm. »

Ich musste lachen.
« Ich bin bereit », fügte ich breitgrinsend hinzu.

***

13 Jahre alt

Sophia lachte. Wir standen in ihrem Zimmer und führten ein paar Tänze auf, die sie sich ausgedacht hatte. Sophia war meine allerbeste Freundin. Sie war so cool, dass ich so sein wollte wie sie. Gestern hatte ich sogar meinen Vater angebettelt, damit er mir den gleichen Pullover kaufte, den Sophia immer trug. Denn sie fand, dass meine Klamotten kindisch und peinlich aussahen.
« Jetzt drehst du sich so rum », befahl sie mir jetzt, drehte sich im gleichen Moment um, sprang, und formte mit ihren Händen ein Herz. Ich tat mein Bestes, um es ihr nachzuahmen. Mit

meinen Händen versuchte ich ein Herz zu formen. Natürlich sah es ein wenig anders aus - schließlich hatte ich auch eine Spastik an der rechten Hand, und sie nicht.
Sophias Gesicht verzog sich, als sie auf meine Hände starrte.
« Das sieht komisch aus », teilte sie mir barsch mit.
« Lass den Schritt einfach aus. »
« Okay », murmelte ich und ließ meine Hände sinken.
Wir übten ihre selbstausgedachten Schritte weiter, doch es machte mir nicht mehr so viel Spaß wie vorher.
Stattdessen schwirrten ihre Worte ununterbrochen in meinem Kopf herum und wollten einfach nicht damit aufhören.

10. Kapitel

« Ich wusste gar nicht, dass du backen kannst. »
Erstaunt hob ich den Kopf, nachdem ich Mias Streuselkuchen ausgiebig betrachtet hatte. Heute kamen Mom und Cameron, um meinen Geburtstag nachzufeiern. Doch Tristan und Mia hatten verlangt, dass ich vorher ins *Brownies & Co* kam. Denn sie hatten einen Geburtstagskuchen für mich gebacken. Mia verdrehte die Augen. « Kann ich auch nicht. Tristan und ich haben ihn zusammen gemacht. »
Tristan schenkte mir ein verschmitztes Grinsen.
« Ohne mich wäre der Kuchen gar nicht entstanden. »
« Ach komm schon! » Mia blitzte ihn missbilligend an.
« Warst du nicht derjenige, der Salz mit Zucker verwechselt hat? »
« Jedenfalls habe ich es geschafft, den Kuchen rechtzeitig aus dem Ofen zu nehmen, bevor er verbrennt! », schoss Tristan zurück.
« Was?! » Mias Gesicht wurde ganz rot vor Wut.
« Du… »
« Hey, hört auf zu streiten », unterbrach ich die beiden.
« Es ist wirklich lieb von euch, dass ihr an meinen Geburtstag gedacht habt. »
« Das würden wir doch nicht vergessen. » Mia blinzelte mich liebevoll an.
« Ja. » Tristan schien allmählich besänftigt zu sein.
« Wie war dein Geburtstag denn so? »
« Gut. » *Gut* war nicht einmal ansatzweise das Wort, für den tollen Abend, den ich gestern mit William verbracht hatte.

Wenn ich mich daran zurück erinnerte, wurde mir ganz kribbelig zumute.
« William ist noch gekommen », offenbarte ich geheimnisvoll.
« Er hat mir ein Geschenk gegeben und ist für den Rest des Abends geblieben. »
« Aha. » Tristan und Mia warfen sich einen kurzen, wissenden Blick zu.
« Woher wusste er denn, dass du Geburtstag hast? »
« Oh… uhm… » Mein Gesicht wurde ganz fleckig vor Scham. Auf keinen Fall konnte ich ihnen die Wahrheit erzählen. Nein, das würde ein Geheimnis zwischen mir und William bleiben.
« Ich habe es ihm einfach mal erzählt », druckste ich peinlich berührt herum.
« Anscheinend hat er sich daran erinnert. »
« Und dann stand er einfach vor deiner Tür, oder was? »
Mia hob eine Augenbraue.
Ich nickte. « Genau. »
Ein erneuter Austausch von Blicken folgte.
« Was? »
« Nichts, nichts. » Tristan grinste über das ganze Gesicht.
« Ich glaube, da hat sich jemand verliebt », flüsterte Mia leise.
Diesmal war ihr Lächeln selig.
« Niemals. » Ich schüttelte den Kopf.
« William ist einfach nur nett. Er würde doch nicht … »
« Leah », unterbrach mich Mia energisch.
« Sei nicht so naiv. »
« Was meinst du damit? Er … »
Dann spürte ich, wie mein Inneres zu strahlen begann.
« Glaubst ihr wirklich, dass er in mich verliebt ist? »

« Keinen Zweifel. Er ist sowas von verknallt », bestätigte Tristan. Ich begann zu quietschen, stürmte auf Mia zu und fiel ihr um den Hals. Danach drückte ich Tristan an mich. Nachdem ich mich von den beiden gelöst habe, starrte ich ins Leere und grinste dabei wie eine Irre.
Was bedeutete das denn jetzt?
Wenn sich William in mich verliebt hatte, war *ich* dann auch in ihn verliebt?
Wie fühlte es sich überhaupt an, wenn man verliebt war?
Etwa so, wie ich mich in Williams Anwesenheit fühlte?
Irgendwie war ich nun noch verwirrter als vorher.

***

« Herzlichen Glückwunsch! » Cameron umarmte mich ausgelassen und überreichte mir ein sehr zerknittertes, eingepacktes Geschenk. Ein amüsiertes Lächeln schlich sich auf meine Lippen.
« Lass mich, okay? Du weißt, dass ich nicht gut darin bin », fügte Cameron eilig hinzu.
« Ist Mom schon da? », wollte er wissen, als er die Küche betrat, die gerade von Dad dekoriert wurde.
« Hi, Dad », begrüßte er ihn knapp und wandte sich dann wieder an mich.
« Sie sollte gleich kommen », murmelte ich abweisend, während ich sein Geschenk auf die Kücheninsel legte. Ich wusste sowieso schon, was er mir schenkte. Eine Strickjacke, die ich ihm bereits vor zwei Monaten geschickt habe, damit er wusste, was ich mir zum Geburtstag wünschte.
Mein Magen fühlte sich flau an. Wenn ich ehrlich mit mir war, fühlte sich mein Magen schon den ganzen Tag so an. Ich hatte Angst vor der Begegnung mit meiner Mutter. Nach dem

Vorfall in New York, habe ich mich kaum bei ihr gemeldet, geschweige denn mich bei ihr entschuldigt. Und auch wenn die Schuldgefühle mich praktisch aufgefressen hatten, hatte ich es nicht gewagt, sie anzurufen. Sie heute zu sehen, kam mir überfordernd vor. Ich hatte keinen blassen Schimmer, wie ich mich ihr gegenüber verhalten sollte.

In dem Moment klingelte es an der Tür.

Dad, der die Getränke und Teller auf den Tisch stellte, drehte sich zu mir um.

« Das ist deine Mutter. Öffnest du bitte die Tür? »

Ich schluckte.

Konnte Cameron das nicht tun?

Wahrscheinlich war das ziemlich unreif von mir, aber ich hatte gerade absolut keinen Bedarf mit meiner Mutter zu sprechen. Ich wollte ihr nicht gegenüber treten. Obwohl sich alle Körperzellen in mir weigerten, zur Haustür zu gehen, setzten sich meine Füße nun doch in Bewegung. Als ich bei der Tür angekommen bin und sie geöffnet hatte, stand mir nicht nur meine Mutter gegenüber. Dicht neben ihr stand …

« Pete. » Cameron war mir gefolgt, stand neben mir und beäugte ihn überrascht.

« Hallo, ihr beiden. » Pete nickte uns etwas unsicher zu - er machte es ziemlich offensichtlich, dass er nicht wusste, wie er mit uns umgehen sollte. Doch er war mir sowieso egal. Meine Augen hefteten sich nämlich auf meine Mutter. Mom versuchte es mit einem vorsichtigen, fast scheuen Lächeln, so als ob sie meine Reaktion testen wollte. Diesmal trug sie ihre Haare offen - sie fielen ihr geglättet über die Schultern. Ihre Wimpern waren stark geschminkt und wenn ich mich nicht versah, trug sie sogar Eyeliner. Der rote Pullover und die blaue Jeans passten zu ihrem Auftreten.

« Hey, Leah », begrüßte sie mich. Ihr Tonfall klang nicht brüsk wie letztes Mal. Fast, als hätte sie unsere Auseinandersetzung vergessen.
« Wie geht`s dir, Geburtstagskind? »
Die Art, wie sie mit mir sprach, trieben mir Tränen in die Augen. So zärtlich und liebevoll. Genau in diesem Moment kam es mir so vor, als wäre sie wieder meine Mutter. Meine Mutter, die mich liebte. Meine Mutter, die nur das Beste für mich wollte und die immer sichergehen wollte, dass es mir gutging.
« Hey, Mom », flüsterte ich erstickt. Schlagartig zog sie mich in eine feste Umarmung und ich wollte weinen. Wollte hemmungslos in ihren Armen schluchzen und ihr von all meinen Sorgen berichten. Wollte, dass sie mir meinen Kummer abnahm, so wie sie es als Kind bei mir getan hatte. Wollte, dass sie meine einzige Lösung zu all meinen Problemen war. Aber das tat ich nicht. Stattdessen erwiderte ich ihre Umarmung so gut, wie ich es konnte, ohne versteift zu wirken.
« Es tut mir leid », murmelte ich in ihre Haare und hoffte, dass sie mich verstand.
« Mir tut es auch leid », antwortete sie und löste sich langsam von mir. « Ich möchte nicht, dass du wütend auf mich bist. »
Für einen Augenblick sahen wir uns nur an, dann brach unser Blickkontakt.
« Warte. » Mom trat einen Schritt auf mich zu.
« Dein Kleid sitzt schief. » Mein Blick fiel auf das schwarze Kleid, das ich heute Morgen angezogen hatte. Mom richtete es so lange, bis sie zufrieden war und strich es glatt.
Danach nickte sie mir befriedigt zu, strich über meine Haare und drückte mir ein rotverpacktes Geschenk in die Hand.
« Diesmal ist es kein Buch », erklärte sie vielversprechend.

« Lass dich überraschen. »
« Okay. » Ich warf ihr ein schmales Lächeln zu.
« Mom? »
« Ja? » Sie war schon auf dem halben Weg dabei, meinen Bruder zu begrüßen, da hielt sie inne und drehte sich zu mir um.
« Ich bin nicht mehr wütend auf dich. »
Vielleicht war dieser einziger Satz eine Lüge, aber heute war mir danach, mich selbst anzulügen. Denn heute wollte ich ausnahmsweise nicht mehr sauer sein. Heute wollte ich nicht mehr wütend auf meine Mutter sein.

Den Rest des Tages verbrachten wir in der Küche und aßen den Kuchen, den Tristan und Mia für mich gebacken hatten. Pete versuchte sich mit meinem Vater anzufreunden. Das klappte jedoch leider weniger. Dad war nämlich stinksauer, weil er gar nicht mit Petes Anwesenheit gerechnet hatte. Anscheinend hatte Mom vergessen, zu erwähnen, dass er sie begleiten würde.
« Glaubst du, Dad wird sich noch beruhigen? », wisperte ich jetzt leise in Camerons Ohr. Mein Bruder saß neben mir und schob sich gerade eine Gabel Schokokuchen in den Mund.
« Keine Ahnung », nuschelte er mit vollem Mund.
« Sein rotes Gesicht ist immer noch intakt. Pete sollte lieber Sicherheitsabstand nehmen. »
Der Schluck Sprudelwasser in meinem Mund hatte keine Chance mehr. Ich prustete los und das Wasser spritzte nur so über den Tisch.
« Leah! », kam es donnernd von meinem Vater, aber ich konnte nicht mehr aufhören zu kichern.
« Sorry », murmelte ich und nahm das Taschentuch, das mir Cameron reichte, dankend an.

« Also, wie läuft es mit Jack? », wollte ich von meinem Bruder wissen, nachdem ich mich so langsam beruhigt hatte.
« Gut, sehr gut. » Cameron konnte bei seiner Erwähnung kaum aufhören zu grinsen und auch wenn ich mich für ihn freute, attackierte ein scharfes Messer mein Herz, weil mein Leben verglichen mit seinem, völlig farblos und eintönig wirkte.
« Hey. » Cameron stupste mich an, als hätte er meine düsteren Gedanken gelesen.
« Wollen wir ins *Books & Coffee*? » Er wackelte mit den Augenbrauen.
« Ich gebe auch aus. »
« Aber Pete und Mom sind hier », zögerte ich.
« Na und? Wenn wir zurück kommen, sind sie immer noch da. »
Ich warf meiner Mutter einen letzten Blick zu, dann hatte ich mich entschieden. Camerons Vorschlag war einfach zu toll, um ihm nicht nachzugehen.
« Okay. »
Cameron und ich grinsten einander an, dann sprangen wir gleichzeitig auf und verschwanden in den Flur.
Dass wir nur wenige Momente später nach draußen liefen, bemerkte keiner. Nicht einmal Dad, der seine Augen sonst überall hatte.

Im *Books & Coffee* saßen wir wie immer an unseren Stammplatz, tranken zu viel Kaffee und bestellten Cupcakes. Weil ich gestern Geburtstag hatte, kaufte mir Cameron sogar zwei Bücher meiner Wahl. Ehrlich gesagt konnte der Nachmittag gar nicht mehr besser werden.

« Und, wie geht es William? », fragte Cameron mich jetzt völlig unerwartet, während er die Kaffeetasse mit nur einem Schluck leerte.
« Gut », sagte ich nüchtern und plötzlich fiel mir die Unterhaltung zwischen Mia, Tristan und mir heute Vormittag wieder ein.
Euphorie packte mich.
« Ich muss dir noch etwas erzählen », ratterte ich schnell herunter und presste die Lippen aufeinander, damit Cameron mein breites Grinsen nicht sehen konnte.
« Was denn? » Mein Bruder sah mich mit einem erwartungsvollen Glitzern in den Augen an.
« William ist in mich verliebt », platzte es aus mir heraus und nun konnte ich meine Freude darüber nicht mehr verbergen. Irgendwie konnte ich es immer noch nicht ganz fassen. Niemand hatte sich je in mich verliebt. Und plötzlich mochte mich ein Junge aus England?!
Cameron wurde blass.
« Oh », machte er, wenige Augenblicke später, erlosch sein strahlendes Lächeln.
« Was? », hakte ich alarmiert nach und spürte wie meine Freude aus meinem Körper wich.
Cameron holte tief Luft, als müsste er sich Mut zusprechen.
« Also, uh … » Er stammelte hilflos herum, als wüsste er nicht genau, wie er anfangen sollte.
« Jetzt sag schon, Cameron! », unterbrach ich ihn. Die Verzweiflung in meinem Unterton war wohl kaum zu überhören.
« Okay. » Cameron seufzte.
« Ich sage dir das, weil ich dein Bruder bin und ich nicht möchte, dass du dir unnötige Hoffnungen machst. »

« Gerade als ich bei euch angekommen bin, habe ich überhört, wie William mit seiner Mutter gesprochen hat. Sie standen vor ihrer Haustür und haben über dich gesprochen. Seine Mutter wollte wissen, ob er sich in dich verliebt hat und William hat es verneint. »
Das Blut wich aus meinem Gesicht.
« Was waren seine exakten Worte? »
« *Ich bin nicht in sie verliebt, Mum. Sie ist nett, aber sie ist nur eine Freundin.* »
« So hat er es gesagt? »
« Exakt so », bestätigte er und die Hoffnung in mir starb.
« Danke, dass du es mir gesagt hast », murmelte ich rau, hob die Tasse an und führte sie zu meinen Lippen. Nahm einen Schluck und versuchte damit die bittere Enttäuschung hinunter zu spülen. Wie dumm und naiv ich doch war. Natürlich hatte er keine Gefühle für mich. *Dumm, dumm, dumm, dumm!*
« Es tut mir leid, Leah », versuchte es Cameron, aber ich fiel ihm ins Wort.
« Wir sollten bezahlen und zurück nach Hause gehen. Mom und Dad fragen sich bestimmt, wo wir hingegangen sind. »
Meine Stimme klang ziemlich tonlos, aber das störte mich im Moment nicht.
Cameron nickte und legte kurz einen Arm um meine Schulter. Er bezahlte, dann verließen wir das Bücher - Café.

11. Kapitel

Seit ungefähr zwei Wochen habe ich keinen Kontakt mit William gehabt. Ich wusste gar nicht, warum. Ich wusste nur, dass mein Herz schmerzte, wenn ich ihn vom Weitem erblickte. Denn jedes Mal wenn ich ihn nur für ein paar Sekunden ansah, trat Camerons Stimme in meinen Kopf und erzählte mir, dass William nichts für mich fühlte. Und das tat weh. Weil ich für einen winzigen Augenblick wirklich gedacht hatte, dass er sich in mich verlieben könnte. Dass er etwas für mich fühlen konnte. Dass wir etwas werden könnten.
Aber das war nur Wunschdenken gewesen.
Er war vermutlich nur nett zu mir gewesen, weil er beobachtet hatte, dass ich in den Schulpausen alleine war. Nichts weiter.

« Kommst du dieses Wochenende mit? »
Ich setzte mich an meinen Platz und legte mein Geschichtsbuch auf den Tisch.
« Hm? » Ich hatte Megan gar nicht wahrgenommen.
« Party bei mir. Samstagabend. Hast du Lust? »
Megan durchlöcherte mich förmlich mit einem Blick, der mir sagte, dass ich ja sagen sollte. Ich räusperte mich.
« Samstag habe ich leider keine Zeit, tut mir leid. »
Es tat mir so nicht leid.
« Komm schon! » Ärger huschte über Megans Gesichtsausdruck.
« Du hast die letzten drei Male schon abgesagt. »
« Ich weiß, Megan, aber … »
« Du kommst heute. »

« Megan… »
« Komm einfach, okay? Sei einmal nicht so langweilig. » Megan funkelte mich vorwurfsvoll an, dann blickte sie auf die Uhr an ihrem Handgelenk.
« Ich habe jetzt Mathe. Wir sehen uns später. » Mit diesen Worten verließ sie den Raum und ich raufte mir erschöpft die Haare.

Sie verstand es nicht. Sie würde niemals verstehen, warum ich ihr ständig absagte. Sie kannte das Gefühl nicht, wenn man einen fremden Raum betrat und es sich anfühlte, als lägen einhundert Blicke auf einem. Das Gefühl, wenn man Menschen um sich herum lachen hörte und man glaubte, sie würden sich über einen lustig machen. Das Gefühl, wenn das Herz vor jeder sozialen Situation vor Panik raste und man immer, immer, immer das verdammte Gefühl hatte, dass die Menschen einen verurteilen würden. Dieses Gefühl, das Herzrasen, die schwitzigen Hände, das rote Gesicht. All das verschwand nie und es würde auch niemals aufhören. Weswegen ich soziale Situationen mit fremden Personen oder Personen, in deren Anwesenheit ich mich unwohl fühlte, am besten mied.

Kate, meine Sitznachbarin in Geschichte las gerade ihren Aufsatz vor, den wir als Hausaufgabe erledigen sollten. Ihre Stimme klang deutlich - jeder konnte sie akustisch verstehen. Mein eigener Text lag vor mir. Ich wollte ihn wirklich gerne vorlesen, weil ich ziemlich stolz darauf war. Gestern am Schreibtisch hatte ich eine Stunde mit diesem Aufsatz verbracht. Ich *musste* ihn sogar vorlesen. Sonst war die Zeit völlig umsonst gewesen.

« Gut gemacht, » lobte Mrs. Baker meine Sitznachbarin und Kate fing zu strahlen an. Der Drang, vorzulesen wurde noch ein Stück größer. Ich wusste, dass mein Aufsatz gut war. Ich *wollte* ihn sogar präsentieren.
« Wer von Ihnen möchte jetzt vorlesen? »
Kate warf mir einen kurzen Blick zu.
« Lies du vor », ermunterte sie mich.
Doch mein Körper wollte sich nicht regen. In diesem Raum saßen fünfundzwanzig Schüler. Mein Blick huschte durch den Raum - mein Herz pochte in meiner Brust. Wenn ich vorlas, konnte jeder mich hören. Wenn ich vorlas, konnte ich mich blamieren. Wenn ich vorlas, konnten mich alle für irgendetwas verurteilen.
Meld dich einfach. So schwer ist das nicht!
Mein Aufsatz ging eine ganze Seite lang. Das war viel zu viel. So lange konnte ich nicht vorlesen. Das würde ich nicht aushalten.
Die Zeilen verschwammen vor meinen Augen, der Druck auf meiner Brust, verschlimmerte sich.
Meine Hände begannen zu schwitzen.
« Mrs. Harper? » Ich zuckte zusammen. Das Blut schoss mir ins Gesicht.
« Ja? », piepste ich und kam mir dabei ziemlich dämlich vor.
Mrs. Baker hob fragend die Augenbraue.
« Möchten Sie vorlesen? » Da begriff ich, dass ich tatsächlich versucht hatte, mich zu melden. Schnell ließ ich meine Hand sinken.
« Nein », antwortete ich und senkte beschämt den Kopf.
Peinlich, peinlich, peinlich.
Für den Rest der Stunde blendete ich alles aus, konzentrierte mich nur auf meine Hände vor mir, während das stetige Bereuen, dass ich nicht vorgelesen hatte, mich überflutete.

***

Megans Hausparty war heute Abend und auch wenn ich ausdrücklich nein dazu gesagt hatte, stand ich jetzt vor dem Spiegel und suchte mir ein Outfit für den Abend aus. Der Grund? Megan hatte mich so lange angebettelt, bis ich nachgeben musste. Sie wusste nämlich ganz genau, dass ich nichts zu tun hatte.

Also bestand sie darauf, dass ich heute zu ihr nach Hause kommen würde. Und da ich mich nicht traute, nochmal nein zu sagen, ging ich lieber und brachte es hinter mich.

Nur wenig später schallte Camerons Stimme durch meinen Raum.

« Hey, was machst du gerade? »

« Mich für eine Party fertigmachen », murmelte ich und schnappte mir das Glätteisen, das mir meine Mutter zum Geburtstag geschenkt hatte.

« Ich dachte, wenn ich mich schon für etwas fertigmachen muss, dann kann ich auch mit dir telefonieren. »

Während ich darauf wartete, bis das Glätteisen heiß wurde, kramte ich meine Make-Up Produkte hervor. Inzwischen benutzte ich ziemlich viel Schminke, sodass der Haufen an Produkten stetig wuchs.

« Fertigmachen? Normalerweise benutzt du doch nur Mascara, ein bisschen Concealer und Lipgloss. »

Mein Bruder an der anderen Leitung, wirkte verwirrt. Besorgnis schwang in seiner Stimme mit.

Ohne es zu merken glitt mein Blick zurück zu den verschiedenen Produkten, die ich in den letzten vier Wochen gekauft hatte und hätte fast aufgelacht. Es war schon lange nicht nur Mascara, ein bisschen Concealer und Lipgloss. Aber ich konnte Cameron nicht erklären, warum ich auf einmal so

viel Schminke benutzte. Er konnte schließlich nicht in meinen Kopf gucken. Er würde nicht kapieren, wieso ich das tat.
« Leah? Bist du noch da? »
Ich seufzte frustriert, biss mir auf die Lippe.
« Es ist wie ein Kampf, den ich nicht gewinnen kann, verstehst du? Jedes Mal, wenn ich in die Schule gehe und die Mädchen dort sehe, dann… »
Meine Augen begannen zu brennen, wenn ich an das Gefühl dachte. Der Dolch, der sich in mein Herz rammte, wenn ich die Mädchen in der Schule erblickte und realisierte, dass ich niemals so sein würde wie sie. Dass ich niemals so aussehen würde. Niemals so elegant sein würde.
Und dieses Gefühl blieb, wenn ich in der Schule war. Es blieb an meiner Seite wie ein loyaler Freund, der mir immer zu wisperte, dass ich nicht so aussah. Dass sie immer besser als ich sein würden. Dass sie mich in allem, was sie machten, besiegen würden.
Vielleicht sollte ich aufhören, ständig neue Sachen, neue Dinge zu kaufen, um mein Aussehen zu verbessern, aber ich konnte es nicht lassen. Der Drang dazu war einfach viel zu stark.
« Was? », hakte Cameron nach, aber ich wollte jetzt nicht über meine Gefühle sprechen.
« Egal », erwiderte ich deshalb nur und begann damit meine Haare zu glätten.
« Make-Up ist nicht die Lösung. »
« Können wir über etwas anderes reden? », schlug ich vor und spürte wie ich so langsam gereizt wurde. Aufzulegen war nun definitiv die einfachste Lösung.
Aber Cameron wechselte das Thema nicht.
« Ich will, dass du mit jemanden darüber redest », fuhr er fort und ich hätte mir am liebsten die Ohren zugehalten.

« Ich werde mit niemandem darüber reden, dass brauche ich nicht », rief ich schneidend und schnappte mir meine Mascara vom Schreibtisch.
« Hast du neue Freunde gefunden? »
Cameron ignorierte mich völlig.
« Wie ist es denn momentan in der Schule? »
« Ich gehe heute zu Megan, also ja, ich habe Freunde. »
« Du weißt, dass ich das nicht so gemeint habe. Ich mache mir nur Sorgen und du hast mir schon länger nichts aus der Schule erzählt, also… »
« Mir geht`s gut, okay? », fiel ich ihm schroff ins Wort.
« Du musst dir keine Sorgen um mich machen. »
Ich atmete tief ein und aus.
« Kannst du mir bitte einfach irgendetwas erzählen? »
« Wie war dein Tag bisher? »
Zuerst schwieg er, aber dann berichtete Cameron von seinem Tag. Währenddessen trug ich mein Make-Up auf und versuchte mich mental auf den späten Nachmittag vorzubereiten.

***

« Bitteschön. » Megan drückte mir ein Shotglas in die Hand.
« Shots! », lallte sie ohrenbetäubend und drehte sich zu der Menschenmenge an fremden Teenagern um, die kreuz und quer in ihrem Wohnzimmer verteilt standen. Es waren Megans Freunde, aber ich kannte keine von ihnen.
Mein Herz raste mir bis zum Hals und mir war so heiß, als wäre Sommer in diesem Wohnzimmer ausgebrochen. Megan setzte das Glas an ihre Lippen und kippte den Alkohol herunter. Alle anderen taten es ihr nach. Und weil alle anderen es taten, tat ich es auch. Meine Hände zitterten, als ich Megan

nachzuahmen versuchte und einen winzigen Schluck nahm. Augenblicklich verschluckte ich mich und begann zu husten. Es wurde sogar so schlimm, dass mir dicke Tränen über die Wangen rollten.
Zuerst begann Megan zu lachen, dann auch alle anderen im Raum. Mein Herzschlag verdoppelte sich - ich begann zu schwitzen. Jeder lachte. Ich vernahm verstohlenes Wispern, leises Kichern und lautes Gegröle. Tausende von Blicke waren auf mich gerichtet und verurteilten mich. Sicher hielten sie mich für ein kleines Kind, das keine Ahnung von irgendetwas hatte. Sicher hielten sie mich für komisch. Sie lachten und flüsterten und es hörte einfach nicht auf. Jeder starrte mich an. Das Blut pumpte durch meine Adern, mein Hals schnürte sich zusammen. Plötzlich war die Luft zum Atmen weg.
« Ich… » Hilfesuchend drehte ich mich zu Megan, aber sie war zu einem Mädchen mit roten Haaren verschwunden.
Nichts hielt mich mehr in diesem Raum. Eilig und mit wildklopfendem Herzen sprintete ich in den Flur und steuerte blind auf das Badezimmer zu.
Dort angekommen schloss ich in Windeseile die Tür ab und kauerte mich auf den Boden zusammen. Raufte mir verzweifelt die Haare. Ich schluchzte auf und nur wenig später, spürte ich den salzigen Geschmack meiner Tränen im Mund.
Was war nur falsch mit mir?
Warum musste ich immer so unangenehm, so unwissend, so unbeholfen sein?
Wieso konnte ich nicht so sein wie die anderen?
Wieso waren fremde Menschen so furchteinflößend für mich?
Warum konnte ich keine neuen Freunde finden?

Links neben mir befand sich ein Spiegel und als ich hinein blickte, empfand ich nichts anderes als blanken Hass mir gegenüber. Die Lippen aufeinander gepresst, starrte ich in den Spiegel, grub meine Fingernägel in meinen rechten Arm, während sich meine Gedanken nahezu überhäuften.
Ich bin eine Versagerin. Ich bin peinlich. Ich hasse mich. Wieso bin ich so? Warum kann ich nie irgendwo reinpassen?

Als ich nach ungefähr zwanzig Minuten aus der Toilette kam, prallte ich auf dem Weg zurück ins Wohnzimmer, in Megan hinein.
« Wo warst du? », wollte sie unwirsch von mir wissen. Insgeheim hoffte ich, dass ich den Rest verschmierter Mascara in meinem Gesicht beseitigt hatte.
« Auf Toilette », beantwortete ich ihre Frage rau.
« Okay. Kommst du dann wieder zurück ins Wohnzimmer? »
« Ich muss gehen », murmelte ich betreten und senkte den Kopf, um ihren Blick nicht ertragen zu müssen.
« Du musst gehen? », wiederholte Megan ungläubig, unterdrückte Wut schwang in ihrer Stimme mit.
« Ja, es tut mir leid. »
Megan schnaubte.
« Du warst zwei Stunden hier. »
« Ich weiß. Aber… »
« Spar mir deine lahme Ausrede. »
« Was? » Verwirrt hob ich den Kopf.
Megans Augen funkelten.
« Tu nicht so, als wüsstest du nicht, worüber ich rede. In den letzten Wochen habe ich dich mehrfach gefragt, ob du zu einer Party kommen möchtest, und du hast jedes Mal abgesagt. Jetzt kommst du für zwei Stunden und willst schon wieder abhauen? »

« Megan, du verstehst nicht... » Vielleicht war ich verrückt, aber ich versuchte ihr gerade ehrlich zu erklären, weshalb ich es nicht mochte, wenn sie mich zu etwas einlud, das kein Treffen zu zweit war.
« Ich weiß ganz genau, dass du keine anderen Pläne oder Termine hast », fuhr sie mir bitter ins Wort.
« Dein Nachmittag besteht aus Lernen und Lesen. Ab und zu gießt du deine Blumen. Du hast also immer Zeit! »
Mein Mund klappte auf, dann schloss er sich wieder.
« Das stimmt nicht. »
« Du weißt, dass ich recht habe! » Megans Tonfall wurde mit jedem Wort lauter, aggressiver.
« Abends guckst du dann deine Lieblingsserien und dann gehst du schlafen. »
« Was genau ist dein Punkt? » Allmählich wurde ich auch sauer. Was brachte es ihr, meinen gesamten Alltag aufzuzählen?
« Mein Punkt ist, dass du ein Loser bist, der kein Sozialleben hat! »
Sie hielt inne, ihre Brust hob und senkte sich schnell.
« Weißt du, warum ich dich früher nie zu irgendetwas eingeladen habe? »
Sie wartete, schien auf meine Antwort zu hoffen. Aber ich gab ihr die Befriedigung nicht.
« Weil ich insgeheim schon immer wusste, wie langweilig du bist. Ich habe einen Fehler gemacht, habe für einen Moment geglaubt, dass du es nicht bist, aber ich lag falsch. Du bist nichts weiteres als eine Langweilerin. »
Sie schwieg, bestrafte mich mit einem scharfen Blick und nuschelte dann: « Du kannst jetzt gehen. »
Das tat ich auch- ich ging. Kehrte ihr den Rücken zu, schritt zu der Haustür und griff nach dem Türgriff.

Ich weinte nicht, aber in meinem Kopf brach ein Krieg aus. Ein reines Blutbad.

***

« Dad, kannst du mich von Megan abholen? »

Draußen, direkt vor Megans Haustür, stand ich nun. Der Himmel war pechschwarz, und als Schneeregen einsetzte, verfluchte ich meinen dünnen Mantel angezogen zu haben. Das Handy fest an mein Ohr gepresst, wartete ich auf eine Antwort.

« Ich würde dich gerne abholen, Leah, aber ich kann gerade nicht. Das Café ist überfüllt und wegen des Schneeregens kommen immer mehr Menschen dazu. » An der anderen Leitung begann es zu rascheln, dann rief Dad etwas Unverständliches.

« Was ist los? », wollte ich wissen.

« Nichts, ich bin gerade ziemlich abgelenkt. » Er seufzte und ich konnte mir bildlich vorstellen, wie er sich die Stirn kratzte. « Könntest du nicht noch ein bisschen länger bei Megan bleiben? »

Ich schüttelte den Kopf.

« Nein, das geht nicht. » Dad seufzte schwer.

« Na gut. Frag Claire, ob sie dich abholen kann. Ihr Laden ist für heute geschlossen. »

« Okay. Bis dann. »

Mit diesen Worten legte ich auf, und wählte Claires Nummer. Sie ging nach dem ersten Tuten ran.

« Hallo? » Claires warme Stimme zwitscherte mir ins Ohr.

« Hey, könntest du mich vielleicht von einer Schulkameradin abholen? », fragte ich sie. Eine Schneeflocke flog mir mitten ins Auge und ich verzog das Gesicht.

« Natürlich, kann ich das machen. Schickst du mir die Adresse, Liebes? »
« Mach ich. »
« Bis gleich. » Claire legte auf. Ich schickte ihr die Adresse und ließ dann mein Handy in meine Jackentasche versinken.
Der Schneeregen wurde zu einem Schneesturm, der rücksichtslos auf mich einprasselte. Die Hände tief in den Jackentaschen vergraben, träumte ich von Erlösung.
Drei Tage oder eher fünfundzwanzig Minuten später, fuhr ein bekanntes Auto auf die Auffahrt und blieb direkt vor mir stehen. Erleichterung machte sich in meinem Magen breit und ich joggte auf das Auto zu. Als ich die Beifahrertür öffnete, blickte mir niemand anderes entgegen als William Morrison.

12. Kapitel

« Wo ist Claire? » Fassungslos lehnte ich mich an die Beifahrertür und konnte nicht anders als ihn anzustarren. Was machte er hier? Claire hatte mich doch abholen sollen.
« Sie mag nicht so gerne fahren, wenn es glatt ist. Deshalb hat sie mich geschickt », erwiderte er und sah so unbekümmert aus wie ein Kaninchen, das gerade an einer Mohrrübe knabberte.
« Ach so. » Ich trat von einem Fuß auf den anderen, konnte ihm plötzlich nicht mehr in die Augen sehen. Auf einmal dachte ich wieder an das, was Cameron mir berichtet hatte, aber ich verdrängte die Erinnerung rasch. Das war jetzt nicht mehr wichtig. Wenn er sich nicht in mich verliebt hatte, war er nicht in mich verliebt. Mia und Tristan hatten sich eben getäuscht.
Warum zur Hölle tat es dann trotzdem so weh?
« Steig ein. »
Wiederwillig tat ich wie geheißen, ließ mich auf den Beifahrersitz nieder und ignorierte gekonnt und gleichzeitig stur jeden Blickkontakt mit ihm. William startete den Motor und fuhr los. In den Augenwinkeln verschaffte ich mir einen guten Überblick.
Heute trug er einen grauen Pullover und eine blaue Jeans. Seine Locken fielen ihm wie immer in die Stirn, doch diesmal wirkten seine Haare ein kleines Stück kürzer. Über den grauen Pullover hatte er eine schwarze Winterjacke angezogen.

Jetzt drehte er das Radio auf, während es draußen noch immer schneite. Ein fröhlicher Weihnachtssong spielte durch das ganze Auto und plötzlich fühlte ich mich wieder nach Weinen zumute.
« Ein bisschen früh für Weihnachten, oder? » Das Lenkrad fest umklammert, warf er mir einen flüchtigen Seitenblick zu. Doch als er die Tränen in meinen Augen entdeckte, verstummte er schlagartig.
« Hey, was ist? »
« Nichts. » Blitzschnell wischte ich mir über die Augen, ohne zu bemerken, dass ich noch Mascara trug.
Scheiße. Heute war wirklich der schlimmste Tag.
« Ich muss immer von Alkohol weinen. » Ich lachte leise. « Aber ich weiß nicht warum. »
William musterte mich voller Mitgefühl.
« Vielleicht liegt das daran, weil du deine Gefühle in dich hineinfrisst » Er zögerte.
« Du solltest mit jemandem darüber sprechen. »
Ich seufzte auf.
« Du klingst genau wie mein Bruder. »
Damit flossen erneute Tränen über meine Wangen. Aber diesmal konnte ich sie nicht stoppen. Es war, als würde ich mit jeder meiner Tränen meine Gefühle herauslassen.
« Was machst du da? », wisperte ich und schaute verwirrt auf die Straße. William hatte das Auto rechts am Straßenrand geparkt. Er ließ das Lenkrad los, um nach meinen Händen zu greifen und zog mich in eine feste, aber auch gleichzeitig liebevolle Umarmung.
Normalerweise hasste ich Körperkontakt, wenn ich weinte. Ich hasste es, wenn mich jemand umarmte, wenn ich entweder wütend oder traurig war. Weil ich mich jedes Mal so

verletzlich fühlte. Weil ich dann zugeben musste, dass es mir nicht gut ging.
Aber diese Umarmung war anders.
Mein Körper begann in seinen Armen zu beben, ich schluchzte.
« Seitdem Cameron nicht mehr auf die Walton High geht, ist alles schlimmer geworden », brach es rau aus mir heraus.
« Ich habe ständig das Gefühl, das mich alle verurteilen, ich kann keine neuen Freunde finden und ich … » Meine Worte gingen unter meinem hemmungslosen Schluchzen unter.
« Ich vergleiche mich mit jeder Person, die ich treffe. Ich möchte so unbedingt zu den anderen passen, aber es klappt einfach nicht. Weil … weil ich einfach nicht so bin. Ich hasse Feiern und Alkohol. Megan meint, dass mich das langweilig macht. »
« Du bist *nicht* langweilig », protestierte William. Langsam löste ich mich von ihm.
« Woher willst du das wissen? Mein Alltag ist immer gleich. »
« Du bist nicht langweilig », wiederholte William.
« Langweilig wäre jemand, der keine Interessen hat. Du hast Interessen. Du magst Blumen, liest Bücher und hast einen tollen Musikgeschmack. »
« Du hast eine starke Persönlichkeit. Wenn Megan meint, dass du langweilig bist, dann sagt sie das vielleicht nur, um dich zu verletzen. »
Ich schwieg, seine Worte hingen in der Luft. Ich hatte nie wirklich geglaubt, dass ich eine starke Persönlichkeit hatte. Am liebsten hätte ich ihn gefragt, was er damit meinte.
Wir fuhren weiter und als die großen Buchstaben von *Brownies & Co* vor meinen Augen tanzten, wurde mir bewusst, dass ich bald Zuhause sein würde.

« Können wir noch ein bisschen weiterfahren? Ich möchte nicht nach Hause. » Unsicher spähte ich zu William, und hoffte, dass er nicht nein sagen würde.
Doch William schien meine Frage nichts auszumachen.
« Klar, machen wir. » Instinktiv, als hätte er es selbst geplant, fuhr er an Dads Café vorbei und ich entspannte mich etwas. Wir fuhren immer weiter geradeaus, ohne ein Ziel in Sicht. So fühlte sich Freiheit an.
Im Radio erklangen die ersten Töne von einem Taylor Swift Song und ein breites Grinsen legte sich auf meine Lippen. Ich wollte gerade ohrenbetäubend, laut die Lyrics herausschreien, da nahm ich in den Augenwinkeln wahr, wie William den Sender wechseln wollte.
« Hey! », rief ich, fuhr herum und griff nach seiner Hand. William blickte mich verdutzt an.
« Taylor Swift ist meine absolute Lieblingssängerin, falls du das nicht wusstest. »
William zuckte gespielt unberührt mit den Schultern.
« Ich möchte aber einen anderen Song hören. »
« Wir hören aber jetzt *diesen* Song, basta », widersprach ich schnippisch und scheuchte seinen Arm mit einer Handbewegung weg.
Ein amüsiertes, verwundertes Grinsen schlich sich auf Williams Lippen.
« Ich dachte, du bist schüchtern. »
« Ich habe jetzt schon zweimal in deiner Gegenwart geweint. Schüchtern zu sein, kann ich mir bei dir auch sparen. »
William lächelte mich an, ich erwiderte es. Ich hoffte, dass er verstand, was ich ihm damit sagen wollte. Aber ich glaube, dass er das tat.
Taylor Swifts Stimme, die über Liebeskummer sang, hallte durch das ganze Auto und William ließ es zu.

Später hielten wir bei einem Coffeeshop an und William bestellte uns zwei Cappuccinos. Als er aus dem Laden kam, verfingen sich ein paar Schneeflocken in seinen Haaren.
« Also, wohin jetzt? », wollte er von mir wissen, als er zurück im Auto war und mir meinen Becher reichte.
« Weiter geradeaus? », schlug ich grinsend vor.
« Dann sind wir bald aus Walton raus » gab William zu Bedenken.
« Na und? »
Mir war ziemlich egal, wo wir waren. Hauptsache weit weg von Zuhause. Weit weg von Dad, der mit einem Blick auf meinem tränenüberströmtes Gesicht verlangen würde, was bei Megan passiert war. Ich wusste es ja selbst nicht genau. Nur, dass mein Herz vor Panik und Angst schlug, wenn ich in der Nähe von fremden Menschen war. Dass sich ein tonnenschwerer Druck auf meine Brust legte, mein Gesicht errötete, mein Körper sich verkrampfte, meine Sicht verschwommen wurde und eine böse Stimme in meinem Kopf, mir zu wisperte, dass die Menschen um mich herum, mich entweder abstoßend, komisch oder merkwürdig fanden.
« Na gut. » William startete den Motor und wir fuhren weiter. Zufrieden schlürfte ich meinen Cappuccino und sah aus dem Fenster. So langsam wurde es dunkel und Sterne leuchteten am Himmel. Ich hatte keine Ahnung, wie spät es war. Aber es war mir auch egal. Ich wünschte, ich könnte genau diesen Moment einfrieren. Hier im Auto mit William zu sitzen, war besser als alles andere.
Für eine Weile war es ganz still im Auto. Ein unbekannter Radiosong lief und man hörte nur, die Scheibenwischer, die verzweifelt versuchten den Kampf gegen die Schneeflocken zu gewinnen. Es war still, bis William mir einen

nachdenklichen Blick zuwarf und ich das Schweigen zwischen uns brach.
« Was? »
« Nichts, nur… » Er versuchte die richtigen Worte zu finden, und ich wartete geduldig.
« Wieso bist du so traurig? »
Ich errötete. Auch wenn es dunkel im Auto war, konnte William es bestimmt bemerken. Das Wohligkeitsgefühl, das ich bis jetzt noch gespürt hatte, verpuffte schlagartig. Unsichtbare Hände griffen nach meinem Hals und schnürten mir die Luft ab.
Warum bin ich so traurig?
Ich war mir nicht sicher, was William als Antwort von mir erwartete. Wollte er, dass ich mich selbst reflektierte? Wir waren doch nicht in einer Therapiesitzung.
« Uh… », hob ich an, nicht sicher, was ich überhaupt von mir geben sollte.
« Tut mir leid. » William fuhr sich beschämt durch die Haare. « Du musst darauf nicht antworten. Ich möchte einfach begreifen, was… » Er brach ab und sah hilfesuchend zu mir.
« Warum ich zweimal geheult habe », beendete ich seinen Satz.
William schwieg, aber sein Gesichtsausdruck war Bestätigung genug.
« Ich bin überhaupt nicht gut darin, mich zu öffnen. Ein Grund, warum ich auf keinen Fall zur Therapie gehen möchte », lachte ich unbeholfen und strich mir eine Strähne aus dem Gesicht. Dann atmete ich einmal ein und wieder aus. Irgendwie hatte ich so eine Ahnung, dass dieses Gespräch gleich sehr persönlich und intim werden würde.
« Ich habe eine Halbseitenlähmung, weil ich zu früh geboren bin », flüsterte ich und vermied plötzlich wieder sämtlichen

Augenkontakt. « Ich denke, dass mich meine Spastik immer ein wenig unsicher gemacht hat. Ich hatte ziemlich viele falsche Freunde, die im Nachhinein über mich gelästert haben und neue Freunde gemacht haben. » Plötzlich musste ich an mein Dreizehnjähriges- Ich denken, die alles für ihre beste Freundin gemacht hätte.

« Jahrelang war mein Bruder mein einziger Freund und das war auch völlig okay. Aber seitdem er studiert, bin ich wieder alleine und ich … » Diesmal blickte ich William an, während ich weitersprach.

« Ich habe nie dazugehört. Ich habe nie hereingepasst. Ich war immer das unbeholfene Mädchen mit der Spastik. Und das bin ich immer noch. » William drückte meine Hand und ich rang um Fassung.

Tränen wollten sich einen Weg in meine Augen bahnen, aber ich ließ es nicht zu. Ich wollte nicht schon wieder weinen.

« Ich glaube, dass ich über die Jahre hinweg eine soziale Angst entwickelt habe. Und seitdem Cameron nicht mehr da ist, ist es noch schlimmer geworden. »

« Jedes Mal, wenn ich nur einen Schritt in die Schule setze, ist es, als würde ich durch einen Nebel laufen. Fremde Schüler und Schülerinnen laufen an mir vorbei und wenn sie mich nur einmal ansehen, habe ich das Gefühl, sie verurteilen mich, fänden mich komisch oder lachen über mich. Im Unterricht kann ich mich nicht melden, bevor ich mich nicht ganz genau auf das, was ich sagen werde, vorbereitet habe. Und wenn ich mich dann melde, schlägt mein Herz mir trotzdem bis zum Hals und mein Knie fängt an zu zittern. »

« Überall habe ich das Gefühl, als seien eintausend Blicke auf mir, die mich bewerten und verurteilen. Sei es in der Schule, im Bus oder in einem Café. »

« Außerdem habe ich so viel Angst vor dem Erwachsenwerden. Ich war gefühlt noch gestern fünfzehn. Ständig habe ich das Gefühl, dass die Zeit mir davon rennt. »
Ich stockte und unterbrach mich einen Moment später.
« Sorry, das war wahrscheinlich zu viel. »
« Nein, nein, nein », warf William eilig ein.
« Ich habe dich doch gefragt. » Er blickte mich aus so sanften, ernsten Augen an, dass ich zuerst nicht wusste, was ich darauf erwidern sollte. Er machte überhaupt nicht den qualvollen Eindruck, dass ich ihm gerade mein Herz ausgeschüttet hatte und er deshalb nicht wusste, wie er reagieren sollte. Oh mein Gott, ich hatte ihm gerade mein Herz ausgeschüttet.
Das würde ich morgen bereuen.
« Hey, möchtest du noch zu mir nach Hause kommen? Du könntest endlich Henry kennenlernen », wechselte William geschickt das Thema. Ich war froh, dass er nicht mehr über meine Probleme reden wollte.
« Gerne », erwiderte ich lächelnd.

13. Kapitel

Ein leises Winseln neben mir weckte mich. Henry, Williams Welpe starrte mich aus geweiteten, blauen Augen an und wedelte heftig mit dem Schwanz. Mit seinen Pfoten tapste er auf meinen Schoß und ich streichelte seinen weichen Kopf. Mein Blick fiel auf die cremefarbene Couch, auf der ich lag, während sich die Puzzleteile in meinem Kopf allmählich zusammensetzten. Die Party bei Megan. Meinen Tränenausbruch. Die Autofahrt mit William danach. Die Autofahrt mit William danach. Die Autofahrt mit William danach.

Erschrocken sprang ich auf und sah mich in dem nicht mehr so unbekannten Raum um. Ich war bei William. Genauer gesagt in seinem Zimmer und auf seiner Couch. Nach dem tiefgründigen Gespräch gestern, war ich mit ihm zu sich nach Hause gegangen, damit ich Henry kennenlernen konnte. Für eine Weile hatten wir gemeinsam mit ihm gespielt, einen Weihnachtsfilm angesehen (obwohl es dafür meiner Meinung nach viel zu früh war), und viel geredet. Über alles so ziemlich. Mein Herz schlug schneller, sobald ich an seine blauen Augen dachte. Sein intensiver Blick, seine Lippen, die sich jedes Mal, wenn sein Blick auf mich fiel, zu einem Lächeln teilen wollten.

Vermutlich grinste ich gerade wie eine Irre.

War es merkwürdig, dass ich sogar gerade ein T- Shirt und eine Hose von ihm trug?

Er hatte es mir gestern Abend gegeben, als sich herausgestellt hatte, dass ich ja gar keine Klamotten dabei gehabt hatte. Die Sachen waren mir viel zu groß, aber das störte mich nicht. Da bemerkte ich, dass sein Bett leer war. Wahrscheinlich war er unten in der Küche. Eilig rappelte ich mich auf, ging ins Badezimmer, das er mir gestern noch gezeigt hatte, und machte mich fertig. Denn ich würde auf keinen Fall mit ungekämmten Haaren nach unten gehen.

Als ich eine Weile später mit gekämmten Haaren, einem eingecremten Gesicht und zugleich einer perfekten Portion Concealer auf meinem Pickel, die Treppen zur Küche herunterlief, saß William bereits am Esstisch. Als er mich erblickte und ich mich auf das weiche Polster des Stuhls gegenüber von ihm setzte, hob er den Kopf.

« Guten Morgen », begrüßte er mich und deutete auf eine kleine Pfanne, die auf dem Tisch stand.

« Ed hat uns noch Rührei dagelassen, bevor er zur Arbeit gefahren ist. »

« Sind Claire und deine Mutter auch schon weg? », fragte ich, während ich mir unbeholfen etwas Rührei auf den Teller, den William jetzt vor mich stellte, legte.

« Ja, sie sind auch schon los », murmelte er und stand erneut auf.

« Möchtest du was trinken? Wir haben Apfelsaft, Tee, Cappuccino… »

« Cappuccino, bitte! », schoss es begeistert aus mir heraus. William grinste.

« Das war sowieso keine ernstgemeinte Frage. »

Er stellte eine Tasse auf die Kaffeemaschine rechts von ihm und drehte sich zu mir um.

« Geht`s dir besser? », wollte er völlig unvermittelt von mir wissen. Hitze schoss mir ins Gesicht.
« Uh … ja », murmelte ich, und wäre am liebsten geflüchtet. Mein peinliches Geständnis von gestern ragte schadenfroh über mir, verhöhnte mich. Ich wünschte, ich hätte ihm nichts erzählt. Ich wünschte, ich wäre niemals ehrlich zu ihm gewesen.
William lief mit der vollen Tasse in der Hand zurück zum Esstisch.
« Hey », sagte er und strich sanft über meine Wange.
« Das muss dir nicht peinlich sein. »
Es war zwar nur eine kleine, dezente Berührung, aber mein Körper fühlte sich an, als stände er unter Strom.
Williams Augen begannen schelmisch zu funkeln.
« Oder muss ich dir noch eine Geschichte von mir erzählen? »
Ich lachte.
« Nein, alles gut. »
William schmunzelte, dann wurde er wieder ernst.
« Es war sehr mutig von dir », hob er vorsichtig an und warf mir einen bedeutsamen Blick zu. Mein Herz schlug bei seinem Anblick höher.
« Du wolltest es wissen », flüsterte ich rau.
« Warum? » Meine Augen suchten nach seinen, hofften auf eine Antwort, sehnten sich nach einer Antwort.
« Warum wolltest du wissen, weshalb ich traurig bin? », wiederholte ich diesmal etwas lauter. In diesem Moment eilte William um den Tisch herum und auf mich zu.
« Weil… » Seine Stimme versagte. Schnell räusperte er sich und versuchte es erneut. « Weil… »
Die Worte waren greifbar, aber er schaffte es nicht, sie auszusprechen.

Ich sah auf seine Lippen herunter und plötzlich bekam ich das dringende Bedürfnis, ihn zu küssen. Abrupt erhob ich mich von dem Stuhl, auf dem ich saß.
« William… », flüsterte ich. Mein Herz schlug mir bis zum Hals, mein Bauch kribbelte so stark, dass ich glaubte, Ameisen befänden sich dort drin und meine Knie zitterten vor lauter Anspannung.
William überbrückte den Abstand zwischen uns, sodass wir nun direkt gegenüber voneinander standen. Ich bewunderte seine blauen Augen, die wirren schwarzen Locken und das verdammte Grübchen, das jedes Mal auftauchte, wenn er lächelte.
Williams Augen hefteten sich auf meine Lippen. Dann umfasste er mit beiden Händen meine Wangen, und …
« Ich muss gehen! », platzte es da unerwartet aus mir heraus.
« Was? » Williams Gesicht war ein komplettes Fragezeichen, seine Hände lösten sich von meinen Wangen.
« Mein Vater braucht meine Hilfe im Café. Sorry, ich habe es total vergessen. »
Ohne auf Williams Antwort zu warten, verabschiedete ich mich hastig und flüchtete durch die Haustür.

Sobald ich draußen war, wählte ich Camerons Nummer.

***

Im *Books & Coffee* war es noch nicht allzu voll, also wählte ich unseren Stammplatz direkt in der Mitte aus und bestellte mir eine heiße Schokolade. Die Rosen, die in einer hübsch verzierten Vase standen, verspotteten mich. Seufzend nahm ich einen Schluck von meiner Tasse und verbrannte mich kurz darauf. Es könnte ein halber Tag oder eine halbe Stunde

vergangen sein, als endlich, endlich eine bekannte Person durch die Eingangstür schritt.
« Nur eine halbe Stunde zu spät », flüsterte ich missmutig vor mir her.
« Hey », begrüßte mich Cameron, als er mich entdeckte und legte seine Jacke auf den zweiten Stuhl am Tisch.
« Sitzt du schon lange hier? »
« Nein, nicht sehr lange », murmelte ich und warf ihm einen grimmigen Blick zu, der etwas anderes aussagte.
Cameron rückte mit dem Stuhl näher an den Tisch heran, sodass er mich genauer in Augenschein nehmen konnte.
« Also, worum geht es hier? »
« Kann ich mich nicht mit meinem Bruder treffen, wenn mir danach ist? »
« Komm schon, Leah. »
« Ich meine, ich bin froh, dass du angerufen hast, denn mein Tag war ätzend. Mein Mitbewohner ist ein Ordnungsfreak und hat das ganze Apartment so auf den Kopf gestellt, dass ich heute Morgen meine Sachen nicht finden konnte! »
Er atmete einmal tief ein und aus, dann konzentrierte er sich wieder auf mich.
« Aber du rufst mich nur selten am Wochenende an. Was steckt dahinter? »
« Trägst du etwa einen Weihnachtspullover? », schmunzelte ich. Sonst trug Cameron meistens immer schlichte Hoodies, aber heute trug er tatsächlich einen roten Pullover mit einem Rentier drauf, das die Zunge ausstreckte. Das geschwungene *Hoh ho ho* in einer bunten Schriftart daneben, brachte mich zum Kichern.
Cameron folgte meinem Blick.
« Jack hat ihn in mir geschenkt, okay? Er meinte, es wäre schade, dass ich so ein Grinch wäre und dass ich unbedingt

versuchen müsste, den Weihnachtszauber in mir zurück zu bekommen. »
« Jetzt schon? Noch ist November. »
« Hör auf das Thema zu wechseln », rief mein Bruder unwirsch.
« Okay, okay. » Ich verdrehte die Augen.
« Was ist passiert, Leah? » Camerons scharfer Blick durchlöcherte mich förmlich, als hätte er Angst, dass etwas Schlimmes passiert ist.
« Nichts Schlimmes ist passiert », beruhigte ich ihn schnell.
« Es ist nur… »
« Heute Morgen wäre fast etwas zwischen mir und William geschehen. » Cameron verschluckte sich an seinem Kaffee, den die Kellnerin vor ein paar Minuten gebracht hatte.
« Hattet ihr Sex?! », keuchte er fassungslos nach seinem Hustenanfall.
« Nicht so laut », zischte ich und legte meinen Zeigefinger auf meine Lippen, als wäre ich eine Erzieherin, die im Kindergarten mit einem Kind reden würde.
« Wolltest du es denn auch? Oder hat er sich dir aufgezwungen? » Er kniff angriffslustig die Augen zusammen, so als ob er in seinem Kopf bereits den besten Plan auswählte, wie er William überführen und umbringen konnte.
« Wovon redest du? Wir hatten keinen Sex. »
Cameron entspannte sich etwas, einen Herzschlag später, wirkte er irritiert.
« Du musst wirklich lernen, wie du deine Sätze besser formulierst », sagte er und schien den Impuls mit den Augen zu rollen zu unterdrücken.
« Also, was war jetzt wirklich? »
Ich schloss für eine Sekunde die Augen, um mir Mut zuzusprechen.

« Ich war gestern zu Megans Hausparty eingeladen und danach wurde ich von William abgeholt, weil Dad es nicht konnte. Im Auto habe ich ein bisschen geweint und William … »

« Warte, du hast geweint? », hakte Cameron besorgt nach.

« Das ist jetzt nicht so wichtig », winkte ich ab.

« Im Auto habe ich William ein paar wichtige Sachen über mich erzählt und habe später bei ihm übernachtet. Aber heute Morgen … » Ich biss mir auf die Lippe.

« Heute Morgen hätten wir uns fast geküsst. »

« Fast? » Cameron sah mich an, als ob er sich wünschen würde Popcorn in der Hand zu haben.

« Ich glaube, er hat doch Gefühle für mich », murmelte ich.

« Du hast dich an meiner Geburtstagsfeier nur verhört. »

« Was meinst du mit *fast*? » Frustriert musterte er mich.

« Naja, ich bin gegangen, bevor er die Chance dazu hatte. »

« Was?! » Sprachlos starrte mich mein Bruder an.

« Warum würdest du so etwas tun? Wolltest du ihn nicht küssen? »

« D -Doch. »

« Warum bist du dann gegangen? »

« Ich bin gegangen, damit ich dich anrufen konnte. »

« Du sollst mich doch aber nicht anrufen, wenn du gerade dabei bist, einen heißen Typen, den du auch noch magst, zu küssen! »

« Denkst du, ich bin in William verliebt? »

Erst jetzt realisierte ich, wie unglaublich verwirrt und ratlos ich über die Situation von heute Morgen war. Cameron funkelte mich ungläubig an.

« Meinst du das jetzt wirklich ernst? »

« Ich war noch nie verliebt, okay? Ich bin heute Morgen weggelaufen, weil ich überfordert gewesen bin! »

« Ich bin mir zu einhundert Prozent sicher, dass du in ihn verliebt bist », schnaufte Cameron, sichtlich erschöpft, als würde er gleich die Nerven verlieren.
« Okay. » Ich nagte an meinen Fingernägeln.
« Kannst du mir auch einen Grund nennen? »
« Du hast ihn zwei Wochen gemieden, weil der Gedanke, dass er keine Gefühle für dich hat, schrecklich für dich gewesen ist. Ist das nicht Beweis genug? »

***

Zwei Stunden später war Cameron auf dem Weg zur Uni, während ich ziellos durch die Straßen von Walton lief und hier und da einen Abstecher machte. Mein Kopf war im Augenblick sowieso ein reines Chaos und ich befürchtete, dass es nur noch schlimmer werden würde, wenn ich mich den Rest des Tages in mein Zimmer sperrte. Völlig durchgeknallt durch die Kleinstadt zu laufen, schien mir also wie ein guter Plan. Doch egal wie sehr ich mich versuchte abzulenken; mein Kopf flüsterte immer wieder seinen Namen. Williams Namen. In meinem Herzen war nur noch Platz für einen Jungen mit schwarzen Locken und so langsam wusste ich nicht mehr, wie ich das ändern konnte. Seitdem Cameron gegangen war, fühlte ich mich hin und hergerissen. Ein Teil von mir wollte zu ihm nach Hause rennen und ihm meine Gefühle gestehen, aber ein anderer Teil von mir, wollte sich für immer in meinem Zimmer einschließen und nie wieder einen Schritt nach draußen machen.
Mein Bruder hatte recht. Ich war in William verliebt. Und ich glaube, dass ich es insgeheim schon die ganze Zeit über geahnt hatte. Ich hatte diese Gefühle bloß einfach nicht akzeptieren wollen.

Zwanzig Minuten später fand ich mich vorm *Claires Flowers* wieder und wollte gerade eintreten, um kurz mit Claire zu sprechen, da erstarrte ich. Anstatt Claire, die liebevolle, ältere Frau im Laden hinter der Theke zu entdecken, stand William dort. Und mit *dem* wollte ich auf gar keinen Fall Tee oder Cappuccino trinken geschweige denn reden. Auf der Stelle umdrehend, sprintete ich an meinem Lieblingsladen vorbei. Nun war es wirklich Zeit nach Hause zu gehen. Aber es war bereits zu spät. Ich konnte seine immer lauter werdenden Fußschritte bereits hören. *Verdammt.*

« Leah, warte! »

Williams Stimme war nicht gerade leise, sein Ruf nach mir, war sogar sehr deutlich. Trotzdem eilte ich stur weiter, versuchte ihn auszublenden.

« Leah! » Das Flehen in seinem Tonfall ließ mich inne halten. Heftig wirbelte ich zu ihm herum.

« Was?! »

Williams Schultern sackten herunter, als würde er aufgeben wollen.

« Das war`s jetzt? Ich versuche dich zu küssen und jetzt willst du nicht mehr mit mir reden? »

« Natürlich können wir reden. »

« Wirklich? Denn ich bekomme gerade das Gefühl, dass du am liebsten vor mir fliehen möchtest. »

Die Verzweiflung, die auf seinem Gesicht aufflackerte, sprach Bände. Ich schluckte.

« Nein, aber … » Ich holte tief Luft.

« Ich habe Angst, dass du nicht so für mich fühlst wie ich für dich. Heute Morgen hatte ich Angst, dass du nach dem Kuss realisieren wirst, dass du mich doch nicht auf diese Art und Weise magst. »

« Aber warum denn? » Bekümmert musterte er mich.
« Weil … » Meine Unterlippe begann zu zittern, mein Hals schnürte sich zusammen. *Fuck, ich werde weinen.*
« Weil ich tollpatschig bin. Weil ich ein unsicheres Wrack auf zwei Beinen bin, weil ich eine Spastik habe. »
Meine Stimme zitterte zwar, aber das Schicksal verschonte mich, indem ich *nicht* anfing zu weinen.
« Aber ich bin in dich verliebt, Leah. All die Dinge, die du gerade aufzählst, ändern gar nichts daran. »
« Cameron hat sich also wirklich verhört », nuschelte ich eher zu mir selbst als zu William. Doch er hörte es trotzdem.
« Was? »
« Mein Bruder hat mir erzählt, dass du zu deiner Mutter gesagt hast, dass du keinerlei Gefühle für mich hast. »
Williams einzige Reaktion darauf war ein Lachen.
« Das habe ich ihr nur gesagt, damit sie aufhört mich über dich auszufragen. Ich kann meine wahren Gefühle nie gut verstecken, deswegen musste ich irgendetwas sagen. »
« Oh. » Was für ein Missverständnis. Das Ganze kam mir ziemlich unangenehm vor.
« Bist du wirklich in mich verliebt? », flüsterte ich, weil ich es irgendwie noch immer nicht glauben konnte.
« Ja », antwortete mir William rau.
« Ich bewundere dein Interesse an Blumen, ich liebe deine Sucht nach Cappuccino und vor allem liebe ich es, dass du nicht mehr schüchtern bist, wenn du dich wohlfühlst. »
Ich lächelte zaghaft. Seine Worte fühlten sich wie eine warme Dusche auf meiner Haut an.
« Weißt du, warum es mir so wichtig war, dass du mir erzählst, was dich belastet? » Ich schüttelte mit dem Kopf. William trat einen Schritt auf mich zu, legte eine Hand an meine Wange.

« Weil *du* mir wichtig bist. Ich möchte dich nicht traurig oder einsam sehen. Ich möchte nicht, dass du deine Sorgen in dich hineinfrisst und mit niemanden darüber redest. »
Sein Blick war voller Zärtlichkeit und ich musste kurz den Blick abwenden.
« Es ist besser, wenn man mit jemanden über all das redet, verstehst du? Und ich möchte diese Person für dich sein. »
Ich sah ihn an, er sah mich an und unsere Blicke verschmolzen miteinander. Dann ging auf einmal alles ganz schnell. Seine Arme umschlossen meinen Körper, zogen mich näher an ihn heran. Die eine Hand legte er auf meinen Rücken und seine andere Hand streichelte über meine Wange.
Seine Lippen legten sich schneller auf meine, als ich gedacht hätte. Er küsste mich und die Schmetterlinge in meinem Bauch tanzten vor lauter Freude.

Ich hatte mich mein ganzes Leben lang gefragt, wie man richtig küsste. Hatte mich deswegen halb verrückt gemacht, aber ab diesem Moment wusste ich, dass es einfach automatisch passierte.

14. Kapitel

Der nächste Tag fühlte sich merkwürdig an.
Diesmal bemerkte ich die anderen Schüler im Schulflur nicht, denn ich konnte nur an gestern denken. An unseren Kuss. Die Worte, mit denen William seine Gefühle zu mir bestätigt hatte, wiederholten sich immer wieder wie eine Dauerschleife in meinem Kopf.
Ich möchte dich nicht traurig oder einsam sehen.
Heute Morgen im Badezimmer hatte ich voller Euphorie gequietscht und Dad hatte mich angesehen, als wäre ich verrückt geworden. Aber selbst das hatte ich nur am Rande mitbekommen. Denn ich schwebte.
Schwebte seitdem ich heute Morgen in meinem Bett die Augen aufgeschlagen hatte.
Schwebte seit dem Moment, als ich nach unserem Kuss nach Hause gekommen war.

Fröhlich pfeifend zu *Every Breath You Take* betrat ich direkt nach der Schule das *Brownies & Co.* Ich musste unbedingt mit Mia und Tristan sprechen. Doch als ich eintrat, waren Tristan und Mia nicht diejenigen, die ich zuerst erblickte. Es war … Cameron. Er stand hinter dem Tresen und redete gerade mit einer älteren Frau.
« Was machst du denn hier? », rief ich erfreut aus. Mein Bruder hob den Kopf und warf mir ein leichtes Lächeln zu.
« Mein Kurs ist ausgefallen. Deshalb dachte ich, dass ich in meiner Freistunde hierher komme. »

Er reichte der Frau ihre Quittung, danach lief er eilig um den Tresen herum. Seine Augen begannen wissbegierig zu funkeln.
« Und? Wie lief es mit William gestern? »
Das Lächeln, das an meine Mundwinkel zupfte, breitete sich sekundenschnell über mein ganzes Gesicht aus - das war Antwort genug.
« Wie? Habt ihr euch geküsst? »
Ich nickte zaghaft.
Camerons Augen weiteten sich langsam, dann drückte er mich an sich.
Als er mich losließ, starrte er aufgeregt zu mir.
« Seid ihr zusammen? » Die Frage traf mich etwas unvorbereitet.
« Ich weiß nicht. Ich habe ihn seit gestern nicht mehr wiedergesehen. »
Ein Stoß in die Seite unterbrach meine schwärmerischen Gedanken.
« Hey! » Gespielt verletzt zog ich einen Schmollmund.
« Wofür war das denn? »
« Du musst sofort zu ihm gehen, Leah! Das ist wichtig, verstehst du? Als Jack und ich … »
« Oh mein Gott. » *Nicht* mit den Augen zu rollen, stellte sich fast als unmöglich heraus.
« Du musst echt damit aufhören, alles mit Jack und dir zu vergleichen. »
Cameron grinste verliebt.
« Tja, was soll ich sagen? Wir sind eben das absolute Traumpaar. » Die Art, wie er *Traumpaar* ausdrücklich betonte, ließ mich innerlich brodeln. Trotzdem erwiderte ich sein Grinsen schulterzuckend.

Mein Bruder musterte mich mit einem Anflug eines schmalen Lächelns auf dem Gesicht. Doch ich konnte seinen Gesichtsausdruck nicht genau ausmachen. War er gerührt?
« Was ist? », hakte ich forsch nach. Cameron wuschelte mir schnell über die dunkelblonden Haare und machte damit deutlich, wer das ältere Geschwisterkind war.
« Meine kleine Schwester hat endlich ihren ersten Kuss bekommen », sagte er und sah aus, als wäre er zutiefst berührt. Beleidigt kniff ich die Augen zusammen.
« Haha. »
« Nein wirklich. » Er lachte herzhaft.
« Ich dachte schon, du würdest niemals geküsst werden. »
Schockiert schnappte ich nach Luft und verschränkte entrüstet die Arme vor der Brust.
« Vielen Dank auch! »
« Du weißt, dass ich das nicht ernst meine », beteuerte Cameron rasch. Er beugte sich vor, um mir tief in die Augen zu gucken. Sein Gesichtsausdruck war eindringlich, als wollte er mir erzählen, dass es den Weihnachtsmann nicht gab und er die ganze Zeit über nur fiktiv gewesen ist.
« Du solltest zu ihm rüber gehen. »
« Wieso ich? », piepste ich schwach.
« Das kann schließlich auch er machen. »
« Leah. » Camerons Blick erinnerte mich an ein Messer.
« Okay. » Ich reckte die Brust, atmete einmal ein und aus. In meinem Bauch flatterte es nervös.
« Soll ich jetzt schon zu ihm gehen? »
« Würde ich machen. Je früher desto besser. »
« Na gut. » Ich warf ihm eine schnelle Kusshand zu, winkte Dad, der hinter dem Tresen stand, noch einmal zu und hechtete aus der Tür.

« Genauso! », johlte Cameron mir hinterher und reckte triumphierend die Faust.
„Zerstör das Patriarchat, Baby!“

***

Bevor ich zu William ging, zog ich mich Zuhause noch schnell um. Da ich heute Vormittag meine Bürste in der Schule vergessen hatte, waren meine Haare völlig zerzaust und ich steckte sie schnell mit einer Klammer aus meinem Zimmer hoch. Nachdem ich mich mit meinem Lieblingsparfum eingesprüht habe, verließ ich fröhlich pfeifend das Haus und überquerte die letzten Meter, die zwischen unserem Haus und Claires lagen. Atemlos betrat ich die Veranda von Claire und Ed und drückte auf die Klingel neben der Haustür. Mein Herz pochte in meiner Brust und ich betete, dass es William sein würde, der die Tür öffnete. Nach einer Weile, die sich in die Ewigkeit zog, öffnete sich die Tür vor mir einen Spalt und ich hörte eine leicht panische Stimme.
« Mom, lass mich die Tür öffnen. Das ist gar kein … Mom! »
Mein Herz begann zu flattern - es war William. Seine Stimme würde ich inzwischen überall erkennen. Die Tür wurde mit einem ruckartigen Schwung aufgerissen. Eine ungefähr Mittevierzig-jährige Frau starrte mir schamlos ins Gesicht. Die Wangen rot vor Scham, hoben sich meine Mundwinkel vorsichtig.
« Hey, ist William da? », stammelte ich mit knallrotem Gesicht und versuchte unauffällig einen kleinen Blick hinter ihren Rücken erhaschen zu können. Doch die Frau ignorierte meine Frage gekonnt.
« Du bist Leah, oder? » Sie musterte mich forsch.
« Johns Tochter. Der mit dem Café. »

« Richtig. » Wenn das so weiterging, würde mein Gesicht von meinem gefälschten Lächeln noch anschwellen.
Langsam, ganz langsam bildete sich ein schmales Lächeln auf ihren Lippen.
« Ich bin Alison, Williams Mutter. » Sie streckte mir ihre Hand entgegen und ich schüttelte sie steif.
« Komm herein. » Nach einem Wink von ihr, folgte ich ihr ins Innere. Im Flur stand bereits William, der so aussah, als wäre er lieber woanders. Zerknirscht begrüßte er mich mit einem leisen *Hey.*
« Leah, magst du einen Scone? » Alison führte mich zielstrebig in die Küche und deutete auf den Esstisch.
« Claire sollte jede Minute vom Einkaufen zurück sein. »
Auf dem Tisch stand eine Teekanne, drei gedeckte Teller, Teetassen und eine blaue Servierplatte mit Scones, Marmelade und Clotted Cream.
« Ed ist noch auf der Arbeit, also wären wir zu viert. »
« Uh … »
Eigentlich hatte ich keine Lust darauf, den Rest des Nachmittags unangenehmen Smalltalk zu führen, so gerne ich auch hier war. Aber nein zu sagen, kam mir anderseits sehr unhöflich vor.
« Leah und ich wollten eigentlich jetzt nach oben gehen », mischte sich William ein, der bis gerade eben nur reglos da gestanden hatte.
« Ja, aber trotzdem danke », schob ich aus Höflichkeit und gleichzeitig zur Unterstützung hinterher.
« Natürlich. » Alison nickte nachsichtlich. Gleich darauf warf sie William einen mahnenden Blick zu.
« Lass die Tür offen. »
Mein Gesicht nahm wahrscheinlich die Farbe einer Kirsche an, aber William nickte nur locker.

« Hey », sagte William, sobald wir in seinem Zimmer waren.
« Warum bist du hier? »
« Warum ich hier bin?», wiederholte ich ungläubig.
« Weil wir uns gestern geküsst haben, William. Und ich weiß nicht, ob du die Art von Typ bist, der seine Gefühle gesteht, und dann einfach untertaucht, aber ich dachte, ich komme zu dir, damit wir darüber reden können. »
William lachte. « Untergetaucht ? »
Ich stieß ihm gegen den Ellenbogen.
« Du weißt, was ich meine »
Prüfend hob ich die Augenbraue.
« Also? Warum sagst du nichts? »
Sein Schweigen machte mich so nervös, dass ich fahrig durch sein Zimmer auf und ab lief.
« Ich meine, was bedeutet dieser Kuss denn jetzt? »
Wieder sah ich zu William.
« Du hast gesagt, du bist in mich verliebt. »
Diesmal nahm ich ein Nicken wahr.
« Okay. » In meinem Kopf ging ich alle möglichen Optionen durch. Nur eine passte.
« Sind wir dann zusammen? »
Fieberhaft suchte ich den Augenkontakt mit William. Vergeblich.
« Sag doch was! »
Erhitzt funkelte ich ihn an. Meine Stimme bebte, mein Hals fühlte sich eng an. Aufgewühlt sah ich zu ihm herüber. Da bemerkte ich seine Brust. Sie hob und senkte sich in einem rasanten Tempo. Lachte er etwa?
Ein ersticktes Geräusch drang aus Williams Kehle.
« Du lachst mich aus », stellte ich fassungslos fest.

« N-nein. », keuchte er, doch das Zittern, das seinen Körper durchlief, verriet ihn. Immer noch lachend trat er ein paar Schritte auf mich zu und umhüllte mein Gesicht mit beiden Händen. Das Lächeln auf seinen Lippen war liebevoll.
« Ich dachte nur, wir hätten alles geklärt. »
« Ja? » Ich war mir gar nicht sicher, was wir *geklärt* hatten.
« Ja. Ich bin in dich verliebt und du bist in mich verliebt. »
Ich seufzte. « Bei dem Teil waren wir bereits. »
« Gut, dann ist es doch selbstverständlich, dass wir jetzt zusammen sind, findest du nicht »?
« Sind wir das? *Zusammen*? », hakte ich verkniffen nach. Diese ganze Situation kam mir so surreal vor. Ich hatte noch nie einen festen Freund gehabt. Durch den hektischen Dialog, den ich vorhin so gut wie allein geführt hatte, war es mehr als nur offensichtlich. William realisierte es sicher auch.
« Wenn du das willst. »
« Natürlich möchte ich das. »
Ich begann zu grinsen.
« Das wollte ich schon seitdem du *Cigarettes After Sex* im Jeep deiner Großmutter angemacht hast. »
Williams Lächeln wurde breit und beflügelt.
Als er seinen Mund auf meine Lippen drückte, wünschte ich mir, dass er niemals damit aufhören würde.

***

« Und deine Lieblingssängerin ist wirklich Taylor Swift?»
William und ich hatten uns mittlerweile auf seiner Couch gemütlich gemacht, tranken Tee und unterhielten uns. Unterhielten uns über alles und gleichzeitig auch gar nichts.

« Mhm. » Ich nahm einen Schluck von meiner Tasse und richtete mich auf, als ich ein Geräusch von unten wahrnahm. « Ist Ed von der Arbeit zurück? »
William nickte. « Er wird gleich mit Moms Plan konfrontiert. »
Ich schmunzelte. « Welcher Plan ? »
« Die Scones. Der Tee. Mom denkt, dass Claire, seitdem sie nach Amerika ausgewandert ist, die britische Seite in sich verloren hat. »
Ich lachte. « Armer Ed. »
William schüttelte belustigt mit den Kopf.
« Er hat sicherlich genug von den baked beans. »
Wir verfielen in ein kurzes Schweigen. Nachdenklich kaute ich auf meiner Unterlippe herum.
« Woran denkst du? », wollte William vorsichtig wissen. Ich liebte, wie rücksichtsvoll er dabei klang.
« Nichts nur… » Ich wählte meine Worte vorsichtig.
« Warum seid ihr nach Walton gekommen? »
Vielleicht kam die Frage völlig unerwartet, aber ich fragte es mich schon die ganze Zeit. Er hatte mir nie den Grund erzählt.
William senkte den Kopf, blinzelte.
« Mein Vater … » Er presste die Lippen aufeinander, kämpfte instiktiv gegen die aufkommenden Gefühle an.
« Mein Vater ist vor vier Monaten gestorben. »
Seine Stimme klang rau.
« Mom ist nicht mehr allein klar gekommen, also hielt sie es für eine gute Idee für ein paar Monate nach Walton zu fliegen, um bei Claire zu sein. » Er rieb sich über die roten Augen und räusperte sich.
« Ich meine, es ergibt Sinn, oder? Sie braucht ihre Mutter. »
Er lachte freudlos auf.

« Daran, dass ihr achtzehnjähriger Sohn sie braucht, hat sie nicht gedacht. »
« Oh William. » Ich wollte ihm Trost spenden, wusste aber nicht wie.
« Ich hatte ja keine Ahnung », flüsterte ich und umarmte ihn.
« Tut mir leid », weinte er.
« Aber seitdem er tot ist, hat Mom sich ziemlich verändert. Es ist, als hätte sie vergessen, dass sie einen Sohn hat, der genauso trauert wie sie. »
William löste sich von mir, wischte sich über das Gesicht. Die Frage war mir anscheinend schon im Gesicht geschrieben, denn er antwortete tonlos:
« Autounfall. Ein betrunkener Fahrer hat die Kontrolle über seinen Wagen verloren. »
Ich schwieg, unwissend wie meine Erwiderung darauf sein sollte. Kein einziges Wort, das mein Gedächtnis ausspuckte, schien richtig zu sein.
« Es tut mir so leid », wisperte ich. Selbst das kam mir zu lahm rüber.
« Können wir über irgendetwas anderes reden? » Williams Stimme war belegt.
« Na klar », gab ich rasch von mir. Er sollte sich auf keinen Fall von mir gezwungen fühlen über seinen Vater zu sprechen. Aber ich wusste nicht, wie ich ihn ablenken geschweige denn aufmuntern sollte.
« Meine Mutter und ich haben wieder etwas mehr Kontakt. », sprudelte es da auch schon aus mir heraus. Mir kam es zwar unangemessen vor, ausgerechnet jetzt über mich selbst zu sprechen, aber mir fiel auch nichts Besseres ein.
« Seitdem sie sich von meinem Vater geschieden hat, lebt sie mit ihrem neuen Freund in New York. » Ich biss mir auf die Unterlippe.

« Ich war so sauer auf sie. Mittlerweile ist unser Verhältnis besser geworden, aber ich kann die Wut auf sie noch nicht ganz abschütteln, verstehst du? »
« Sie hat unsere Familie verlassen, als hätten wir ihr nie etwas bedeutet. »
« Sie wollte so sehr, dass ich sie in New York besuche, dabei hat sie mich einfach so im Stich gelassen. »
Ich lachte verächtlich.
« Aber jedes Mal, wenn ich sie sehe, kommt dieses kleine Kind in meinem Inneren hoch, das ihre Liebe und Wertschätzung braucht. Das umarmt und geliebt werden möchte. »
Unmittelbar blickte ich zu William herüber und erschrak.
« Entschuldige, ich höre jetzt auf über mich zu sprechen. Das war respektlos. »
William schmunzelte.
« Nein. Lass uns die Scones von der Küche holen und du beschwerst dich weiter über deine Mutter. »
Ich gluckste.
« Okay, abgemacht. »

« Warum sind Mütter nur so? » Mit den Scones zurück in Williams Zimmer, redeten wir weiter, als wäre unser Gespräch nie unterbrochen worden.
« Ich weiß es auch nicht », erwiderte William.
« Nach der Beerdigung meines Vaters, hat sich meine Mutter so dermaßen zurückgezogen, dass sie meine Anwesenheit fast nicht bemerkt hätte. »
Er seufzte. « Dass sie trauert, ist selbstverständlich. Ich wünschte einfach nur, sie würde mich dabei nicht ausschließen. »
« Ich glaube, deine Mutter ist einfach in ihrer Trauer versunken, weil sie ihren Ehemann verloren hat. Sie ist

wahrscheinlich zu sehr mit sich selbst beschäftigt, um andere in ihrem Umfeld zu bemerken, die genauso leiden », sagte ich leise. William blickte zu mir.
« Ich glaube *deine* Mutter liebt deinen Vater nicht mehr und ist glücklich mit ihrem neuen Freund. Trotzdem weiß sie, dass sie ein paar Fehler gemacht hat und möchte diese aufheben, indem sie wieder versucht Kontakt mit dir aufzunehmen. »
« Sehr gut analysiert. » Meine Lippen teilten sich zu einem Lächeln.
« Du solltest deine Karriere als Autor aufgeben und stattdessen Therapeut werden. »
« Lieber nicht », gab William amüsiert zurück.
« Mein Therapeut treibt mich in den Wahnsinn. »
« Ein Grund, weshalb ich niemals zur Therapie gehe », kicherte ich. Das Lächeln auf Williams Gesicht erlosch schlagartig. Für einen Moment sah er so aus, als wollte er etwas sagen, doch dann überlegte er es sich anders und küsste mich.
« Hey, weißt du was wir gucken sollten? », hauchte ich an seinen Lippen.
William tat so, als würde er ernsthaft überlegen.
« Lass mich raten. Gilmore Girls? »
Ich grinste.
« Du kennst mich zu gut. »
Und dann schauten wir gemeinsam ein paar Folgen von *Gilmore Girls*. Ab und zu kommentierten wir beide ein paar Szenen, bis ich müde wurde und mir die Augen zufielen.

In den Augenwinkeln erhaschte ich jedoch noch einen letzten Blick auf William und wie er eine Decke um mich legte.

***

15 Jahre alt

« Leah. » Ambers Stimme erklang neben mir und riss mich aus der Gegenwart des langweilligsten Matheunterrichts der gesamten Geschichte.
« Was? », zischte ich und drehte mich zu meiner nervigen Sitznachbarin um, die gleichzeitig auch meine beste Freundin war.
« Wir haben Mathe. »
Amber rollte mit den Augen. « Na und? Seit wann ist das Zeug, das Mrs. Walker labert, in irgendeiner Weise relevant? »
« Urgh, okay, aber bitte diskutiere nicht wieder mit mir, wer der heißeste Sophomore ist. »
« Es ist Ethan Thompson. »
« Ich will es nicht hören! »
« Okay, okay », besänftigte mich Amber eilig.
« Manchmal vergesse ich, wie langweilig du bist. »
Sie räusperte sich und starrte mir nun direkt ins Gesicht.
« Grace hat über dich gelästert. »
Das Blut gefror in meine Adern.
« Was? Wann? » Meine Stimme vibirierte.
« Ich weiß, total schrecklich. » Amber zog eine mitfühlende Miene.
« Was hat sie gesagt? », wollte ich tonlos wissen. Jeder meiner Körperzellen war angespannt wie ein Gummiband. Bereit dafür zu reißen.
« Grace meinte, du wärst eine arrogante Bitch, weil du im Sportunterricht bevorzugt wirst, »
« Was? » Ich schluckte hörbar.
« Sie ist so fies. Ich meine, du kannst ja nichts für deine… »
« Spastik », beendete ich ihren Satz leise.
« Ja, genau. Unglaublich, wie gemein sie war. Aber ich habe dich gleich verteidigt, keine Sorge. »

« Wirklich? » Ich hörte ihr kaum noch zu. Alles woran ich denken konnte, war Grace. Was hatte sie gegen mich? Wieso lästerte sie über mich? Was hatte ich ihr je getan?
« Ja, natürlich. » Amber redete weiter, aber ihre Worte prallten an mir ab, als wäre ich plötzlich eine Wand geworden.
Denn alles woran ich denken konnte, war das Grace über mich gelästert hatte.

Ich hatte nicht die geringste Ahnung gehabt, dass ich nur zwei knappe Wochen später erfahren würde, dass meine beste Freundin, Amber, die einzige Freundin, die ich hatte, mich tatsächlich *nicht* verteidigt hatte. Nein, stattdessen hatte sie dort neben Grace gesessen und mit ihr über *mich* geredet. Hinter meinem Rücken. Zu diesem Zeitpunkt wusste ich noch nicht, wie sehr mich diese Tatsache brechen würde.

15. Kapitel

Der nächste Schultag war die absolute Hölle. Nicht nur, weil auf meinem Stundenplan gleich eine Doppelstunde Mathe stand, sondern weil mir im Flur der Walton High sofort Megan vor die Augen lief. Ich stand in der Nähe meines Spindes, als es passierte. Megan und ihre Freunde eilten an mir vorbei. Megans Augen klebten an mir, als könnte sie mich nicht richtig ausmachen. Ihre Haare, die ausnahmsweise in einem tiefen Pferdeschwanz gebunden waren, wippten mit jedem ihrer Schritte mit. Ihre Ausstrahlung kam mir deutlich schnippisch vor. Kummer machte mein Herz schwer. Ich hatte Megan zwar nie als eine Freundin angesehen, aber ihre Gesellschaft war toll gewesen. Ich hätte nie gedacht, dass das Ganze so verbittert enden würde. Megans verhasster Blick lag noch immer auf mir und da ich ihn nicht mehr ertragen konnte, wandte ich den Kopf ab und drehte mich zu meinem Spind um. Gerade als ich in dem Gewühl da drinnen nach meinem Mathebuch tasten wollte, tippte mir jemand auf die Schulter.

« Hi. »

Ich wirbelte herum und starrte in blaue, wunderschöne Augen.

« Hey », murmelte ich.

« Alles in Ordnung? Du siehst müde aus », bemerkte William und runzelte die Stirn.

« Bei dir zu schlafen war eine schlechte Idee », erklärte ich. « Heute Morgen bin ich extra früh rausgeschlichen, damit Dad nicht merkt, dass ich nicht in meinem Bett geschlafen habe. Er wäre ausgerastet, wenn er mitbekommen hätte, dass ich bei dir geschlafen habe. Ich kann mich glücklich schätzen, dass er mich noch nicht zu dem *Gespräch* gezwungen hat. »

Williams Augen funkelten belustigt.

« So schlimm? »
« Oh ja. Ich hätte nie einschlafen dürfen. Du hättest mich aufwecken müssen. »
« Das konnte ich nicht. Du sahst erschöpft aus. »
Ich hob eine Augenbraue.
« Was auch immer du dir einreden musst. »
William warf mir ein verfüherisches Grinsen zu.
« Was hast du gleich? »
« Mathe. » Ich blickte auf mein Handy herunter und scannte mit einem halben Blick die Uhrzeit.
« Ich muss los, sorry. »
« Ich auch. » William zog mich in seine Arme, strich mir eine Haarsträhne aus dem Gesicht und drückte seinen Mund auf meinen.
« Sehen wir uns in der Pause? »
« Mmm. »
« Okay. » Er küsste mich erneut, dann ließ er mich gehen.

Mit einem Lächeln auf den Lippen lief ich in die entgegengesetzte Richtung und konnte das Strahlen nicht lassen, egal wie sehr ich versuchte, es abzustellen. Doch ich war mir sicher, dass der Mathekurs meine Laune etwas trüben würde.

***

« Tristan, komm schnell. Leah ist da! » Mia umarmte mich so fest, als hätte sie mich seit Monaten nicht mehr gesehen. Ich lachte etwas unbeholfen.
« Ich war gestern noch hier, Mia. »
« Ich weiß, ich weiß. » Mia klemmte sich eine Haarsträhne hinter das Ohr.
« Ich habe die Neuigkeiten von deinem Bruder gehört. » Sie strahlte mich an.

« William ist jetzt dein offizieller Freund!? »
« Ja, wir sind zusammen. »
« Ahh, das ist so aufregend! »
« Ja? » Ich zog eine Grimasse.
« Ja! Du musst mir alles erzählen! Wie war euer erster Kuss? » Sie wackelte mit den Augenbrauen und ich konnte nicht anders als zu grinsen.
« Es war unglaublich. »
« Das glaube ich dir. » Mia zog mich an den Tresen heran. Hinter dem Tresen stand bereits Tristan und balancierte zwei Tablets auf seinen Armen. Als er mich mit Mia erblickte, hob er den Kopf und nickte mir zu.
« Hey, Leah. Tolle Nachricht, dass es mit William und dir funkt. Jetzt bin ich wohl der Einzige, der single ist. »
Er schmollte kurz, dann eilte er um den Tresen herum, um die Bestellung abzugeben.
« Willst du arbeiten oder bist du nur gekommen, um uns von deinem Liebesleben zu erzählen? », redete Mia auf mich ein und ging zur Kaffeemaschine herüber.
« Willst du einen Kaffee? »
« Wie wäre es, wenn du arbeitest anstatt Kaffeetratsch mit meiner Tochter zu halten? », mischte sich da plötzlich mein Vater ein, der unmittelbar vor uns stand.
« Natürlich, John. » Mia grinste schief und verschwand instinktiv aus meinem Blickfeld.
« Wir beide müssen sowieso noch reden », fuhr Dad streng fort. Auf einmal fühlte ich mich ertappt, abe ich wusste noch nicht ganz warum.
« Kann das nicht warten? Ich muss jetzt nämlich schnell nach Hause. » Ich blinzelte unschuldig, als würde das irgendetwas bringen.
« Ich weiß ganz genau, dass du nichts Zuhause zutun hast », entgegnete Dad knapp.

« Ich weiß, dass du gestern Nacht nicht in deinem Zimmer geschlafen hast. » Mir wurde heiß.
Fuck, wie hat er das herausgefunden?
« Du hast bei William geschlafen. »
Dads undurchdringlicher Blick brachte mich zum Stottern.
« Woher … Woher weißt du das? Bist du mir gefolgt, oder was? » Ich lachte hysterisch.
« Nein. » Dads Miene war unlesbar.
« Williams Mutter hat mir Bescheid gesagt. Etwas, was du hättest machen sollen. » Seine Miene veränderte sich und zeigte ganz deutlich Ärger.
« Mein Handy war aus. Außerdem war ich heute Morgen in meinem Bett, also dachte ich… »
« Dass du überhaupt auf so eine Idee kommst! », unterbrach mich Dad barsch.
« Ich muss *immer* wissen, wo du bist, hast du das verstanden? » Ich gab ein lautes, gereiztes Stöhnen von mir.
« Du wusstest doch, wo ich bin! Außerdem hättest du mir sowieso nicht erlaubt, bei William zu schlafen. »
« Das stimmt nicht. Ich hätte es dir erlaubt, hättest du mich zuerst gefragt. »
« Auch, wenn du wüsstest, dass William und ich jetzt zusammen sind? »
« Natürlich … warte, was? »
Dads Gesichtsausdruck wechselte von sturer Aufrichtigkeit zu purem Schock.
« Ihr seid zusammen? » Ich biss mir auf die Lippen, um nicht noch gereizter zu werden.
« Ja, sind wir. »
« A-Aber ihr kennt euch doch gar nicht solange … », stammelte Dad und wirkte nun völlig überfordert.
« William ist bereits seit Ende Oktober hier, Dad », informierte ich ihn spitz.

« Habt ihr verhütet? », platzte es aus meinem Vater heraus und musterte mich eindringlich. Meine Wangen brannten vor Scham, ich wurde purpurrot.
« Oh mein Gott, Dad. Wir hatten keinen Sex, okay? »
« Ich gehe nach Hause », fügte ich schnell hinzu, senkte den Kopf und lief schnurstracks aus dem *Brownies & Co* heraus.

Auf dem Weg nach Hause, klingelte mein Handy in meiner Jackentasche.
« Hallo? »
« Hey. » Ich erkannte Williams Stimme sofort und begann verliebt zu lächeln.
« Hey. Wieso rufst du mich an? »
« Ich spaziere gerade mit Henry. »
« Okay, und? »
«Schau mal geradeaus. » Irritiert tat ich wie geheißen und grinste, als ich eine Gestalt mit einem kleinen Welpen an der Leine vor mir entdeckte.
« Leg sofort auf, du Idiot », rief ich, während ein Lächeln um meine Mundwinkel spielte. Er legte auf und ich sprintete die letzten Meter zu ihm.
« Hey », murmelte ich, sobald ich bei ihm angekommen war.
« Hi. » William zog mich zu sich heran, um mich zu küssen. Henry kläffte protestierend, als er merkte, dass es nicht weiterging.
« Wie geht`s dir? », fragte er mich zwischen unseren Küssen.
« Gut, aber mein Vater weiß, dass ich letzte Nacht bei dir geschlafen habe. »
« Was?! » Williams Augen weiteten sich entsetzt.
«Wie hat er reagiert? »
« Er hat mich gefragt, ob wir verhütet haben », erwiderte ich und kicherte. William presste die Lippen aufeinander.
« Was für eine Reaktion. »

« Ich weiß, oder? Zuerst hat er gar nicht realisiert, dass wir zusammen sind. »
William lachte, legte seine Stirn an meine.
«Willst du mit mir spazieren gehen oder möchtest du nach Hause? »
« Ich möchte lieber nach Hause, tut mir leid », sagte ich und sah zu, wie sich seine Miene schlagartig veränderte.
« Hör auf mich zu necken. » Liebevoll legte er einen Arm um meine Schulter und wir liefen gemeinsam in die entgegengesetzte Richtung.
« Weiß deine Mutter über uns Bescheid? », fragte ich, während Henry schwanzwedelnd neben uns her trottete.
« Ich glaube, sie hat es sich zusammengereimt, als du rüber gekommen bist. »
« Und Claire, Ed? »
« Sie wissen es auch. » Er studierte mich mit einen Funkeln in den Augen.
« Claire ist begeistert. Sie meint, sie hätte schon immer ein Gefühl über uns gehabt. » Ich schnaubte.
« Ja, das klingt nach Claire. »
« Hey, möchtest du gleich mit zu mir kommen? »
William nickte. « Nichts lieber als das. »

16. Kapitel

16 Jahre alt

Die Instagrambilder von den Menschen, die einst meine Freunde gewesen sind, stiegen mir immer mehr zu Kopf. Sie teilten Bilder von sich selbst, ihren Freundinnen und von ihren derzeitigen Beziehungen. Und alles, woran ich denken konnte, war wie hübsch sie alle waren. Amber. Sophia. Die Eifersucht brannte durch meine Körperzellen wie kochendes Wasser. Sie hatten ein *Leben.* Ich konnte nicht anders als mich mit ihnen zu vergleichen. Gerade saß ich nach einem langweiligen Schulvormittag in meinem Zimmer und schaute eine Serie. Das war das Einzige, was ich tat. Innerlich hasste ich mich dafür, dass ich nicht anders war. Ich wünschte, ich wäre anders. Aus einer Kurzschlussreaktion heraus, ging ich zu meinem Kleiderschrank herüber und zog mir meine Sportsachen an.
« Du willst jetzt joggen gehen? », fragte mein Bruder, sobald ich unten in der Küche war. Verunsichert warf ich einen Blick aus dem Fenster. Es regnete in Strömen. Aber das war mir egal. Das Bedürfnis, irgendetwas zu tun, war stärker.
« Ja », antwortete ich stur und zog mir eine dünne Strickjacke an. Damit zog ich die Haustür auf und verschwand nach draußen.

Den ersten Fuß nach draußen gesetzt, begann ich zu rennen. Die Kopfhörer auf meinen Ohren spielten irgendeinen belanglosen Song ab. Ich rannte, als würde mein Leben davon abhängen, doch die Bilder in meinem Kopf ließen sich nicht verdrängen. Die Bilder in diesem verdammten Flur von der Walton High. Die Blicke der anderen. Ihre Blicke, die mich alle verurteilten. Blicke, die mich verabscheuten. Im Flur, im Klassenzimmer, auf der Toilette. Egal, wo ich hinging, diese Blicke folgten mir. Sie waren überall. Selbst im Bus oder in einem beliebigen Laden. Ich keuchte auf, das Seitenstechen brachten mich um. Doch nichts, absolut nichts, war schlimmer als all die Blicke von jeder Seite aus, die auf mir lagen. Die mich auf die Waage legten, mich beurteilten, einschätzten und entschieden, ob ich wertlos war.

***

Meine Haare waren ganz zerzaust, als ich aus dem Bus stieg und das Schulgelände betrat. Ich wünschte, ich wäre früher aufgestanden, um mir eine Frisur zu machen. Als ich das Mädchen, das neben mir herlief, heimlich betrachtete, wünschte ich, ich hätte meinen Concealer heute nicht ausgelassen. Denn ihr Gesicht war makellos, ihr Outfit perfekt und ihr geflechteter Zopf elegant. Neid machte sich heiß und unbequem in mir breit, ich versuchte es zu verdrängen. Auf dem Weg zu meinem Spind, begegnete ich auch schon William.

« Guten Morgen. » Er begrüßte mich mit einem schnellen Kuss, ich strich mit meiner linken Hand über seine schwarzen Locken.

« Hey. »

« Ich hab gleich Biologie und absolut keine Lust. »

« Ich würde dir ja anbieten zu tauschen, aber ich habe gleich Mathe », erwiderte William zerknirscht.

« Oh Gott. Nein danke. » Mit einem Ruck drückte ich meinen Spind zu und presste die Bücher für die nächste Stunde an meine Brust. Nachdem ich mich von William verabschiedet hatte, ging ich weiter den Flur entlang zum Unterricht und in die Hölle hinein.

Der Rest des Vormittags stellte sich als komplettes Desaster heraus. Die Blamage in Biologie, nachdem unsere Biolehrerin einfach so entschieden hatte, mich nach einer Frage dranzunehmen, obwohl ich die Hälfte der Stunde nicht aufgepasst hatte, war unerträglich. Der Druck auf meiner Brust war besonders präzise, als eine Gruppe Mädchen an mir vorbeilief. In der Cafeteria wartete ich auf William und versuchte verzweifelt die Geräuschkulisse um mich herum auszublenden. Überall befanden sich Schüler und Schülerinnen und es fühlte sich so an, als würden alle mit ausgestrecktem Zeigefinger auf mich deuten und mich auslachen.

Erst Zuhause löste sich der Druck in meiner Brust langsam. An der Haustür strich ich mir meine Schuhe ab und hing meine Jacke an die Garderobe.
« Hey, wie war die Schule? », fragte Dad, als ich in die Küche geschlurft kam.
« Geht so », murrte ich und setzte mich an den Esstisch. Dad legte mir ein paar Bratkatoffeln auf den Teller.
« Nicht so viel. Ich habe keinen Hunger. »
« Na gut. » Dad ließ meine schlechte Laune zum Glück unkommentiert und setzte sich auf den Stuhl neben mir.
« Wie läuft es zwischen William und dir? », fragte mich Dad, um ein Gespräch zu starten.
« Auch gut », nuschelte ich, weil ich überhaupt keine Lust hatte mich zu unterhalten. Ein Teil von mir tat es leid, dass ich mich so schnippisch verhielt, aber ein anderer, größerer Teil war viel zu angeschlagen, um darauf zu achten.
« Das ist schön. Kommst du heute ins *Brownies & Co*? »
Ich schüttelte mit dem Kopf. « Nein, heute nicht. »

Überrascht hob Dad den Kopf.

« Wieso nicht? Hast du dich mit Tristan und Mia zerstritten? »

« Nein, ich habe heute bloß keine Zeit. »

« Leah, du hast immer Zeit. » Die Gabel in meiner Hand zitterte und fiel im nächsten Moment klirrend auf meinen Teller.

« Heute habe ich zufällig aber keine Zeit. Ich muss viel für die Schule tun. Hör auf zu behaupten, dass mein Leben langweilig sei! » Insgeheim wusste ich eigentlich, dass das, was ich sagte, Schwachsinn war, aber in mir kochten so viele unterschiedliche Emotionen, dass ich die Worte aus meinem Mund nicht filtern konnte.

« Das habe ich doch gar nicht gesagt, ich meine … », versuchte mein Vater wieder, aber ich ließ ihn nicht zu Wort kommen.

« Lass mich einfach in Ruhe. » Ich sprang auf und wollte so schnell wie möglich in mein Zimmer sprinten, doch Dads wütende Stimme hielt mich zurück.

« Was ist in dich gefahren? » Meine Augen begannen zu brennen. « Gar nichts. Ich hatte nur einen schlechten Tag in der Schule und ich habe ein wenig Stress. »

« Stress? » Dad lachte verächtlich auf.

« Du hast keinen Stress. Weißt du überhaupt, was Stress bedeutet? » Ich starrte ihn aus müden Augen an.

« Was ist denn nur los mit dir? » Jetzt sah er nur noch hilflos aus. Mein Hals schnürte sich zusammen.

Ja, was ist los mit dir, Leah?

Meine Augen brannten stärker und ich musste den Kopf abwenden, damit Dad nicht bemerkte, wie sehr mich seine Frage aufwühlte. Ich hatte selbst keine Ahnung, warum ich mich so fühlte. Aber da waren so viele Dinge in mir, die ich nicht sagen konnte. Die ich nicht in Worte fassen konnte. Die tiefe Unzufriedenheit in mir. Die Wut, wenn ich mein eigenes

Spiegelbild betrachtete. Die Anspannung, die durch meinen ganzen Körper lief, sobald ich mich woanders als in meinem Zimmer befand.
« Ich gehe in mein Zimmer », murmelte ich emotionslos und ließ Dad sprachlos stehen. Es war nur eine halbe Stunde später, in der ich entschied, joggen zu gehen.

Die Straßen durch Walton zu laufen, stellte sich jedoch als unmöglich heraus. Immer wieder begrüßte mich jemand, der meinen Vater kannte oder winkte mir zu. Als ich in meinem Blickfeld William ausmachte, zog ich scharf die Luft ein.
Was machte er denn ausgerechnet jetzt hier?
Er schleppte Einkaufstüten mit sich herum und ich erinnerte mich daran, dass William mir heute Vormittag erzählt hatte, dass er heute den Einkauf von Claire übernehmen würde. Wahrscheinlich war ich mitten im Gespräch abgeschweift, sodass ich mich erst jetzt wieder daran erinnerte. Auf Williams Gesicht breitete sich ein strahlendes Lächeln aus, sobald er mich vor sich erblickte.
« Hey, was machst du denn hier? », rief er freudig, als er bei mir angekommen war.
« Joggen », erwiderte ich knapp.
« Möchtest du mitkommen ? »
« Uh … » William blickte zu den Tüten in seinen Händen.
« Klar. » Nach seiner Zustimmung setzten sich meine Füße wieder in Bewegung und traten auf dem festen Boden auf. Mein Herz pochte in meiner Brust und meine Lungen zogen sich schmerzhaft zusammen. Für eine Weile versuchte William angestrengt meinem Tempo zu folgen, schließlich gab er keuchend auf und drosselte sein Tempo.
« Ich trage nicht die passenden Klamotten dafür. Wie wäre es, wenn wir zuerst zurück gehen, damit ich mich umziehen kann? »

« Okay. Dann geh allein », antwortete ich verspätet. William griff nach meinem Arm.
« Leah, warte. Was ist los? »
« Nichts, alles ist gut. » Ruppig entzog ich ihm meinen Arm und beschleunigte mein Tempo. Nur kurz darauf spürte ich erneut seine Berührung an meiner Schulter.
« Es tut mir leid, aber das glaube ich dir nicht. » Williams zärtliche Stimme brachte mich zum Stoppen. Mit Tränen in den Augen drehte ich mich zu ihm um.
« Da ist so viel Wut in mir, William », hauchte ich mit zitternder Stimme.
« Und ich weiß nicht, wie ich damit umgehen soll. »
« Wut auf wen? », hakte William nach. Das verzweifelte Verlangen mich verstehen zu wollen, flackerte über seinen Gesichtsausdruck. Der Schmerz in seinen Augen tat mir leid.
« Auf mich selbst », flüsterte ich fast unhörbar.
« Auf dich selbst. » William musterte mich, als wollte er meine tiefsten Geheimnisse ergründen wollen.
« Okay », nickte er anschließend.
« Lass uns weiter laufen. » Perplex starrte ich ich ihn an, mein Blick wanderte instinktiv zu den Einkaufstüten in seinen Händen.
« Was ist mit …? » William zuckte nur mit den Schultern.
« Wir lassen sie hier stehen und holen sie danach wieder ab. » Ich lachte ungläubig.
« Hast du keine Angst, dass jemand auf die Idee kommt, sie zu stehlen? »
« Hast du etwa kein Vertrauen in deine Heimatstadt? » konterte William keck.
Ich grinste unschlüssig. « Wie du meinst. »
Er schenkte mir das wunderschönste Lächeln, das ich kannte, und dann joggten wir unbekümmert an seinen Einkaufstüten vorbei. Es war die schönste Sache, die ich je getan hatte.

***

Abends breitete ich mir die Reste vom Mittagessen zu, band meine Haare zu einem Pferdeschwanz und goß die Blumen in meinem Zimmer. Währenddessen telefonierte ich mit meinem Bruder. Mein Handy, das neben mir auf dem Schreibtisch lag, gab ein paar sehr merkwürdige Geräusche von sich.
« Cameron, bist du noch da? », lachte ich.
« Ja, aber mein Mitbewohner zockt gerade irgendein Spiel.» Sein Unterton klang gereizt.
« Hey, Liam, könntest du das etwas leiser stellen? Ich telefoniere gerade mit meiner Schwester », vernahm ich Camerons Stimme an dem anderen Ende der Leitung.
« Geh mir nicht auf die Nerven. Wenn du telefonieren willst, geh in dein Zimmer. » *Wow.*
« Dein Mitbewohner scheint einen schlechten Tag gehabt zu haben », warf ich ein, sobald es still wurde und es deutlich wurde, dass Cameron das Zimmer gewechselt hatte.
« Scheint so », stimmte er mir grimmig zu.
« Also, wie war dein Tag? » Meine Heiterkeit erlosch schlagartig. Auf keinen Fall würde ich ihm erzählen, wie schrecklich der Tag für mich gewesen ist.
« Uh, gut. Schule war ganz okay und am Nachmittag bin ich mit William joggen gegangen. »
« Du bist joggen gegangen? », prustete mein Bruder da auch schon los.
« Warum so überrascht? Ich *kann* joggen. »
« Na klar, aber was ist der Grund? »
« Ich will einfach ein bisschen fitter werden », stammelte ich hilflos herum.
« William unterstützt meine Idee, deswegen hat er auch gleich mitgemacht. »
« Oder er ist einfach nur in dich verliebt. »
« Oder das. » Ich kicherte.

« Wann kommst du eigentlich wieder nach Walton? Wir haben schon seit Ewigkeiten keinen Filmmarathon gemacht. » Ich seufzte dramatisch.
« Das sollte als ein Verbrechen gelten. » Cameron schmunzelte. « Definitiv. Aber ich habe sogar an die Weihnachtsferien gedacht.»
« Wirklich? » Meine Laune besserte sich innerhalb von Sekunden.
« Ja, und ich dachte, ich nehme Jack mit, wenn das für dich in Ordnung ist. Das wäre die perfekte Gelegenheit ihm Walton zu zeigen. »
« Mach das. » Ich grinste spitzbübisch.
« Das gibt mir genug Zeit, um peinliche Babybilder von dir im Flur aufzustellen … »
« Was hast du gesagt? »
« Nichts, nichts. » Plötzlich klingelte es an der Haustür.
« Hey, Cameron? Ich muss auflegen, ich rufe dich später wieder an. »
Nachdem ich aufgelegt hatte, verließ ich mein Zimmer und jagte die Treppen herunnter. Leicht atemlos zog ich die Haustür auf. Vor mir stand niemand anderes als William Morrison.
« Oh, hey », machte ich und vergewisserte mich rasch, ob Dad in unserer Reichweite war. Denn irgendwie war ich mir nicht hundertprozentig sicher, dass er Williams späten Besuch tolerien würde.
« Ich werde dir helfen », beteuerte William und lief über die Türschwelle.
« Was? » Mehr als nur verblüfft starrte ich William hinterher, der nun damit begann, den Rucksack in seiner Hand zu leeren. Erst da stach mir ein unbekannter Gegenstand an der Wand lehnend ins Auge.
« Du hast mir einen Boxsack mitgebracht? »
Er sah zu mir auf.

« Ich leihe ihn dir gerne aus, du hast mein vollstes Vertrauen. »
« Boxhandschuhe gehören auch dazu », sagte er und reichte mir welche, die er aus seinem Rucksack genommen hatte.
« Danke », stammelte ich überfordert. Nachdem mein Gehirn den ersten Schock erfolgreich überstanden hatte, begann es wieder vernünftig zu schalten.
« Aber das ist doch dein Boxsack und ich möchte ihn dir nicht wegnehmen. Außerdem brauche ich ihn nicht so unbedingt. »
William blinzelte, in seinen Augen lag eine Ernsthaftigkeit, die ich bei ihm noch nie vorher gesehen hatte.
« Du hast gesagt, du bist wütend, richtig? »
Peinlich berührt spielte ich mit meiner vordersten Haarsträhne. « Ich denke, das habe ich gesagt, aber … »
« Dann ist der hier die Lösung. » William gab dem Boxsack einen starken Knuff. Für einen kurzen Augenblick schwiegen wir, dann riss ich mich zusammen, zog die Schultern hoch.
« Komm, wir stellen ihn in mein Zimmer », murmelte ich, immer noch überwältigt von seiner Geste. Ein einfaches *Danke* kam mir viel zu unplausibel vor.

« Wow, du hast ziemlich viele Blumen. » Fasziniert stand William nur eine Minute später in meinem Zimmer und scannte alles, was in sein Sichtfeld gehörte.
« Claire hat mir bereits gesagt, dass du eine Leidenschaft für Pflanzen hast, aber das passt gar nicht zu dem Bild, das ich im Kopf hatte. » Ich gluckste ungeschickt und rieb mir verlegen über das Gesicht. « Es ist etwas ausgeartet. Mit vierzehn habe ich immer vergessen sie zu gießen, deshalb sind die meisten Blumen relativ zügig gestorben. Mom wäre fast ausgerastet. »
« Das kann ich glauben. » William stellte den Boxsack in die Ecke und drehte sich zu mir um.
« Mit zehn Jahren habe ich an einem Tag so viele Geschichten auf einmal geschrieben, dass die Festplatte von dem Computer meines Vaters fast voll geworden ist.»

« Wow, was hast du denn alles geschrieben? »
« Alles. Von Fantasy bis zur Science Fiction. » William schwelgte in alten Erinnerungen, ich beneidete ihn.
« Das ist wirklich beeindruckend. Du hast einen Traum und hast ihn verwirklicht. » Erstaunen flackerte über Williams Züge. « Du weißt von meinem Buch? »
« Claire hat mir davon erzählt. »
William schnaubte amüsiert. « Was plappert sie eigentlich nicht weiter? » Ich stieß mit meinen Ellenbogen an seine Schulter. « *Das* sollte sie auch weiterplappern. Du hast ein Buch, einen Roman geschrieben. Das ist toll. » Ich hielt inne. « Sie ist bestimmt ganz stolz auf dich. »
« Keine Bedenken daran. Nach der Veröffentlichung hat sie inbrünstig ganze fünfzehn Exemplare gekauft, um mich zu unterstützen. »
Ich musste mir heftig auf die Lippen beißen, um den Lachanfall, der in meiner Kehle anstieg, zu unterdrücken. « Das nenne ich Engagement. »
« Sie ist mein größter Fan », scherzte er. Ein kurzes, aber nicht unangenehmes Schweigen legte sich über uns. Williams Blick fiel auf den Fernseher und seine Augen bekamen etwas Schalkhaftes. « Jetzt da ich hier bin, können wir genauso gut einen *Star Wars* Film gucken. »
Ich stöhnte. « Bitte nicht. »
« Wir gucken auch nur den ersten Teil. »
« Komm schon, William. Ich mag solche Filme nicht. » Jammernd versuchte ich ihm die Fernbedienung zu entziehen.
« Zu spät », trällerte William und schaltete den Fernseher an.

17. Kapitel

Mein Handy vibrierte laut und spielte kurz darauf den schlimmsten Ton der Weltgeschichte ab. *Heute ist Dienstag.* Ich rollte auf die andere Seite und kniff die Augen fest zusammen. Doch mein Unterbewusstsein war schon längst wach und schickte fiktive, furchtbare Situationen in der Schule durch meinen Kopf.
« Urgh! »

In der Küche aß ich Müsli und scrollte sinnlos auf meinem Handy herum. Dad war bereits bei der Arbeit, also nahm ich mir heute mehr Zeit und machte mir noch einen zweiten Kaffee. Bevor ich einen Schluck nehmen konnte, klingelte mein Handy.
«William », stieß ich überrascht aus.
« Warum rufst du an? » Verblüfft legte ich die Stirn in Falten.
« Ich wollte einfach nur wissen, wie es dir geht », antwortete William mir. Sein Unterton klang sehr geheimnisvoll.
« William, das ist lächerlich. » Grinsend schüttelte ich den Kopf. « Wir sehen uns doch gleich in der Schule. »
« Ich weiß, ich weiß. » Kurz machte er eine Pause, als müsste er seine Gedanken sortieren.
« William? », gab ich ungeduldig von mir. Mein Geduldsfaden war am Limit und nur noch Sekunden davon zu reißen.
« Möchtest du überhaupt zur Schule? », drang Williams Frage an mein Ohr. Jetzt war ich komplett ratlos.
« Was?! »
« Beantworte einfach die Frage. »

« Das, was du von dir gibst, ergibt keinen Sinn, William. Natürlich will ich nicht zur Schule. Es ist Dezember, es ist kalt draußen und ich habe überhaupt keine Lust Mr. Miller zu begegnen. Denn dem schulde ich noch ein Essay von der letzten Stunde. »
« Also möchtest du nicht hingehen? », hakte er nach.
« Nein, aber ich muss. Worauf willst du hinaus? »
« Was ist, wenn du nicht *müsstest*? »
« Was meinst du damit? », seufzte ich, allmächtig erschöpft davon herauszufinden, was genau William mir mitteilen wollte.
« Treff mich draußen und ich erkläre dir alles », war das Einzige, was er noch sagte, bevor ein Ton, der klang, als hätte er Schluckauf, mir bestätigte, dass er aufgelegt hatte. Fertig mit den Nerven ließ ich mein Handy auf dem Esstisch sinken und starrte gedankenverloren aus dem Fenster. Plötzlich zweifelte ich daran, ob William wirklich der gute Junge war, zu dem er sich immer machte.

« Deinen Rucksack hättest du auch drinnen lassen können », kommentierte William trocken, als ich nach draußen trat.
« Was wird das hier? », fragte ich und bemühte mich um einen besonderen, energischen Tonfall.
« Komm, steig in den Jeep », forderte William mich anstattdessen auf und deutete auf das Auto seiner Großmutter, das passend zur Abfahrt bereit stand. Widerstrebend eilte ich um den Jeep zur Beifahrertür und öffnete sie. Als ich mich auf den gemütlichen Beifahrersitz niederließ, funkelte ich meinen Freund erbost an. « Du sagst mir sofort die Wahrheit », befahl ich und William unterdrückte ein Grinsen.
« Wir schwänzen Schule. »
« W - Was? », stotterte ich entsetzt.

« Ich kann nicht schwänzen! Wenn mein Vater das herausfindet, kann ich anfangen, mein Testament zu schreiben. »
« Meine Blumen kehren alle zurück zu Claires Laden, meine Bücher kannst du bekommen, wenn du möchtest … »
« Leah », unterbrach mich William lachend.
« Hast du noch nie vorher geschwänzt? »
« Nein, noch nie. Ehrlich gesagt bekomme ich Schweißperlen, wenn ich nur daran denke. » Mein Mund klappte schockiert auf. « Wie kommst du eigentlich auf so eine Idee? » William winkte lässig ab. « Ich dachte nur, ein freier Tag in der Woche kann nicht schaden. » Sein Gesichtsausdruck bekam etwas Anzügliches.
« Um genauer zu sein, ist es ein Mental Health Day. »
« Ein Mental Health Day? » Zweifelnd hob ich die Augenbraue.
« Für uns beide. Einen Tag lang keine Schule. » William schenkte mir ein schiefes Grinsen.
« Wie klingt das? »
« Das klingt … » Ich zögerte und überlegte für einen schwachen Moment, ob es nicht doch besser wäre, wenn ich aus dem Jeep stieg und zur Schule ging. Doch zum Glück blieb der schwache Moment nur ein schwacher Moment.
« Fantastisch », beendete ich meinen eigenen Satz seufzend und schloss zufrieden die Augen.
« Ab dem *Brownies & Co* solltest du besser Gas geben. Dad hat seine Augen überall. »
« Jawohl, Sir », kam es von William zurück und startete den Motor. Belustigt rollte ich mit den Augen, während wir losfuhren.

Ab dem *Brownies & Co* trat William ordentlich auf das Gaspedal - Adrenanlin pumpte durch meinen Körper und ließ mich in ein hysterisches Gekichere ausbrechen. Ich duckte

mich für den Fall, dass Dad kurzfristig vier Augen bekommen hatte. Wenn er mich in Claires Jeep entdeckte, war ich tot.
« Entspann dich. » William biss sich auf die Zunge, um nicht laut aufzulachen. Sein Tonfal vibrierte förmlich.
« Dein Vater guckt sicherlich nicht jede zweite Minute aus dem Fenster. »
« Hoffentlich nicht. » Nervös spähte ich durch den Rückspiegel. « Gib Gas », flehte ich und konnte die Panik in meiner Stimme nur schwer unterlassen.
« Ich hätte nicht gedacht, dass du so eine Streberin bist », gluckste er vergnügt, meine Angst schien ihn deutlich zu amüsieren. Ich unterdrückte einen Seufzer.
« Ich bin keine Streberin. Ich habe nur noch nie geschwänzt. »
« Das verstehe ich nicht. Du sagst, dass du es hasst zur Schule zu gehen. »
Ungläubig blinzelte ich. War das sein Ernst?
« Du hast recht, ich hasse Schule. Wenn ich könnte, würde ich gerne hin und wieder ein paar Stunden schwänzen, aber das geht nicht. Falls du es noch nicht bemerkt haben solltest, habe ich einen kontrollsüchtigen Vater, der jeden Morgen aufpasst, dass ich aufstehe und dahingehe, wo ich unter der Woche hingehöre. Nämlich zur *Schule.* »
Das letzte Wort betonte ich mit Absicht stark, biss verärgert die Zähne zusammen.
« Okay, ich verstehe. » William hob verteidigend die Hände.
« Lass deine Hände am Lenkrad! » , japste ich panisch.
« Du bist Fahranfänger. »
William lachte nur, tat aber wie befohlen. Neugierig musterte ich ihn.
« So eine Schwänzerei habe ich von dir nicht erwartet » äußerte ich mich skeptisch.
« War der gute Typ etwa nur eine Fassade für dich? », hinterfragte ich argwöhnisch und sah misstrauisch zu, wie

William in ein schallendes Gelächter ausbrach. « Gott, nein. Ich bin kein Draufgängertyp. »
Ich grinste. « Warum tust du es dann? »
William zuckte eben so breitgrinsend mit den Schultern. « Ich wollte einfach eine Pause von allem haben. »
« Das ist nachvollziehbar », lautete meine ehrliche Antwort und lehnte mich mit dem Kopf zufrieden an meinen Sitz. Plötzlich kam mir ein unerwarteter Gedanke.« Ist es, weil du Cornwall vermisst? », fragte ich und musterte ihn betroffen. Weshalb war ich denn nicht eher auf den Gedanken gekommen?
« Nein », beruhigte mich William rasch.
« Mein Zuhause ist in Cornwall, aber ich habe mich allmählich an Walton gewöhnt. »
« Ja? », hakte ich erfreut nach. Schlagartig verging mir mein fröhliches Lächeln.
Was passierte, wenn das Visum nach sechs Monaten abgelaufen war und William zurück nach England fliegen muss? Gab es dann noch ein uns?
« Hey, was ist? » William war die urplötzliche Veränderung in meinem Gesicht nicht entgangen.
« Was ist, wenn du nach England zurück musst? » Nervös spähte ich zu William.
« Trennen wir uns dann? »
« Nein! » Entsetzen funkelte in Williams Augen auf.
« Nein, auf keinen Fall. Wir werden eine Fernbeziehung führen müssen. »
« Glaubst du wirklich, dass eine Fernbeziehung funktionieren wird? », zweifelte ich.
« Wie werden wir uns je besuchen kommen? »
« Ich werde dich besuchen kommen », versprach William. « Zuerst werde ich die Uni fertigmachen und danach könnte ich versuchen ein Arbeitsvisum zu beantragen. »

« Und was dann? Gehen wir davon aus, du bekommst ein Visum. Was willst du tun? Möchtest du für eine Weile in meiner Nähe leben und in irgendeinem Ort arbeiten, nur damit du mich sehen kannst? » Ich schüttelte mit dem Kopf.
« Und wenn du wieder zurück nach England fliegst, sind wir wieder am selben Punkt ohne Fortschritte gemacht zu haben. »
« Dann setze ich alle meine Chancen auf die Greencard! » William raufte sich verzweifelt die Haare.
« Dieses Gespräch führt doch zu nichts, Leah. »
Ihm entwich ein leiser Seufzer.
« Egal was passiert, der Kontakt zwischen uns bleibt bestehen », betreuerte er und strich mir mit sanften Zügen über mein Knie. « Ganz egal, ob uns zwei Kontinente trennen. » William hatte recht. Sich jetzt schon Gedanken über so etwas Schwerwiegendes zu machen, war sinnlos. Ich entspannte mich etwas und versuchte durchzuatmen, lockerte meine Schultern. Ließ den Blick schweifen, bis ich eine von mir unbekannte, schwarze Tasche entdeckte, die auf dem Fußboden direkt vor mir lag.
« Was ist das? » Erstaunt blickte ich zu ihm, versuchte die Puzzleteile zusammenzusetzen. Es wurde immer offensichtlicher, dass er diesen Tag Schritt für Schritt durchgeplant hatte.
« Das ist eine Überraschung. » William kniff warnend die Augen zusammen, als ob er mir so davon abraten wollte, die Tasche zu durchstörbern.
« Okay. » Ich ließ die Tasche fallen und konnte das verschmitzte Lächeln, das sich auf mein Gesicht bahnte, nicht stoppen.
« Du hast diesen Tag geplant. » Ich spähte wissend zu ihm hinüber, doch William wandte den Kopf ab. Das war Bestätigung genug.

« Du hast diesen Tag geplant », flötete ich glücklich und merkte, dass er allmählich nachgab.
« Ich habe ihn geplant, zufrieden? », gab er schließlich zu.
« Ha! » Triumphierend zeigte ich mit dem Zeigefinger auf ihn. « Ich wusste es. Du würdest nicht einfach so ungeplant schwänzen. »
« Das stimmt nicht, ich… » William beendete seinen Satz nicht und schloss die Augen, als wüsste er schon insgeheim, dass er nicht weiter lügen konnte.
« Okay, ich würde sonst nicht schwänzen. »
« Dankeschön. » Mit einem kleinen Lächeln auf den Lippen lehnte ich mich in meinem Sitz zurück und schaute aus dem Fenster.
« Wann sind wir da? », wollte ich dann mit einem leichten, ungeduldigen Unterton wissen, und klang dabei ein wenig wie ein nerviges Kind.
« Fünf Minuten noch », war Williams knappe Antwort.

Es waren sogar ganze acht Minuten, als William Claires Jeep auf einen unbekannten Parkplatz parkte. Sobald ich ausstieg, realisierte ich, wo wir uns befanden. Die Luft war salzig, der Wind blies mir die Haare mitten ins Gesicht. Sprachlos drehte ich mich zu William um.
« Warum sind wir am Strand? » William nahm die schwarze Tasche aus dem Auto mit und signalisierte mir mit einer Handbewegung, dass ich ihm folgen sollte.
« Komm mit. »
« Zum Strand? », fiebte ich, während mich ein Kälteschauer erfasste. In diesem Moment wünschte ich, ich könnte seine Gedanken lesen. Denn ich würde sehr, sehr gerne die Logik hinter seiner Idee verstehen. Wieso hatte er geglaubt, es wäre eine tolle Idee, zum Strand zu fahren, obwohl es Dezember war?! Mein warmer Atem traf auf die eisige Luft und stieg als kleine Wolke empor. Ja, William war offizell verrückt

geworden. Immer noch frierend und mit null Prozent Begeisterung in meinem Körper, folgte ich William den steinigen Weg, zum Strand herunter. Gedankenverloren verharrte ich neben ihm und beobachtete, wie Wellen in unregelmäßigen Abständen an den Strand strömten.
« Es sieht wirklich sehr schön aus », gab ich zu und wagte einen kurzen Blick in Williams Richtung.
« Aber ernsthaft: bist du nur deswegen hier hergekommen? »
« Nein, natürlich nicht », widersprach William heftig. Er deutete auf die schwarze Tasche in seiner Hand. « Ich habe eine Picknickdecke gepackt für … »
Unmittelbar ließ er den Blick über den einsamen, leeren Strand gleiten. Mit einem dumpfen Geräusch ließ er die Tasche auf den Boden fallen. « Vergiss es. Es ist viel zu kalt, um am Strand zu sein. »
« Danke. » Mein Blick fiel erneut auf die Tasche, und ich lachte. « Hast du gedacht, dass es heute warm sein wird? »
« Nicht warm, aber *wärmer*. » Kopfschüttelnd betrachtete William die Tasche. « Ich habe Snacks eingepackt, damit wir uns im Sand hinsetzen können. »
« Aber es ist Winter, William. »
« Ich weiß, aber ich dachte… » Er hielt inne und hob die Tasche von dem Sand auf. « Was für eine scheiß Idee », murmelte er vor sich hin und schnaubte. « Es ist kalt und eklig. Lass uns zurück zum Auto gehen. » Er machte Anstalten zu gehen, da plagten mich auf einmal Schuldgefühle. William hatte diesen perfekten Vormittag geplant und ich stellte mich wegen des Wetters an.
« Lass uns hier bleiben. » Irritiert wirbelte William zu mir herum. « Was? Nein. Es ist okay, wir fahren irgendwo anders hin. »
« Aber es ist wirklich schön hier », protestierte ich und streckte die Arme aus. « Niemand außer uns ist hier. Und wir

brauchen uns ja nicht auf die Picknickdecke sitzen. Wir können spazieren gehen. »
« Bist du sicher? »
« Hundertprozentig. » Ich strahlte ihn an.
« Komm schon », forderte ich ihn nach weiterem Gezögere auf. William nickte. « Na schön. »

Schlussendlich liefen wir den leeren Strand entlang und zitterten dabei wie Espenlaub. « Wir können immer noch umdrehen », schrie William, weil der Wind und das Rauschen des Meeres so laut war. « Nein, nein. » Tapfer biss ich die Zähne zusammen, dabei schüttelte mein Körper vor Kälte. « Lass uns weiterlaufen », sagte ich und zog den Reißverschluss meiner viel zu dünnen Jacke bis zu meinem Kinn. « Möchtest du einen Keks? », bot mir William in dem Moment an und hielt mir die Verpackung Schokokekse, die er vorhin aus seiner Tasche genommen hatte, hin. « Ich nehme doch gleich alle », rief ich frech und riss ihm die komplette Verpackung aus den Händen.
Ahnend, was ich vorhatte, funkelte William mich gespielt erbost an und setzte zur Verfolgung an. Ich stieß ein schiefes Quietschen aus und sprintete so gut ich konnte. Meine Füße trommelten auf den Sand. Doch ich hatte keine Chance gegen William. Innerhalb von ein paar Sekunden umschlang er bereits meine Taille und zwang mich dazu, die Kekse fallen zu lassen. Wir rückten ohne es zu bemerken, näher an die Wellen heran. Lachend ließ ich die Verpackung auf den Boden fallen und wollte mich Willams Griff entziehen. Abrupt lockerte sich dieser plötzlich und ich verlor den Halt, taumelte rückwärts.
« Vorsicht! », warnte William mich, doch es war schon zu spät. Das Loch hinter mir, zu spät gesehen, fiel ich nach hinten, ins Wasser. Die Welle traf mich wie kleine spitze Nadeln, doch der Schock hielt nicht lange an. Höchstens zehn

Sekunden dauerte es, dann tauchte ich zurück an die Oberfläche und watete hinaus. Das Wasser reichte mir bis zu den Knien. Komischerweise spürte ich im ersten Moment die eisige Kälte nicht, obwohl mein ganzer Pullover durchnässt war.
« Leah, alles okay? » William eilte auf mich zu und strich mir die klatschnassen Haare aus dem Gesicht.
« Du hättest mich früher loslassen müssen », erwiderte ich und lachte stockend, trotz des vielen Zähneklapperns. Genau in diesem Augenblick setzte ein starker Regen ein, der erbittert auf uns einprasselte. Ich lachte ungezügelt, sodass mein Körper bebte.
« Dir muss eiskalt sein », sagte William und strich über meine nasse Schulter. « Komm lass uns schnell zurück ins Auto gehen. » Stur, wie ich war, hinterging ich seine Worte und verlor mich stattdessen in seinen blauen Augen. Alles woran ich denken konnte, war dass ich ihn unbedingt küssen wollte.
« Leah », drängte William erneut, aber ich bewegte mich keinen Zentimeter. Fest entschlossen wankte ich auf ihn zu, schlang die Arme um seinen Hals, und küsste ihn leidenschaftlich. Regentropfen landeten auf meinem Gesicht, aber das war mir egal. Es gab nur noch Platz für William. Instinktiv umfasste William meinen Hinterkopf und zog mich näher an sich heran. Ich seufzte an seinen Lippen, drängte meinen Mund stürmischer auf seinen. Unsere Küsse wurden intensiver, ungestümer, bis William uns stoppte. « Deine Lippen sind ganz blau », stellte er fest und griff energisch nach meiner Hand, bevor ich es mir anders überlegen konnte. « Wir gehen jetzt zurück zum Auto », sagte er und ließ keinen Raum für Widerspruch.
Während wir zum Parkplatz liefen, rieb er immer wieder über meine Schultern und drückte mir einen Kuss auf die kalte Stirn. Und mein Herz schmolz.

« Fahren wir zurück nach Hause? », fragte ich lachend, als wir wieder im Jeep saßen. William kramte hektisch in seiner schwarzen Tasche herum und zog nach etlichen Minuten einen weißen Hoodie und eine graue Jogginghose heraus. « Hier. Zieh die an », forderte er mich auf und legte mir die Klamotten auf den Schoß.
Ich schmunzelte. « Hattest du vor surfen zu gehen? Oder warum hast du Wechselklamotten dabei? »
« Nein, ich wollte nur auf alles vorbereitet sein. » Er drehte den Kopf weg, damit ich mir die nassen Klamotten ausziehen konnte, aber es war schwerer als gedacht. Denn sie klebten förmlich an mir. « Soll ich dir helfen? », bot mir William an und ich wollte weinen. *Das ist peinlich.* Wochenlang hatte ich geglaubt, vor William zu weinen, war mein schlimmster Moment auf dieser Erde gewesen. Aber ich hatte mich versehen; *das* hier war definitiv peinlicher. Warum musste ich auch ausgerechnet heute den engen, kaum anziehbaren Wollkragenpullover aus meinem Kleiderschrank anziehen?
« Ja », flüsterte ich kaum hörbar, mein Ton voller mit unterdrücktem Scham. Augenblicklich half William mir aus meiner klatschnassen Jeans heraus und tauschte sie gegen seine eigene Jogginghose aus. Doch bei meinem Wollkragenpullover schien William genauso zu kämpfen wie ich. « Wow, passt der dir überhaupt? »
« Es ist deine Schuld, dass mein Pullover nass ist », verteidigte ich ihn und funkelte ihn gespielt aufmüpfig an.
« *Meine* Schuld? » Er gab einen verächtlichen Laut von sich. « Du hast angefangen die Kekse zu stehlen! »
« Ja, aber du hättest mich nicht so plötzlich loslassen sollen. Sonst hätte ich gar nicht erst das Gleichgewicht verloren », konterte ich kühn und zeigte ihm mein Ich-habe-es-dir-gezeigt Gesicht.
« Hättest du die Kekse in Ruhe gelassen, wärst du nie ins Wasser gefallen. » William wirkte fast stolz auf seine Antwort.

« Interessant - du scheinst ziemlich besessen von den Keksen zu sein. Gibt es da etwas, was du mit mir teilen möchtest? » Gespielt misstrauisch musterte ich ihn. In dem selben Moment zog mir William behutsam meinen Pullover über den Kopf und ließ ihn auf den Fußbereich fallen. Danach zog er mir seinen Hoodie an, strich mir die Haare hinter die Ohren, und küsste mich sanft. « Entschuldige, ich hätte niemals zum Strand fahren sollen. »
« Das ist schon okay. Es hat Spaß gemacht », entgegnete ich, während sich ein breites Grinsen über meine Lippen legte. Dass mir kalt war, störte mich aus irgendeinem Grund nicht. Ich konnte mich nur auf ihn fokussieren. William schüttelte belustigt mit dem Kopf.
« Lüg mich nicht an. » Ich lächelte verhalten.
« Wo fahren wir jetzt hin? »
« Kommt darauf an. Hättest du Lust auf eine heiße Schokolade? »
« Sag nichts weiter. »
Williams Mundwinkel hoben sich. Seine ozeanblauen Augen trafen auf meine braunen Augen und verschmolzen miteinander. Nur eine winzige Sekunde später, startete er den Motor, fuhr ruckwärts heraus, und verließ den Parkplatz. Während er sich in den Verkehr einfädelte, starrte ich wunschlos glücklich aus dem Fenster. Langsam aber sicher beschlich mich das Gefühl, dass ich William Morrison hoffnungslos verfallen war. Und dass sich in der Zukunft auch nichts daran ändern würde.

***

« Ist dir kalt? », vergewisserte sich William bei mir und suchte mein Gesicht nach jeder, nur klitzekleiner Spur ab, die ihm verraten würde, dass ich mich unwohl fühlte.

« Nein », beantwortete ich so sachlich wie es ging seine Frage. Biss mir fest auf die Lippen, damit er nicht anhand meines stralenden Lächelns erkennen konnte, wie sehr mir seine Sorge gefiel.
« Einmal die Pommes und die heiße Schokolade, bitteschön. » In dem Moment tauchte eine flotte Kellnerin neben unserem Tisch auf und stellte meine Bestellung direkt vor meiner Nase ab.
« Dankeschön », nuschelte ich, doch da war die Kellnerin auch schon wieder mit dem leeren Tablet in den Händen verschwunden. Ich ließ meinen Blick durch den Laden schweifen, aber ich erblickte sie nicht mehr.
« Hast du gesehen, wie eilig sie es hat? », wandte ich mich verblüfft an William.
« Dabei ist keine Menschenseele außer uns hier », ergänzte er.
« Vermutlich ist sie so erleichtert, dass es endlich Kunden gibt, dass sie ganz enthusiastisch wird. «
« Wow, das ist fies », lachte ich, meinte es insgeheim aber nicht so. Als wir vor zwanig Minuten auf einem leeren Parkplatz geparkt und ausgestiegen waren, kam uns der verlassene Imbiss vor uns wie eine Bruchbude vor. Doch da Walton nur noch dreißig Minuten entfernt war, hatten wir beide zugestimmt, hier zu essen. In Windeseile kam die Kellnerin von vorhin erneut zu uns gelaufen und stellte eine Portion Pommes und einen Becher Coca-Cola auf den Tisch. Mit einem gefälschten Lächeln auf dem Mund, nickte sie uns einmal knapp zu und machte sich auf den Weg zurück in die Küche.
« Vergiss, was ich gerade eben noch über ihren Enthusiasmus gesagt habe », schmunzelte William und angelte sich eine Pommes. Mit einem gedankenverlorenen Gesichtsausdruck studierte er mich.
« Hast du morgen irgendetwas vor? »

Die Tasse in meiner Hand begann zu wackeln und ich verschluckte mich.
« Ich werde nicht schon wieder Schule schwänzen, wenn du das glaubst », krächzte ich und wischte mir über die brennenden Augen.
« Ich meine auch nachmittags », ergänzte er und lächelte brav und unschuldig wie ein Lamm, das mich nicht heute Morgen zum Strand anstatt zur Schule gefahren hatte.
« Ich weiß nicht genau, ob ich dir nach diesem Vormittag noch vertrauen kann », meinte ich und schürzte die Lippen.
« Schließlich ist es nur allein *dein* Verdienst, wenn ich morgen schwer krank bin. »
« Ist das so? *Schwer krank*? » Obwohl in Williams Tonfall Spott mitschwang, lag ein verliebtes Glitzern in seinen Augen.
« Also bist du morgen frei, oder nicht? », wollte er mit einer Spur Ungeduld in seinem Unterton wissen.
« Das kommt darauf an, was du morgen geplant hast. »
Ein Anflug eines Lächelns huschte über seine Gesichtszüge.
« Mhm, das verrate ich dir noch nicht. »
Ich nahm einen Schluck von meiner Tasse. « Okay, das ist fair. Aber wenn es wieder kaltes Wasser betrifft, bin ich raus. »
William lachte. « Das ist klar. »
« Ernsthaft, ich meine … » Ein lautes Vibrieren aus meiner Hosentasche unterbrach meinen Satz.
« Das ist mein Handy », murmelte ich unverständlich und fischte es unbeholfen aus meiner Hosentasche heraus.
« Hallo? »
« Hallo, Leah, hör zu… » Das Blut gefror in meinen Adern. Erstarrt wandte ich William den Kopf zu.
« Das ist mein Dad », wisperte ich und legte den Zeigefinger auf die Lippen, als würde das irgendetwas bringen.
« Ist gerade ein schlechter Zeitpunkt? Ich weiß, du hast Schule, aber ich bin mir sicher, dass du gerade Mittagspause hast. Ist das richtig? »

« R-Richtig », stammelte ich und spielte hitzig mit einer vorderen Haarsträhne.
« Warum rufst du an, Dad? » Ich hoffte, er bemerkte nicht, wie sehr meine Stimme vor Nervosität bebte.
« Richtig, richtig! », rief Dad aus, als würde ihm jetzt erst wieder einfallen, dass ich an der anderen Leitung war und ungeduldig wartete.
« Ich wollte dich nur daran erinnern, dass dein Schulalltag stressig genug ist und du heute nicht unbedingt ins *Brownies & Co* kommen musst. »
« Oh, Dad, aber es macht mir nichts aus. Ich mache die Arbeit gerne. »
« Du hast sicherlich viele Hausaufgaben auf und ich möchte dich ungerne belasten, wenn du so viel zutun hast. Ich möchte, dass du dich zuerst auf die Schule konzentriest. »
« Aber… », versuchte ich es, aber Dad schnitt mir das Wort ab. « Mia ist sowieso heute nicht da. Sie ist krank. »
« Okay. Kannst du ihr gute Besserung von mir ausrichten? »
« Natürlich! » Bildete ich es mir nur ein oder klang seine Stimme plötzlich fröhlich, sogar erleichtert?
« Ich muss auflegen. Die Pause ist bald vorbei, und … »
In diesem Moment nieste William laut. Das Geräusch klang so ohrenbetäubend, dass Dad es an der anderen Leitung aufschnappte.
« Was war das für ein Geräusch? », fragte er auch schon alamiert.
« Nichts. Einer der Mädchen hat ihr Handy herunterfallen lassen », nuschelte ich und legte nach einer kurzen Verabschiedung auf.
« Einer der Mädchen hat ihr Handy herunterfallen lassen? », äffte William meine Worte nach und schüttelte belustigt mit dem Kopf.
Aufatmend legte ich mein Handy auf den Tisch. Der Druck auf meiner Brust löste sich, als wäre er nie da gewesen.

« Ich war gestresst. » William lachte auf.
« Selbstverständlich. »
Wir schauten zueinander, und prusteten gleichzeitig los.

Tief in mir drinnen, wusste ich, dass in diesem Moment irgendetwas in mir zu heilen begann. Ich hatte keinen blassen Schimmer, was oder wie es geheilt wurde, nur dass es *bereit* war zu heilen. Mit William an meiner Seite, war ich mir sicher, dass ich alles schaffen können würde und das war das schönste Gefühl der Welt.

18. Kapitel

Nach dem Strandausflug mit William, war es hart wieder zurück in die Realität zu kehren. Heute war Donnerstag und das Fach Sport in der dritten Stunde, bereitete mir schlechte Laune. Nur die geplante Überraschung von William heute Nachmittag, hielt mich über der Wasseroberfläche. Auf das, was in der folgenden Stunde, auf mich zukommen würde, war ich jedoch alles andere als vorbereitet.

***

In der Sporthalle zu stehen, fühlte sich immer so an, als wäre ich eine Schauspielerin in einem Film ohne das Drehbuch vorher gelesen zu haben. Umzingelt von meinen Klassenkameraden stand ich ahnungslos vor Mrs. Evans, unserer Vertretungslehrerin.
« Mrs. Anderson ist krank, deswegen vertrete ich Sie heute für den Sportunterricht », meldete sie sich zu Wort. Sie trug eine enge Leggins und ein lockeres blaues T- Shirt.
« Hinter mir steht ein Parkour, den Sie gleich hinter einander einzelnd überqueren sollen. » Ich schluckte und schaute auf den aufgebauten Parkour, der sich hinter Mrs. Evans aufbaute. Eine Kletterwand, mehrere Kästen, Matten, Stangen zum Springen und zu viele Gymnastikstangen, um sie zählen zu können. Mein Herz setzte aus. *Ich kann keine Klimmzüge machen.*

« Stellen Sie sich hintereinander auf. » Mrs. Evans klatschte energisch in die Hände. « Wir fangen mit Ihnen an, Mr. Jones. » Peter machte einen Schritt nach vorne und wartete auf das Startsignal von Mrs. Evans. Sobald er es erhielt, sprintete er auf den Parkour zu und kraxelte die Kletterwand hoch. Schließlich beendete er den Parkour erfolgreich in einer perfekten Zeit. Die Tatsache, dass er fit war, entging unsere Vertretungslehrerin auch nicht.

« Sie sind einer von den Sportlern, oder?» Sie nickte ihm annerkennend zu. « Sehr gut. » Dann blickte sie auf. « Mrs. Bennett? Sie sind dran. »

Nacheinander wurden meine Klassenkameraden aufgerufen, während sich die Reihe vor mir allmählich auflöste. Mein Herz schlug mir bis zum Hals, meine Atmung beschleunigte sich. Ich konnte, nein, *durfte* nicht drankommen. Ich war nie gut im Sportunterricht gewesen. Und bei diesem Parkour konnte ich nur verlieren. Niemals würde ich die Kletterwand überleben geschweige denn die Gymnastikstangen. Die Panik in meinem Bauch wuchs zu einem großen, dicken Knoten heran, sodass es sich so anfühlte, als ob ich mich gleich übergeben müsste. Es konnte sich nur noch um Minuten handeln, bis war mein Untergang anstehen würde. In meinen Ohren klingelte es, der anwachsende Druck auf meiner Brust, drückte mich wie ein riesiges Fass nieder. Sollte ich auf die Toilette flüchten? Durfte ich auf die Toilette gehen? Mein Blick huschte zum Ausgang, Hoffnung machte sich in mir breit. Aber wenn ich ausgerechnet jetzt auf Toilette gehen würde, würde mich jeder ansehen.

« Mrs. Harper. » Die Hoffnung in meinem Bauch verpuffte. Mrs. Evans Stimme klang ganz verzerrt in meinen Ohren.

« Sie sind die Nächste. » Mein Gesicht glühte, als ich nach vorne trat. Jeder. Sah. Mich. An. Rausreden konnte ich mich nun nicht mehr.

Nach einem Nicken von Mrs. Evans, setzten sich meine Beine flink in Bewegung. Für alle, die mir zusahen, musste das Ganze wie ein Horrorfilm aussehen.Eigentlich konnte man bereits erahnen, dass in dem nächsten Augenblick etwas Schreckliches passieren würde, aber aus irgendeinem Grund konnte man trotzdem nicht die Augen von der Szene abwenden.
Keuchend kämpfte ich mich die Kletterwand hoch, mein Körper krampfte sich vor Anspannung an. Es dauerte ungewöhnlich lange und ich konnte sämtliche Blicke auf mir spüren. Es kam mir wie ein Wunder vor, als ich es irgendwie schaffte, die Kletterwand zu meistern und auf die weiche Matte unter mir zu springen. Danach stützte ich mich Luft holend auf meinen Knien ab.
« Alles in Ordnung, Mrs. Harper? », schallte Mrs. Evans Stimme zu mir herüber und ich richtete mich auf. *Unsportliche Kuh.* Adrenalin pumpte durch meinen Körper, als ich über die Kästen vor mir kletterte. Bei den Gymnastikstangen hielt ich inne, versuchte Luft in meine Lungen zu bekommen. *Fuck.* Mein Blick schwankte hin und her, bis ich mich für eine von ihnen entschieden hatte. Die Hände auf die Stange gelegt, versuchte ich mich zähnebeißend hochzuziehen. Doch ich schaffte es nicht. Meine rechte Hand zitterte vor Anstrengung und ich ließ los, versuchte es an der anderen Stange. Auch dort versagte ich kläglich. Mir fehlte die Kraft in den Armen, das wusste ich, aber mein Kopf wollte es nicht akzeptieren. Immer wieder wechselte ich die Stangen, musste aber schließlich zu dem Punkt kommen, dass es nichts nützte.
« Mrs. Harper », drang es von Mrs. Evans herüber und ein Kloß bildete sich in meinem Hals. Bald war sie an meiner Seite und deutete auf die Gymnastikstangen.
« Was ist das Problem hier? »
« Ich … », stockte ich.

« Versuchen Sie es erneut. »
Ich biss mir auf die Unterlippe und legte halbherzig meine Hände auf eine Stange. Allerdings schaffte es meine rechte Hand vor Erschöpfung nicht mehr, die Stange zu umklammern. Lustlos knickten meine Finger ein und gaben nach.
Mrs. Evans runzelte die Stirn.
« Kannst du deine Hand nicht bewegen? » Mein Herz sackte tief, tief in die Hose.
« Ich habe eine Spastik an der rechten Hand… », stotterte ich, das Blut schoss mir prompt ins Gesicht.
« Oh. Nun ergibt es Sinn. » Mrs Evans lächelte mich leicht an, als ob sie damit prüfen wollte, ob mich das aufmuntern könnte. Aber ihr mitleidenes Lächeln bewirkte das Gegenteil. Es war, als hätte sie ein langes, scharfes Messer in ihrer Hand, das sie in mein kleines, verletzliches Herz bohrte. Immer, immer, immer wieder, bis es blutete. In dem selben Moment krümmte sich mein gesamter Körper zitternd zusammen. Heiße Tränen flossen haltlos über meine Wangen. Jeder von ihnen zeigten meinen Schmerz. Mrs. Evans Augen weiteten sich. « Das ist kein Grund zu weinen », versicherte sie mir.
« Warst du schon einmal in so einer Situation? »
Ich konnte sie nur aus leeren Augen anstarren.
« Darf ich auf die Toilette gehen? », flüsterte ich erstickt.

Ohne auf ihre Zustimmung abzuwarten, drehte ich mich um, stürmte durch die Ausgangstür und brach, sobald ich bei der Mädchenkabine angekommen war, zusammen.
Mein Körper wurde von heftigen Schluchzern geschüttelt. Oh, wie sehr ich mich hasste. Wie sehr ich meine Beeinträchtigung hasste. Wie sehr ich mir wünschte, jemand anderes sein zu können. Irgendein Mädchen - es war mir egal. Ich würde liebend gerne einen anderen Körper haben wollen. Jeden, außer diesen. Einen ohne Spastik. Ich wollte nicht länger Leah

Harper sein. Dieses erbärmliche, kleine Mädchen.Dieses hilflose, peinliche, ängstliche Mädchen. Ich mochte sie nicht. Ich *hasste* sie. Ich hob den Kopf und begegnete meinem eigenen Spiegelbild in dem Spiegel, der über dem Waschbecken hing.
Sah mein eigenes Gesicht; die leeren, ausdruckslosen Augen einer Siebzehnjährigen, während eine Welle voller Wut und bitterer Enttäuschung über mich schwappte. Für einen kurzen, schrecklichen Moment, der mich wie ein Blitz durchfuhr, verspürte ich den brennenden Drang, mir wehzutun.

***

Fäuste prügelten auf den Boxsack ein, der vor meiner Nase baumelte. Es waren meine Fäuste und mein Boxsack, den William mir gegeben hatte. Mein dunkelblondes Haar fiel mir verschwitzt in die Stirn, während ich einen wütenden Schrei ausstieß. Ich hatte keinen blassen Schimmer, wie lange ich schon in meinem Zimmer stand und auf Williams Boxsack einprügelte, aber die dumpfen Schläge endeten erst, als es unten an der Tür klingelte. Schnell wischte ich mir über das rote Gesicht und wankte gemählich die Treppen herunter. Als ich die Haustür öffnete, stand mir William gegenüber.
Ich runzelte die Stirn. « Was machst du denn hier? »
« Hast du etwa vergessen, dass ich dich für heute Nachmittag abholen werde? »
« Abholen? » Ich fuhr mir gereizt durch das Haar.
« Hör zu, mir geht es gerade nicht so gut. Vielleicht könnten wir das Treffen auf morgen verschieben? »
« Morgen habe ich keine Zeit. »
« Wie wäre es mit übermorgen? »
« Nein, wir fahren jetzt. »
« William … »

« Komm schon, Leah. » Er sah mich aus großen Welpenaugen an und ich seufzte auf.
« Na schön. »
« Muss ich mich noch umziehen? », fragte ich und deutete auf meine blaue Bluse und die enge Jeans, die ich trug.
« Auf jeden Fall. Nimm noch einen Schal, Mütze und Handschuhe mit. » Ich zog eine Grimasse.
« Gehen wir zum Nordpol, oder was? »
« Sag mir nicht, dass wir schon wieder zum Strand fahren. »
William grinste schief.
« Geh dich umziehen. »
Schnurstracks kehrte ich um und sprintete die Treppen herauf.
« Beeil dich! », rief mir William hinterher.

***

Entgeistert musterte ich meine Aussicht aus dem Fenster und musste mir heftig auf die Lippen beißen, um nicht verzweifelt aufzuschreien.
« Was machen wir jetzt schon wieder am Strand, William? »
Mein Unterton war spitz.
William zuckte mit den Schultern.
« Der Strand ist einfach ein guter Ort, um allein zu sein. Bei diesem Wetter ist kaum jemand hier. »
Ich hob die Augenbraue.
« Okay. Und was jetzt? Möchtest du am Meer mit mir rummachen? » Ich wackelte mit den Augenbrauen.
« Denn diese Idee würde ich mit Freuden unterstützen. »
Er lachte. « Das verschieben wir auf später. »
Ich gab ein Murren von mir.
« Was tun wir dann? »
« Steig aus, du Riesenbaby », forderte er mich auf und stieß mit den Ellenbogen die Fahrertür auf. Immer noch grummelnd tat ich es ihm nach und schlug die Beifahrertür zu. Sobald wir

draußen waren, schlug der Wind auf mich ein, als wäre ich sein lebenslanger Feind.
« Hast du ein Haargummi? », schrie ich William zu, als wir den Weg zum Strand herunter liefen.
« Wieso sollte ich ein Haargummi haben? », brüllte er zurück.
« Keine Ahnung. Jeder hat doch ein Haargummi dabei », jammerte ich und versuchte mit aller Kraft meine Haare aus meinem Gesicht zu wischen.
« Nicht jede Person hat lange Haare. Und da ich keine langen Haare habe, benötige ich auch kein Haargummi. »
Ich rollte resigniert mit den Augen.
« Du hättest mir eben sagen müssen, wo du hinfährst. Dann hätte ich mir der Situation entsprechend eine Frisur gemacht. »
« Klemm dir deine Haare doch einfach hinter die Ohren. »
« Aber das sieht nicht gut aus. » Schmollend schüttelte ich mit dem Kopf.
William seufzte, als hinge sein Geduldsfaden am Limit und wäre kurz davor zu reißen. Dennoch nahm er die Blechdose, die unter seinem rechten Arm umklammert war, in die Hand, und zerrte das rote Gummiband, das um die Box gewickelt war, ab. Mit einem Schritt ging er auf mich zu und band mir mit dem Gummiband einen Dutt zusammen.
Ich kicherte. « Ich sehe gerade bestimmt richtig scheiße aus. »
« Nein, tust du nicht », erwiderte William nur und küsste mich auf den Mund.
Mein Blick fiel auf die Blechdose.
« Was ist da eigentlich drinne? » Neugierig schnappte ich sie mir und öffnete sie mit einem Ruck. Meine Augenbrauen wanderten unwillkürlich nach oben. In der Box befanden sich gelbe und blaue Klebezettel.
« Post-It? » William nickte und nahm einen gelben Zettel aus der Box.

« Joggen gehen », las ich laut vor und legte die Stirn in Falten. « Was meinst du damit? »

« In dieser Box habe ich alle möglichen Aktivitäten aufgeschrieben, die ich mit dir vorhabe, bevor ich zurück nach England fliege. »

« Einige davon machen wir jetzt hier am Strand. »

« Joggen gehen? », platzte es schockiert aus mir heraus. « Jetzt? »

« Nein, nicht hier. Zieh einen anderen.»

« Okayy », machte ich, während sich ein heimtückisches Lächeln auf meine Lippen schlich. Wahllos wühlte ich in der Box herum und angelte mir schließlich einen anderen gelben Zettel.

« Am Meer stehen und schreien. » Amüsiert presste ich die Lippen aufeinander.

« Es klingt komisch, wenn man es vorliest », gab William zu. « Aber… »

Da begann ich loszuprusten.

« Sorry, das ist frech », sagte ich und legte eine Hand auf den Mund. Die Vorstellung davon, war einfach viel zu lustig, um nicht zu lachen.

« Komm mit. » William winkte mich näher ans Wasser heran, sodass eine leichte Welle meine Füße umspülte. Trotzdem gluckste ich immer noch.

« Irgendwas ist heute in der Schule passiert, oder? » Williams Worte schnitten direkt in mein Herz und ließen mein Glucksen verebben.

« Ja », flüsterte ich rau. Ich hatte ihm zwar nicht von der Sportstunde erzählt, aber er hatte es sich wahrscheinlich wegen meiner schlechten Laune bereits zusammenreimen können. Er schwieg für einen Moment.

« Als mein Vater gestorben ist, hatte ich immer diese seltsame Wut in mir. Ich habe mich so verloren gefühlt. Bei meiner ersten Therapiestunde hat mein Therapeut vorgeschlagen, dass ich Zuhause ab und zu schreien sollte, um die aufgestaute Wut in mir heraus zu lassen. »

« Das fand deine Mutter bestimmt ganz toll », lachte ich sarkastisch. Doch William überging meinen Kommentar einfach.

Er lächelte verschmitzt.

« Wolltest du nicht auch einfach mal wie ein Baby schreien? »

Meine Mundwinkel hoben sich ein Stück.

« Natürlich. »

« Okay, dann ist das hier deine Chance. »

Um sicherzugehen, dass sich wirklich niemand am Strand aufhielt, scannte ich mein Umfeld genau. William hatte recht gehabt. Aufgrund des Wetters hielt sich niemand bis auf uns am Strand auf.

« Okay, ich bin bereit », wandte ich mich an William und musste schon wieder gackern, weil sich der Satz in meinen Ohren völlig bizarr anhörte.

« Zusammen auf drei? » William spähte zu mir.

« Zusammen auf drei », bestätigte ich.

« Eins, zwei, drei! », zählte William auf und ich riss meinen Mund weit auf.

« Ahhhhh! » Mein Schrei verwandelte sich instinktiv zu einem ohrenbetäubenden Gelächter. Augenblicklich sank ich zu Boden und hielt mir den Bauch.

« Sorry … » Meine anderen Wörter wurden von meinem Lachen verschluckt.

« Es ist einfach nur zu … » Ich lachte noch heftiger und ein scharfer Schmerz bildete sich in meiner Magengrube. Immer noch atemlos kichernd, schmerzte mein Bauch. William schüttelte belustigt mit dem Kopf und half mir zurück auf die Beine.

« Okay, ich hab`s verstanden. » Er nahm meine Hand in seine.

« Wohin gehen wir jetzt? », keuchte ich.

« Zu mir nach Hause und aus dem Fenster schreien wie dein Therapeut es dir gesagt hat? » Meine Stimme bebte.
William legte schmunzelnd einen Arm um meine Schultern.
« Du hast recht. Es ist wirklich ein bisschen komisch. »
« Ein bisschen? » Ich jaspte nach Luft.
« Aber jetzt ernsthaft, was machen wir jetzt? » So langsam wurde ich wieder ernst.
« Wir ziehen einen neuen Post- It. »
« Darf ich? », sagte ich und streckte meine linke Hand nach der Box aus. Diesmal wählte ich bewusst einen gelben Zettel, der mir direkt unter die Nase fiel. Ein wenig unsicher faltete ich ihn auseinander. Entzifferte die schwarze Schrift.
« Laufen und sich dabei nicht verstecken. »
Ich schnaubte. « Was? »
« Du bemerkst es gar nicht, oder? » William deutete auf meine Jackentasche.
« Du versteckst immer deine rechte Hand. »
Ertappt zog ich meine rechte Hand aus der Jackentasche.
« Ja, und? »
« Du machst es immer. Während du läufst, während du sitzt, während wir zusammen reden. »
« Was ist dein Punkt? », sagte ich, und versuchte nicht patzig zu werden. Im Inneren fühlte ich mich angegriffen.
« Du hast deine Spastik nicht akzeptiert. »
« Ich habe meine … *was*!? »
Eigentlich wollte ich es nicht, aber ich geriet trotzdem aus der Fassung.
« Diese Scheiße ist mir angeboren! » Hektisch fuhr ich mir über das Gesicht und spürte, wie ich immer erzürnter wurde. Aber ich wollte William nicht anschreien, weil er das einfach nicht verdient hatte. Deswegen atmete ich einmal tief ein und aus.

« Du hast keine Ahnung, wie ich mich fühle, okay? Du weißt nicht, wie sehr ich mir wünsche … » Meine Stimme brach, Tränen traten in meine Augen.
« Ich habe sie akzeptiert », hauchte ich leise und sah zu Boden.
« Tut mir leid, aber allein, dass du deine Einschränkung als *Scheiße* bezeichnest, beweist doch nur, dass du sie noch lange nicht akzeptiert hast », flüsterte William sanft.
Niedergeschlagen hob ich die Schultern, meine Unterlippe begann zu wackeln. Auf einmal fehlten mir die Worte.
« Vielleicht solltest du aufhören dich zu verstecken », fuhr er fort. « Deine Spastik wurde immer als deine Schwäche angesehen, deswegen hast du auch so ein negatives Bild von ihr. »
« Ein negatives Bild? »
« Ja, ich meine … » Williams Stimme versagte.
« Jeder in deinem Umfeld erinnert dich daran, was du aufgrund deiner Spastik nicht kannst. » Er hielt inne, wählte seine Worte mit Bedacht.
« Aber hast du einmal darüber nachgedacht, wie es wäre, wenn du dich nicht so sehr auf die negativen Dinge fokussieren würdest? »
« Sondern? »
In Williams Augen blitzte etwas auf.
« Fokussiere dich auf die Dinge, die deine rechte Hand schafft, *obwohl* sie eingeschränkt ist. » Er blickte mit einem entschlossenen Ausdruck in den Augen zu mir.

***

Seitdem William mich nach Hause gefahren hatte, schwirrte mein Kopf ununterbrochen. Nicht einmal abends, als ich mir Nudeln mit Tomatensoße kochte, stoppte der Gedankenfluss. Dass was William zu mir gesagt hatte, wühlte mich noch immer auf. *Fokussiere dich auf die Dinge, die deine rechte Hand schafft, obwohl sie eingeschränkt ist.* Gedankenverloren starrte ich auf das kochene Salzwasser vor mir, während es in mir weiterhin arbeitete. Als die Nudeln im Topf fertig waren, goß ich das Wasser ab, deckte einen Teller für mich selbst auf dem Esstisch und setzte mich gemeinsam mit den Nudeln und der angerührten Tomatensoße an den Esstisch. Bevor ich zu essen begann, scrollte ich zu erst ein wenig sinnlos in meinem Handy herum. Eine Nachricht von Dad ließ mich wissen, dass er erst spät nach Hause kam. Der Grund dafür war mir unbekannt, aber ich fragte auch nicht nach. Ich schaufelte mir eine Gabel Nudeln in den Mund, bis mir das Gespräch mit William am Strand erneut einfiel. Seine Stimme flüsterte immer wieder in mein Gedächtnis. *Fokussiere dich auf die Dinge, die deine rechte Hand schafft, obwohl sie eingeschränkt ist.* Mein Blick fiel auf die Gabel, die ich neben meinen Teller abgelegt hatte. Im selben Moment ergriff ich sie diesmal mit der rechten Hand. Pikte ein paar Nudeln auf.

Kannst du deine Hand nicht bewegen ?

Sie wird ständig im Sportunterricht bevorzugt.

Das sieht komisch aus.

Sie ist eine arrogante Bitch.

Deine Finger sehen gruselig aus.

Die verschiedensten Stimmen drangen in meinen Kopf, umzingelten mich höhnisch. Sie flüsterten mir böse Dinge zu, die ich nicht hören wollte. Das Piepen in meinen Ohren dröhnte immer mehr, bis eine männliche Stimme das

Gewusel, das Chaos der anderen Stimmen endlich verpuffen ließ.

Ich möchte nicht, dass du deine Sorgen in dich hineinfrisst und mit niemanden darüber redest. Es ist wichtig, dass man mit jemanden darüber redet, verstehst du? Und ich möchte diese Person für dich sein.

Williams Worte, die er direkt vor unserem Kuss an mich gerichtet hatte, umhüllten mich plötzlich. Ich hatte nie besonders über sic nachgedacht, weil sie zu dem Zeitpunkt unrelevant wirkten, aber jetzt verstand ich sie und wollte sie aufnehmen. Ich war bereit dafür mich zu verändern. Mit William als meine Hilfe. Ich wollte mich nicht länger so elendig fühlen. Er konnte wirklich diese Person für mich werden. Zwar hatte ich es spät realisiert, aber jetzt war es mir so verdammt klar. Er konnte die Person werden, die mir half, meinen Selbstwert zu erkennen. Betäubt schaute ich auf die Gabel in meiner Hand herab und schob sie in den Mund. Kurzerhand griff ich nach meinem Handy, das neben mir lag und schickte eine Nachricht an William.
Ich: Lass uns morgen mehr Post- Its von dir öffnen.
Er: Woher der Sinneswandel?
Ich: Ich mag diese kleinen Klebezettel einfach sehr :)
Ich: Aber nur damit du es weißt: ich werde nicht schreien.
Er: Okay abgemacht.
Er: Ich habe dich am Strand übrigens angelogen. Mein Therapeut hat es mir zwar wirklich vorgeschlagen, aber ich habe nie geschrien, um meine Emotionen heraus zu lassen. Ich wollte nur sehen, ob du es wirklich durchziehen wirst, wenn ich es auf einen Zettel aufschreibe.
Ich: Das werde ich mir merken, William Morrison. Und dann werde ich es dir heimzahlen.
Er: Abwarten, Leah Harper. Abwarten.

Selig lächelnd ließ ich mein Handy sinken. Die Portion Nudeln vor mir sah jetzt doch ganz in Ordnung aus. Von diesem Augenblick an, wusste ich, dass die Dinge sich wenden könnten. Wenn ich das wirklich wollte, wenn ich an meinen Gefühlen wirklich etwas ändern wollte, könnten die tiefsten, erbittersten Wünschen in mir, wahr werden. Vielleicht könnte ich endlich all die negativen Erfahrungen, die ich in der Schule gesammelt hatte, loslassen. Vielleicht könnte ich die vielen falschen Freunde, die ich über die Jahre gefunden und verloren hatte, hinter mir lassen. Vielleicht könnte ich einen Weg finden, meine soziale Angst zu vernichten. Vielleicht, aber nur vielleicht, könnte ich endlich wieder glücklich werden, ohne dass ich mich zuerst fragen musste, was dieses Gefühl überhaupt noch bedeutete.

Durch William werde ich vielleicht alles schaffen, was ich mir schon lange vorgenommen hatte.

19. Kapitel

Die nächsten zwei Wochen verflogen wie im Flug. Meine Wochentage drehten sich nicht mehr nur um *Schule, Hausaufgaben, Brownies & Co* sondern nur noch um *William, William, William…*

Gemeinsam schwänzen hatte ich mich aufgrund Dads Adleraugen jedoch nicht mehr getraut. Ich hatte sowieso ständig das Gefühl, dass Dad mich in jeder Situation beobachtete, als ob er befürchtete, dass ich eines Tages hochschwanger sein würde und seinen Enkel namens *William Morrison Junior* nach Hause bringen würde. Aber Schwänzen war sowieso keine Sache, an die ich mich gewöhnen wollte. Auch wenn ich in den letzten Tagen sehr abwesend bei der Sache war, wie ich zugeben musste. Mr. Miller hatte bereits versucht, mich zu einer Vertrauenslehrerin zu schicken, nachdem ich mehrfach im Unterricht entweder eingeschlafen oder abgedriftet war. Doch mein Verhalten in der Schule hatte absolut nichts mit meiner mentalen Gesundheit zu tun. Der einzige Grund, weswegen ich mich so inaktiv benahm, war der Typ aus der Stufe über mir: *William Morrison.*

Ich konnte einfach nicht anders - ich verliebte mich jeden Tag aufs Neue in ihn. Ich würde mich niemals an seine aufblitzenden, blauen Augen gewöhnen, das wirre, schwarze Haar oder dieses verdammte, hinreißende Lächeln, das stets über seine Mundwinkel zuckte.

Einmal in der Woche, meistens nachmittags, zog ich ein Post-It aus seiner Box. In den letzten zwei Wochen hatte ich zwei blaue Zettel geöffnet. Wir hatten ein Lesedate im

Books & Coffee gehabt, in dem ich die ersten fünfzig Seiten seines Romans verschlungen hatte, waren gemeinsam im Kinosaal meiner Wahl gelandet und hatte ihm mein Popcorn zugeworfen, das er mit seinem Mund aufgefangen hat. Danach hatte er sich eine kitschige Liebeskomödie ansehen müssen, wobei ich bei jeder romantischen Szene albern gequietscht hatte. Irgendwann hatte er mich zum Verstummen gebracht und mich erhitzt in einen leidenschaftlichen Kuss gezogen.
« Ich liebe deine Post- Its», hatte ich an seinen Lippen gehaucht und hatte ihn mit Hingabe zurückgeküsst.
« Die blauen zumindest. »

Für heute hatte ich ausgerechnet einen gelben Zettel in der Schule aus der Blechdose gezogen. Was sollte ich sagen? Schlechtes Umfeld, schlechte Chancen auf einen blauen Zettel. So langsam hatte ich nämlich den Dreh raus: die blauen Zettel waren praktisch romantische *Dates* und die gelben Zettel waren dafür gedacht meine Gefühle zu regulieren. Blau war sowieso schon immer meine Lieblingsfarbe.
« Joggen, ernsthaft? » Empört faltete ich den Zettel zusammen und steckte ihn in meine Jackentasche.
« Ich dachte, den hättest du im Sand verbuddelt. » Den gespielten Vorwurf in meinem Unterton war deutlich heraus zu hören.
« Nein, ich habe ihn zurück in die Dose getan », antwortete William kek.
« Na dann », trällerte er vergnügt und zog seine Spindtür zu.
« Sehen wir uns heute Nachmittag. Treffpunkt: *Claires Flowers.* «
Ein Grinsen legte sich auf seine Lippen und er gab mir einen kurzen Kuss auf den Mund, bevor er sich umdrehte und in die entgegengesetzte Richtung eilte. Der Wunsch, den Kuss zu vertiefen, trieb in meinem Gehirn herum. Schwärmend sah ich

ihm nach, während er allmählich aus meinem Blickfeld verschwand.

***

« Na, wie geht`s dir, meine Kleine? », wollte Claire liebevoll von mir wissen. Sie hatte mich draußen auf William wartend, stehen sehen und hatte mich fröhlich ins Innere gezogen. Jetzt saßen wir wieder in ihrem Laden, hinter uns brodelte der Wasserkocher. Ergriffen betrachtete ich den Blumenladen, der sich im letzten Monat deutlich verändert hatte. Die Erkenntnis, dass ich Claire in ihrem Laden schon länger nicht besucht hatte, traf mich hart und ich hatte Mühe mir meine Schuldgefühle nicht anzumerken.

« Das ist die Weihnachtsdeko », sagte Claire, als hätte sie meine Gedankenzüge erraten.

« Sonst hat sich hier nichts verändert. »

« Ich habe unsere Dienstage vergessen », nahm ich schuldbewusst zur Kenntnis.

« Es tut mir leid, Claire. » Das sagte ich nicht nur aus Höflichkeit, sondern auch weil mir selbst unsere Nachmittage zusammen gefehlt haben.

« Mach dir nichts draus », winkte sie ab und lächelte mir dabei wohlwollend zu.

« Du hattest sicherlich viel zutun. Die Schule mit all den Hausaufgaben … » Sie verweilte kurz, dann glitzerte etwas in ihren Augen auf.

« Und mein Enkel hat dich bestimmt auch ordentlich auf Trab gehalten », sprach sie nüchtern aus und zwinkerte mir zu. Mein Gesicht fühlte sich heiß an.

« Ähm, ja, ich denke schon », stammelte ich kleinlaut. Kurz entstand eine unangenehme Stille. Ich nutzte die Chance um mich zu räuspern.

« Aber ich wollte nicht, dass das dazu führt, dass ich weniger hierherkomme. Ich mag unsere Gespräche sehr. » Claire griff nach meinen Händen.
« Oh, Süße. Das glaube ich dir aufs Wort. »
« Glaubst du nicht, dass ich, als ich in deinem Alter war, nicht auch verliebt gewesen bin? »
Ich blinzelte überrascht bei der Wendung des Gesprächs.
« Ja, ich war auch so verliebt, dass ich manchmal für andere Menschen, die mir wichtig waren, keine Zeit mehr zu haben schien. » Sie machte eine Pause, um die nostalgischen Gefühle, die die alten Erinnerungen, in ihr hervorriefen, passieren zu lassen.
« William mag dich sehr. » Ich konnte nicht verhindern, dass mir die Röte bei diesem Satz in die Wangen schoss.
« Ich mag ihn auch sehr », gab ich still zu.
« Na also. » Zuversichtlich nickte Claire mir zu.
« Ich hatte schon immer eine Vorahnung, dass ihr beiden irgendwann zusammen finden werdet. » Sie musterte mich mit einem Hauch Stolz in den Augen. Innig zog sie mich in eine Umarmung.
« Sag mir einfach Bescheid, wenn deine Dienstage nicht mehr so voll sind », flüsterte sie mir ins Ohr. Ich nickte lächelnd.
« Das mach ich », versprach ich ihr. Genau in diesem Moment erklang eine vertraute Stimme neben mir.
« Hey, bist du fertig? »
Ich sah auf, blickte in hellblaue Augen. Sein Anblick verschlug mir für einen Moment die Sprache.
« Du hast ja Sortsachen an », bemerkte da Claire überrascht und ließ den Blick über mein Outfit wandern. Ihr waren meine Klamotten die ganze Zeit über nicht aufgefallen.
« Jepp », erwiderte William.
« Wir gehen joggen. »
Claire gluckste amüsiert. Sie wusste haargenau, dass ich alles andere als sportlich war.

« Viel Spaß euch beiden », wünschte sie uns mit einem verschmitzten Gesichtsausdruck.
« Bis später », wandte sich William ihr zu und legte gleichzeitig einen Arm um meine Schulter, streichelte meine Schulter. Während wir den Blumenladen verließen und nach draußen schritten, warf ich einen letzten Blick über meine Schulter. Claire, hinter der Theke, winkte mir zum Abschied einmal zu. Auf ihrem Gesicht zeichnete sich ein wunderschönes Lächeln, das ihre Augen zum Leuchten brachte.

« Warum gehen wir noch einmal joggen? », ächzte ich, als wir *Claires Flowers* hinter uns ließen. Obwohl es Winter war, war mir nur durch die paar Meter, die wir zurück gelegt hatten, so heiß, als würde die Sonne prallend auf uns herunter scheinen.
« Joggen ist gut, um Stress abzubauen », lautete Williams Antwort. Ich hasste, dass seine Stimme überhaupt nicht außer Atem klang. Mein pinkes Oversize T- Shirt war bereits feucht, während sein schwarzes, eng anliegendes T- Shirt sich anmutig an seinen Körper schmiegte. Nicht einmal seine Haarsträhnen waren verschwitzt. Demütigung prasselte auf mich nieder. Der Fakt, dass er total in Form war, während ich wie eine lahme Ente neben ihm strauchelte, ging mir unvermittelt gegen den Strich. Auch, wenn das eigentlich meine eigene Schuld war. Keuchend versuchte ich seinem Tempo standzuhalten, aber ich musste leider zugeben, dass das schlichtwegs unmöglich war.
« Ich kann nicht mehr », klagte ich bestimmt nicht zum ersten Mal und drosselte jäh mein Tempo. William warf mir einen kurzen Seitenblick zu, dann passte er sich netterweise an mein Tempo an. Schließlich liefen wir Seite an Seite. Ich, die verzweifelt versuchte, Luft in ihre Lungen zu bekommen und

William, der angestrengt überlegte, ob er mich auslachen sollte. Er entschied sich, es nicht zu tun.
« Ich verstehe dich nicht », wandte er sich leicht spöttisch an mich.
« Ich dachte, du gehst gerne joggen. »
« Ich gehe nicht gerne joggen », protestierte ich heftig.
« Ich gehe nur joggen, wenn es mir schlecht geht. Wenn ich Wut abbauen muss. »
« Siehst du? » Triumph huschte über seine Züge.
« Deswegen sollte joggen gehen Spaß machen. »
« Es macht mir aber keinen Spaß », stöhnte ich und strich mir eine verschwitzte Haarsträhne aus dem Gesicht. Als William sein Tempo wieder beschleunigte und geschmeidig an mir vorbei joggte, verspürte ich den Drang, ihn umzuschubsen.
«Angeber », schnaubte ich erschöpft, holte trotzdem widerstrebend auf. Von den Augenwinkeln aus, bewunderte ich sein Aussehen hingebungsvoll. Sein durchtrainierter Körper. Den Bauchmuskeln nach zu schließen, war es kein Wunder, dass er mehr als nur in Form war. Mein Blick wanderte begierig zu seinem Outfit. Die schwarze Jogginghose, die er trug, lag locker über seiner Hüfte. Ein belustigtes Lächeln schlich sich auf Williams Mundwinkel. Ihm entging nicht, dass ich ihn angaffte, aber er kommentierte mein Verhalten zum Glück nicht.
« Wie lange noch? », beschwerte ich mich nach einer Weile. Mein Atem rasselte in meiner Brust. Meine Beine fühlten sich wie Wackelpudding an. Gleich würde ich noch vor Dehydierung umkippen.
« Komm schon », neckte mich William.
« Ein Brownie und ein Becher Capuccino wartet auf dich », säuselte er. Mein Kopf schnellte nach vorne.
« Was, wo ? »
« Da vorne. » William schmunzelte und ich folgte seinem ausgestreckten Finger. Die Umrisse von meinem

Zweitlieblingsladen auf dieser Welt, zeichneten sich vor uns ab.

« Wenn du es bis zum *Books & Coffee* durchhältst, spendiere ich dir einen Brownie und einen Capuccino », versprach er hoch und heilig. Das genügte. Ehrgeiz begann in meinen Adern auf Hochtouren zu brodeln. Mit meinen letzten Reserven sprintete ich mit hochrotem Kopf los. Mein Ziel bereits vor Augen. *Books & Coffee.*

« Jetzt kannst du wieder laufen, oder was? », foppte mich William, aber ich hörte kaum hin. In Gedanken setzte ich mir bereits meinen leckeren To go Becher an die Lippen. Japsend überholte ich William und zwang meine Beine dazu trotz des Seitenstechens weiter zu rennen.

« Beeil dich! », rief ich über meine Schulter.

« Wer rastet, der rostet! »

20. Kapitel

« Bist du gerade beschäftigt? », rief ich, während ich prüfend mein Zimmer studierte. An der anderen Leitung raschelte es und ich umklammerte mein Handy ein Stück fester. « Cameron, bist du da? », vergewisserte ich mich vorsichtshalber.
« Ja, ja. Ich schreibe nur gerade meinen Aufsatz zu Ende », kam es von ihm zurück und ich stellte mein Handy beruhigt auf meinem Schreibtisch ab.
« Dann bist du ja doch beschäftigt. »
« Soll ich lieber auflegen? », schob ich schnell hinterher.
« Nein, leg nicht auf. » Ich vernahm ein erneutes Rascheln. « So ich habe meinen Stift beiseite gelegt. Ich habe sowieso gerade keine Motivation weiter zu schreiben. » Ich lachte.
« Okay. Also, wann kommst du uns besuchen? »
« In zwei Tagen. Wie geplant, nehme ich Jack mit. »
« Wenn das okay ist », fügte mein Bruder unsicher hinzu.
« Warum sollte das nicht okay sein? Ich freue mich schon auf ihn und ich wette, Dad auch. »
Ganz kurz entstand ein Schweigen zwischen uns.
« Hat William heute keine Zeit für dich oder warum rufst du mich an? », wollte Cameron plötzlich sehr direkt wissen.
« Was soll das denn heißen? », entgegnete ich empört.
« Ich rufe dich doch immer an. »
« Nein, nicht immer. In letzter Zeit hast du dich kaum noch gemeldet. »
Er hatte recht – wir hatte wirklich für einen längeren Zeitraum nicht mehr telefoniert geschweige denn geschrieben.

« Entschuldige, es ist nur … » Ich wurde rot, obwohl Cameron mein Gesicht nicht einmal sehen konnte.
« Ein heißer Typ kommt dir bloß ständig in die Quere, was? », mutmaßte mein Bruder.
« J- ja », gab ich leicht zerknirscht zu.
« Schön, dass du es zugeben kannst », antwortete Cameron belustigt.
« Was machst du denn gerade, wenn dein William nicht bei dir ist? » *Dein William.*
Mein Gesicht färbte sich kirschfarben, ich konnte nicht leugnen, dass mir das gefiel.
« Dad hat mich dazu verdonnert mein Zimmer aufzuräumen », sagte ich, nachdem ich mich von seinen Worten erholt hatte.
« Ich sortierte gerade mein Make- Up aus », erklärte ich und griff in dem Moment nach dem Augenbrauenstift, den ich schon lange nicht mehr benutzt hatte. Ich entschied mich dazu all die Produkte, die ich sowieso nicht mehr brauchte zu entsorgen.
« Du sortiertst dein Make-Up aus? » Die Verblüffung war ihm anzuhören, dafür musste ich Camerons Gesicht nicht sehen können.
« Ich trage meistens sowieso nur Mascara und Lipgloss. Mehr brauche ich nicht. Ich dachte immer, ich brauche diese ganzen Sachen, um genauso hübsch ausszusehen wie die anderen Mädchen, aber ich habe einfach nicht realisiert, wie schön ich auch ohne all diese unnötigen Produkte war. » Es war still an der anderen Leitung.
« Wow », drang es dann endlich über Camerons Lippen.
« Ich meine, das ist so toll, dass zu dieser Erkenntnis gekommen bist. »
« Ja, finde ich auch. » Ich lächelte glücklich. Alles fühlte sich in letzter Zeit einfach so viel leichter an. So als ob auf einmal alles möglich wäre.

« Ich bin richtig stolz auf dich. »
« Danke, das ist alles Williams Verdienst. Er macht mich so viel selbstbewusster und glücklicher. Ich wüsste nicht, wie ich mich fühlen würde, wenn er nicht bei mir wäre. »
« Was? » Camerons Tonlage war plötzlich wie verändert. Anstatt des gerührten Tonfalls von vorhin, schlug er jetzt einen alamierten Tonfall an.
« Ja, er ist perfekt. Mir geht es so viel besser in letzter Zeit. Wenn er bei mir ist, fühle ich mich vollkommen. »
« Das klingt bezaubernd, Leah. » Camerons Stimme klang alles andere als aufrichtig. Sie wackelte sogar förmlich.
« Was ist? Bist du sauer, weil ich mich länger nicht mehr gemeldet habe? »
« Ich schwöre dir, Cameron, das werde ich alles nachholen. »
« Nein, alles gut. Das macht mir nichts. » Mein Bruder wirkte nicht überzeugt.
« Wir … » Er räusperte sich, als müsste er krampfhaft nach Worten suchen.
« Wir reden einfach noch mehr, wenn ich übermorgen bei euch bin, ja? »
« Ähm … ja, klar natürlich », erwiderte ich völlig verwirrt, bevor Cameron ohne Vorwarnung mit einem schnellen *Bye* auflegte. Was war denn bloß in ihn gefahren? Ich schüttelte mit dem Kopf. Vielleicht hatte er heute schlechte Laune. Sein Mitbewohner ging ihm bestimmt wieder auf die Nerven. Gerade, als ich mein Handy ablegen und mich meinem Zimmer zuwenden wollte, klingelte es erneut. Wollte Cameron sein Verhalten erklären? Doch als ich den Anruf entgegen nahm, stellte sich heraus, dass es William gewesen war, der mich anrief.
« Heyy », rief ich erfreut und ließ den Bronzer in meiner Hand fallen. « Wieso rufst du an? »

« Ich war gerade einkaufen und bin jetzt auf dem Weg zu dir. » Ich hörte, das Knirschen des Schnees unter seinen Füßen.
« Hast du Lust auf einen gemütlichen Filmnachmittag mit Oreos? » Hektisch blickte ich in meinem Zimmer umher.
« Okay, aber beeil dich nicht. Ich muss noch mein Zimmer aufräumen. »
« Warum musst du dein Zimmer denn aufräumen? », hakte er verdutzt nach.
« Ich sortiere ein paar Sachen aus », antwortete ich ihm nüchtern.
« Welche Sachen denn? »
« Mein Make-Up. »
Stolz schwoll in mir an, meine Worte hingen in der Luft. Ich hätte nie gedacht, dass ich mich einmal so stark und selbstbewusst in meinem Körper fühlen würde. Nie gedacht, dass ich aufhören könnte, mich mit anderen aus meinem Umfeld zu vergleichen. Aber das hatte ich geschafft. Ich hatte einen Weg aus diesem tiefen, unsicheren Loch gefunden. Durch ihn. Durch William waren die vielen Stimmen in meinem Kopf leiser und leiser geworden, bis sie schließlich ganz verstummt waren. Dafür würde ich ihm immer dankbar sein.
« Ich bin in fünf Minuten da », informierte mich William und riss mich abrupt aus meinen Gedanken.
« Oder brauchst du noch länger? »
« Nein, nein. Komm rüber. Aber wenn du vorschlägst, *Love Actually* zu gucken, verprügele ich dich höchstpersönlich mit meiner Fernbedienung », drohte ich. William lachte.
« Das hatte ich nie vor. Es gibt einhundert andere Weihnachtsfilme, die wir gucken können. »
« Gute Antwort, Morrison », schmunzelte ich.
« Vergiss die Oreos nicht », fügte ich hinzu und beendete das Telefonat. Mein Handy, auf das Bett schleudernd, entwich mir

ein Quietschen und ich tanzte aufgedreht durch das ganze Zimmer. Mein glückliches Strahlen dabei konnte ich nicht kontrollieren.

***

« Hast du bereits eine Vorstellung davon, was du machen möchtest, wenn du deinen Abschluss hast? » Jack, Camerons fester Freund, sah mich aus freundlichen, braunen Augen an, und ich schluckte. Die letzten zwei Stunden, in denen Cameron und ich ihn durch ganz Walton geführt und ihm so gut wie alle Läden gezeigt hatten, waren toll gewesen. Jack war unglaublich nett und wir hatten uns gleich gut verstanden. Und insgeheim wusste ich auch, dass diese Frage nur gut gemeint war. Trotzdem wünschte ich mir auf einmal, ich hätte nicht anschließend nach der Touristentour zugestimmt, für eine Hot Cocoa ins *Books & Coffee* zu gehen. Meine Wangen fühlten sich unvorstellbar warm an.
« N-Nein noch nicht », gab ich stotternd von mir und rührte meine Hot Cocoa um. Im Vergleich zu meinem Gesicht, fühlte sich die Tasse unter meinen Fingern kalt an.
« Oh », murmelte Jack, sein Lächeln verrutschte etwas. Das unwohlige Gefühl in meiner Magengrube, verstärkte sich prompt. *Nur weil dein ach so toller Freund bereits mit fünfzehn wusste, wie der Rest seines Lebens verlaufen soll, heißt es nicht, dass es bei mir auch so ist.*
« Aber das macht überhaupt nichts », fing er sich wieder.
« College ist ja auch dafür da, um herauszufinden, was und wer man in der Zukunft sein möchte. »
« Jack hat recht », versicherte Cameron neben ihn.
« Du wirst deinen Weg noch finden, Leah. »
« Super », murmelte ich trocken und nahm einen Schluck aus meiner Tasse. *Dann können wir ja jetzt auch über etwas anderes reden.* Eine Sekunde, eine Sekunde hatte ich meinen

Blick abgewandt, da wurde ich bereits mit der nächsten Frage bombardiert.
« Wie geht es eigentlich deinem Freund? »
« Er heißt William, oder? »
Mein Kopf schnellte zu meinem Bruder und ich warf ihm einen *Ernsthaft*?!– Blick zu. Zu seiner Verteidigung zuckte er nur grinsend mit den Schultern.
« William geht es gut », richtete ich mich an Jack und lächelte leicht.
« Nächstes Mal muss er unbedingt mitkommen, damit ich ihn kennenlernen kann. »
« Definitiv. »
Eine halbe Stunde später, entschuldigte sich Jack und ging zur Toilette, sodass Cameron und ich nun alleine am Tisch saßen. Dieser schielte immer wieder zu mir herüber, bis er sich schließlich räusperte.
« Wie geht es dir, Schwesterherz? » Nervös rutschte er auf seinem Stuhl herum, so als ob ihm ohne Jack gewisser Halt fehlen würde.
Ich schnaubte.
« Was ist los mit dir? »
« Nichts, wieso? »
« Weil du nervös herumzappelst und mich *Schwesterherz* nennst. » Cameron raufte sich ertappt durch die dichten Haare.
« Ich möchte einfach nur wissen, wie es dir im Augenblick geht. Und bitte sag jetzt nicht *gut.* »
« Mir geht es aber gut. » Verwirrt hob ich eine Augenbraue. « Was soll die Fragerei? Falls du dich erkundigen möchtest, wie ich mich gefühlt habe, nachdem du die Walton High verlassen hast, bist du ein Jahr zu spät. » Warum ich plötzlich so patzig war, wusste ich irgendwie nicht. Aber ich konnte spüren, dass Cameron auf etwas anderes hinauswollte.
« In letzter Zeit wirkst du anders, glücklicher. »

« Dankeschön? » Ich wurde immer irritierter. Worauf wollte er denn nur hinaus?
« Woran liegt das? »
Was? Die Frage überrumpelte mich so sehr, dass ich etwas brauchte, um antworten zu können.
« Es ist William », sagte ich schließlich.
« Seitdem wir zusammen sind, fühlt sich alles viel besser an. »
« Er … er macht mich glücklich », fügte ich hinzu und lächelte.
« Er sollte dich nicht glücklich machen. » Camerons ruppige Antwort war so schnell, dass ich ihn zuerst nicht verstand.
« Was hast du gesagt? »
« Er sollte dich nicht glücklich machen. *Du* solltest dich selbst glücklich machen. »
Fassungslos starrte ich an. « Ich kann nicht glauben, dass du das gerade eben gesagt hast. » Wut durchblitzte mich - heiß und kalt zugleich. Dann brach sie wie ein Wasserfall aus mir heraus.
« Was willst du damit sagen, huh? » Es war mir egal, wie aggressiv ich klang.
« Du hast keine Ahnung, wie es war, jeden Tag ohne dich zur Schule zu gehen und ohne irgendwelche Freunde zu haben! »
« Du warst, bist mein bester Freund! Und ich hatte auf dieser scheiß Schule niemanden, verstehst du das denn nicht? » Ich schnappte nach Luft, versuchte meine Gedanken zu sortieren.
« Jeden verdammten Tag habe ich diese soziale Angst gespürt. Jeden verdammten Tag hatte ich das Gefühl, verurteilt zu werden. » Ich schüttelte mit dem Kopf, dann schossen mir Tränen in die Augen.
« Als William und ich zusammen kamen, hat das alles aufgehört. Er hat mir das Gefühl gegeben, genau richtig zu sein. Und jetzt sagst du mir, dass das Glück, das ich empfinde, falsch ist?! »

« Nein, nein überhaupt nicht!» Verzweifelt versuchte Cameron nach meinen Arm zu greifen, aber ich wich ihm aus.
« Es ist schön, dass du glücklich bist, aber William sollte nicht der Hauptgrund dafür sein, Leah! »
Ich erstarrte, sprachlos lief mir eine Träne über die Wange.
« In den letzten Tagen redest du nur davon, wie William dich fühlen lässt. Wie selbstbewusst du dich fühlst, wie selbstsicher du dich fühlst. » Er seufzte.
« Aber du fühlst dich so, weil er die Stärken in dir sieht, nicht du. »
Mit brennenden Augen blickte ich zu ihm auf. « Das stimmt nicht. »
« Du musst damit anfangen dich selbst zu lieben, Leah und dabei kann dir William auch nicht helfen. Du musst einen Weg finden, wie du mit deinen Unsicherheiten umgehst und sie akzeptieren. William kann dir nicht alles abnehmen, er ist nicht dein Therapeut. »
« Das weiß ich! », blaffte ich und wünschte, dass mir nicht im selben Moment Tränen über die Wangen rollen würden.
« Weißt du was? Ich habe genug von deinem brüderlichen Rat. Sag Jack, dass ich nach Hause gegangen bin. »
Ich erhob mich so ruckartig, dass der Stuhl, auf dem ich gesessen hatte, hinter mir auf den Boden knallte.
« Leah, bitte bleib hier », versuchte es Cameron, aber ich ignorierte ihn. Bevor ich das *Books & Coffee* verließ, drehte ich mich noch ein letztes Mal zu ihm um.
« Jack ist übrigens ziemlich lange auf Toilette. Vielleicht solltest du hingehen und überprüfen, ob er unter einer Verstopfung leidet. » Cameron rieb sich mit beiden Händen über das Gesicht.
« Jack ist nur auf Toilette gegangen, damit ich mit dir reden kann. » Das gab mir den Rest. Schnurstracks verließ ich unseren Komfort Laden und eilte auf dem Fußgängerweg nach Hause.

Du musst damit anfangen dich selbst zu lieben, Leah und einen Weg finden, wie du mit deinen Unsicherheiten umgehst und sie akzeptieren. Camerons Worte hallten in meinem Kopf nach und ich konnte die anbahnenden Tränen nicht mehr aufhalten. Hemmungslos schluchzend, lief ich weiter, doch die Wut, diese schreckliche Wut, folgte mir. Ich konnte sie nicht abschütteln, sie klammerte sich hartnäckig an mir fest, bis sie ein Teil von mir wurde. *Du bist so eine Loserin, so erbärmlich. Niemand liebt dich. Es ist kein Wunder, dass du keine Freunde findest. Jeder hasst dich.* Ich konnte die nicht zusammenhängenden Sätze in meinem Kopf nicht entkommen, sie wiederholten sich immer und immer wieder wie ein Video auf Dauerschleife. Die Wut wurde immer intensiver und mischte sich mit einem Gefühl von Hilflosigkeit.

Da zuckte mein Blick zu einem spitzen Stein, der mitten auf dem Boden, direkt vor mir lag.

Damit fand ich die Lösung.

21. Kapitel

Ein Monat später

Weihnachten und Silvester zogen an mir vorbei, ohne dass ich es wirklich merkte. Ich musste immer wieder an den Streit mit Cameron denken und wie sehr mich seine Worte aufgewühlt hatten. Zwar hatten wir alle zusammen als Familie Weihnachten gefeiert, aber dieses Jahr hatte ich kein einziges Wort mit Cameron gewechselt. Obwohl er Anstalten gemacht hatte, nochmal reden zu wollen, hatte ich ihn abgewimmelt. Selbst, als er mir mein Weihnachtsgeschenk überreichte, hatte ich ihm nicht in die Augen sehen können. Das, was er zu mir gesagt hatte, belastete mich noch immer, dabei war es inzwischen Januar und seit Silvester hatte ich meinen Bruder kein einziges Mal gesehen. Das Schweigen zwischen uns tat weh, aber ich war zu stur, um ihn jetzt zu kontaktieren.

« Bist du sicher, dass du das machen möchtest? » Mit einem Anflug von Angst betrachtete William jetzt den zugefrorenen See vor uns.
« Du hast gesagt, dass ich mir aussuchen kann, was wir heute Nachmittag machen », erinnerte ich ihn schelmisch und schlüpfte in meine Schlittschuhe.
« Ja, aber ich hätte nicht gedacht, dass du Eislaufen magst. »
« Tue ich aber », trällerte ich und setzte den ersten Schritt auf das Eis. Zuerst brauchte ich eine Weile, um meine Füße an das Eis zu gewöhnen, dann glitt ich los.
« Warte auf mich », keuchte William, der unbeholfen auf das Eis kraxelte und dabei fast über seine eigenen Füße stolperte. Die Schlittschuhe, die er trug, gehörten eigentlich meinem

Vater, aber ich hatte sie William für diesen Nachmittag ausgeliehen.
« Hätten wir nicht etwas anderes machen können? », klagte er, als er endlich bei mir angekommen war.
« Schlittschuhlaufen ist toll. Glaub mir, du wirst dich daran gewöhnen. »
William atmete zittrig aus, als wäre ihm das Eis unter seinen Füßen nicht geheuer. Ich musste mir auf die Lippen beißen, um nicht zu kichern. Ausnahmsweise William verschreckt und ängstlich zu sehen, war etwas, womit ich nicht gerechnet hatte.
« Es ist eigentlich ganz leicht », wandte ich mich an ihn und versuchte zu verstecken, wie amüsant ich sein scheues Verhalten fand.
« Es ist wie Inliner fahren. » Als William sich immer noch nicht regte, streckte ich ihm eine Hand aus.
« Soll ich dir zeigen, wie es geht? »
William starrte auf meine Hand, als würde es an seinem Ego kratzen, sie zu ergreifen. Nach einem kurzen Zögern ergriff er meine Hand jedoch und wir setzten uns vorsichtig in Bewegung. Als ich mein Tempo etwas beschleunigte und meine Schlittschuhe über das Eis kratzten, verkrampfte Williams Hand in meiner und ich drückte sie, um ihm ein Gefühl von Sicherheit zu geben.

Nach ungefähr zwei gekreisten Runden, ließ ich von seiner Hand ab und schaute über meine Schulter.
« Alles okay? » William nickte knapp.
« Ja, ich glaube, jetzt schaffe ich es allein. »
« Siehst du? Ich wusste, dass du das hinbekommst », rief ich ihm zu.
« Du musstest nur das Gefühl dafür bekommen und jetzt … »
Mein unvollendeter Satz hing noch in der Luft, als William

die Kontrolle über sein Tempo verlor und geräuschvoll auf das Eis krachte.

***

« Ich gehe nie wieder Schlittschuhlaufen », gab William kopfschüttelnd von sich und ließ sich auf die Couch in seinem Zimmer fallen. Ich zog eine mitfühlende Miene, während ich die Tür seines Zimmers zu zog.
« Nein? »
« Nein, mir tut alles weh », stöhnte er, als ich mich neben ihm auf die Couch setzte.
« Aw, tut mir leid. » Tröstend rieb ich über seine Schulter.
« Hätte ich gewusst, dass du eine Niete auf dem Eis bist, hätte ich nie vorgeschlagen, mit dir Schlittschuh zu laufen. » William lachte heiser.
Wer hat dir das Schlittschuhfahren beigebracht? »
« Meine Mom. » Ich wartete auf den Anflug von Wut, die mich in jedem Moment ergreifen konnte, aber sie blieb aus. Stattdessen überkam mich ein Hauch bittersüßer Nostalgie gemischt mit einer Traurigkeit, die ich nicht erklären konnte.
« Meine Mutter ist jeden Winter, wenn der See zugefroren war, mit uns Schlittschuhlaufen gegangen. Früher, als ich klein war, habe ich jedes Mal geweint, wenn ich hingefallen bin und wollte sofort nach Hause. Mom hatte sehr viel Geduld mit mir, hat mir aufgeholfen und hat das Laufen auf dem Eis so lange mit mir geübt, bis ich es konnte. » Ich musste schmunzeln bei der Erinnerung.
« Cameron hat mich natürlich ausgelacht, wenn ich auf dem Eis ausgerutscht bin. »
William strich mit seinem Daumen über meine Handfläche.
« Das klingt wirklich schön. »

Ich nickte. « Ja », hauchte ich und drehte meinen Kopf um. « Du hast dich auf dem Eis gut geschlagen », lobte ich ihn. « Trotz deines Falles. »
Auf Williams Lippen stahl sich ein atemberaubendes Lächeln und in meiner Magengrube begann es erwartungsvoll zu kribbeln. « Danke », flüsterte er und küsste mich leidenschaftlich.
« Ist deine Mutter da ? », raunte ich an seinen Lippen. Er hielt inne. « Nein. »
Ich lächelte.
« Perfekte Antwort. » Mit diesen Worten überwand ich die letzte Distanz zwischen uns, indem ich mich auf seinen Schoß setzte. « Küss mich », flehte ich und vergrub meine Hände in sein Haar. Das tat er auch. Unsere Münder prallten heftig aufeinander, ich stöhnte, als seine Zunge in meinem Mund drang. Ich wollte mehr. Mehr von seinen Küssen, mehr von seinen Berührungen. Meine Finger umschlossen sich noch fester in seinem Haar, zogen förmlich daran. Ich warf meinen Nacken zurück und erschauderte, als er seine Lippen auf meinen Hals legte. Die Ärmel meiner blauen Bluse rutschten nach oben und entblößten meine nackten Arme. Mit einem Mal verkrampfte sich William und strich behutsam über die rote, wunde Stelle an meinem rechten Arm. « Was ist das? »
Panik durchschoss mich, aber ich versuchte ruhig zu bleiben. « Das ist gar nichts », wisperte ich leise, legte die Arme um seinen Hals und wollte ihn näher an mich heran ziehen, aber William hinderte mich daran. Sanft zog er mich von seinem Schoß herunter. Schob meinen Ärmel nun komplett nach oben, sodass mein rechter Arm vollständig zu sehen war. Mir wurde eiskalt. Am liebsten hätte ich ihn meinen Arm entrissen.
« Was hast du da gemacht, Leah? » Williams Blicke durchlöcherten mich und ich schluckte laut. Ich fuhr mir durch die Haare, meine Finger zitterten.

« Ich bin mit dem Fahrrad gestürzt und habe mir was aufgeschürft », log ich und sah William nicht in die Augen. Konnte ihm nicht in die Augen sehen. Für einen Moment war es fürchterlich still im Raum, bevor das Unheil, das über uns schwebte, zuschnappte.
« Du hast dich selbstverletzt, oder? » Williams Stimme bebte. Mein Herz blieb stehen. Erschrocken starrte ich ihn an. Da schwirrten so viele Worte in meinem Kopf, die alle keinen Sinn ergaben. Doch mein Schweigen sagte ihm bereits die Antwort. In Williams blauen Augen glitzerten Tränen.
« Hör mir zu. Du musst das wissen, okay? » Er griff nach meinen Händen, drückte sie.
« Ich liebe dich. Ich liebe dich so sehr, aber ich kann dir nicht weiter helfen. Ich kann nicht länger die Lösung zu deinen Problemen sein. » Meine Augen sahen ihn ausdruckslos an. *William liebt mich.*
« Ich kann dir zwar deine Stärken zeigen und dir das Selbstbewusstsein vermitteln, das du brauchst, aber… » Er brach ab, suchte verzweifelt nach Worten.
« Du musst deinen Selbstwert erkennen. Es nützt dir nichts, wenn ich ihn erkenne. »
Eine einsame Träne kullerte über meine Wange, William wischte sie sanft mit seinem Daumen weg.
« Es ist schwer, das weiß ich. Aber du kannst es mithilfe von Therapie schaffen, glaub mir. »
William kann dir nicht alles abnehmen, er ist nicht dein Therapeut, flüsterten mir Camerons Worte aus meinem Unterbewusstsein zu und ich schloss für einen Moment die Augen. Mein Bruder hatte recht gehabt und ich war nur zu stur gewesen, um es einsehen zu können. Ich hatte darauf vertraut, dass William jedes Problem in meinem Umfeld verschwinden lassen würde und ich an seiner Seite so glücklich werden konnte, dass ich all die verschiedenen Emotionen und Sorgen, die ich hegte, schlagartig vergessen würde. Aber das war

falsch gewesen. William war mein Freund und nicht mein Therapeut. Es war nicht seine Aufgabe meinen Schmerz zu lindern. Ich hatte mich an ihn festgeklammert, in der Hoffnung, dass meine Unzufriedenheit durch seine Unterstützung und Liebe verblassen würde. Dabei hatte ich die ganze Zeit über selbst an mir arbeiten müssen, anstatt mich hinter ihm zu verstecken und zu hoffen, dass er diese Herausforderung für mich erledigte.

« Es tut mir leid, William », flüsterte ich erstickt und senkte den Kopf.

« Ich wollte dich nie in so eine belastende Situation bringen, ich … » Meine Stimme brach und ich musste darum kämpfen, die anbahnenden Gefühle in mir unter Kontrolle zu bekommen. *Ich habe mich in deiner Nähe nur so sicher und aufgehoben gefühlt.*

« Du musst dich nicht entschuldigen », erwiderte William weich, bevor ich die Chance hatte meinen Satz zu beenden. Zärtlich umhüllte er mein Gesicht mit beiden Händen.

« Bitte versprich mir, dass du dir Hilfe suchst. »

Wieder konnte ich seinen eindringlichen Blick nicht begegnen. Beschämt biss ich mir auf die Unterlippe. Doch als ich die Unnachgiebigkeit in seinen Augen las, war es vorbei mit meinen Zweifeln.

« Okay », willigte ich schließlich nachgiebig ein. Über Williams Gesichtsausdruck huschte Erleichterung, bevor er sich zu mir beugte und mich liebevoll auf den Mund küsste.

« Weißt du, was dein Problem ist? », fragte mich William eine Weile später und vergrub seine Finger in meinen Haaren.

« Was denn? » Im Hintergrund flackerte auf dem Fernseher eine Folge *Gilmore Girls,* während ich mit dem Kopf auf seiner Brust lag.

« Warte, ich weiß », kam ich ihm eilig zuvor.
« Mein Problem ist deine gemütliche Couch. Denn später, wenn ich nach Hause muss, kann ich deswegen nicht aufstehen. » William schmunzelte.
« Guter Punkt, aber das meine ich nicht. » Ich setzte mich auf, hob mit einem Anflug von Neugier den Kopf.
« Was meinst du dann? » William spielte mit einer meiner dunkelblonden Haarsträhnen, die mir in die Stirn fielen.
« Ich habe über deine Schulsituation nachgedacht und ich bin zu einer Lösung gekommen. »
« Ach wirklich? » , hakte ich mit einer Spur Sarkasmus nach. Das Grinsen auf meinen Lippen folgte wie automatisch. « Schieß los. Wie kann ich deiner Meinung nach meine soziale Angst überwinden? »
« Indem du dich fragst, wie sie überhaupt entstanden ist. Nämlich durch deine Unsicherheiten. Hier ist deine perfekte Lösung: stell dir deine Klassenkameraden einfach wie Kuscheltiere vor. »
Ein ungläubiges Glucksen drang aus meiner Kehle.
« Was? »
« Ja. Du denkst immer, dass alle Menschen um dich herum so viel besser wären und wertvoller sind als du. Du glaubst, dass sie heimlich über dich reden werden und dich im Stillen verurteilen. Aber wenn du sie dir einfach wie Kuscheltiere vorstellst, können sie dich nicht mehr verurteilen geschweige denn über dich zu reden. Weil Kuscheltiere keine Gehirne haben und gar nicht denken können. Reden auch nicht. »
« Was redest du da eigentlich? »
« Ich habe keine Ahnung. Mein Endzitat sollte werden, dass du nicht darüber nachdenken solltest, was Menschen von dir halten. » Das Gelächter, das aus mir herausbrach, klang ohrenbetäubend. Schnell hielt ich mir die Hand vor den Mund.
« Das ist echt … »

« Kreativ », japste ich und schlug die Hände vor das Gesicht, um zu verstecken, wie lächerlich ich seinen Vorschlag fand. Doch Williams Augen begannen glücklich zu funkeln. Zufrieden drückte er einen Kuss auf meine Stirn.

Ich hatte jedes Zeitgefühl verloren, als ich ein paar Momente später ruckartig die Augen aufriss und realisierte, dass ich in Williams Armen eingedöst war. Panisch umschauend, griff ich nach meinem Handy, das auf dem Couchtisch vor uns lag und versuchte meine Augen an das grelle Licht im Zimmer zu gewöhnen.

« Hey, hey, was machst du da? » Die warme Berührung an meiner linken Schulter ließ mich herumfahren. Anders als ich, sah William putzmunter aus. Nur seine zerzausten Haare bewiesen, dass er in der selben Position wie ich auf der Couch gelegen hatte. Ein dümmlich aussehendes Lächeln breitete sich auf meinem Gesicht aus. Wir hatten gekuschelt. Und zwar so richtig. Ich, mit dem Kopf auf seiner Brust, während seine Arme meinen Körper umschlungen hatten. Genau so war ich eingeschlafen. Wenn ich jetzt so darüber nachdachte, würde ich es nicht als voreilig bezeichnen, das hier die beste Schlafposition aller Zeiten zu nennen.

« Meine Sachen zusammenpacken », faselte ich und schnappte mir meine Schlittschuhe, die ich vor ein paar Stunden unter dem Couchtisch abgestellt hatte.

« Lass das. » William ergriff meinen Arm und zog mich sacht zurück auf die Couch.

« Ich muss nach Hause », protestierte ich energisch.

« Wenn mein Dad … »

« Vergiss deinen Vater », hauchte er und küsste meine Schläfe.

« Bleib bei mir. »

Meine Mundwinkel wanderten nach oben, ich betrachtete seine Gesichtszüge. « Okay, weil ich nämlich eigentlich auch nicht nach Hause will », erwiderte ich flüsternd. Das Lächeln, das sich auf Williams Gesicht stahl, erreichte seine Augen. « Komm her. » Nur ein erwartungsvolles Grinsen von mir brauchte es, bis seine starken Arme mich fest umschlangen. Vor mich hin lächelnd, legte ich meinen Kopf auf seine Brust ab.

Während er mich liebkoste, stellte ich mir ein Universum vor, indem er für immer bei mir bleiben würde. Indem es kein bedrohliches England gab, das ihn in ein paar Monaten von mir wegnehmen würde. Ich stellte mir vor, wie es wäre, eine Beziehung mit ihm zu führen, inder unsere Zeit miteinander nicht begrenzt sein würde.

William drückte einen Kuss auf meinen Kopf und mein Herz explodierte. Plötzlich wusste ich gar nichts mehr.

Wie sollte ich je mit meinem Leben fortsetzen, wenn der Junge, in den ich mich verliebt hatte, auf einem anderen Kontinenten leben würde? Wie sollte ich weitermachen, wenn er mein Leben verlassen würde, als hätte er es nie betreten?

Was wird passieren, wenn unser Kapitel endet?

Würde ich es jemals schaffen eine neue Seite aufzuschlagen?

22. Kapitel

Der eisige Wind blies mir um die Ohren und ich erschauderte. In dem Versuch mich selbst zu wärmen, fuhr ich meine Hände über die Schultern. Diesen grausigen Montag standen William und ich ausnahmsweise unter der Bushaltestelle, die absolut nicht windgeschützt war. Da diesmal Alison auf Claires Jeep angewiesen war, hatte William und deshalb auch ich keine andere Fahrgelegenheit außer den Schulbus gefunden. Eigentlich kein Problem, wenn es nur nicht so kalt wäre. Aber da das Universum mich verfluchte, musste es natürlich an einem Morgen wie diesem schneien. Mein Körper reagierte zudem *sehr* empfindlich auf Kälte, deswegen klapperte ich auch gerade ununterbrochen mit den Zähnen.
« Möchtest du meine Jacke anziehen? », bot William mir an, aber ich schüttelte dickköpfig mit dem Kopf.
« Kein Wunder, dass dir so kalt ist. Alles, was du trägst, ist eine Sommerjacke. »
Ich warf ihm einen giftigen Blick zu. « Ich habe sie nur angezogen, weil ich bereits spät dran war. Außerdem hatte ich keine Zeit mehr Mützen, Schals oder Handschuhe zu suchen. »
William schüttelte demonstrativ mit dem Kopf.
« Du solltest wirklich deine Prioritäten ändern. »
Ich legte den Kopf auf die Seite. « Aber dann wäre ich nicht *ich*, oder? »
William grinste. « Vermutlich nicht. »
Eine Schneeflocke traf mich mitten ins Gesicht und ein Schauder durchschüttelte meinen Körper.

« Okay, das reicht », grummelte William und zog seine Jacke aus, hielt sie mir hin.
« Zieh die Jacke an. »
Ich verschränkte die Arme vor der Brust.
« Nein danke. » Wenn ich seine Jacke annahm, müsste ich mir eingestehen, dass es ein Fehler gewesen war, mich nicht wärmer anzuziehen. Mein Stolz war viel zu groß dafür.
« Komm schon, Leah. » William knirschte mit den Zähnen. « Sei nicht so verdammt stur. »
« Ich bin nicht stur », entgegnete ich mild und reckte den Kopf. « Mir ist einfach nicht kalt. » *Lüge.* Wenn ich noch länger als eine Minute in dieser Bushaltestelle stehen müsste, würde ich mich in einen Eiszapfen verwandeln. Meine Hände fühlten sich bereits taub an.
Williams Kiefer spannte sich leicht an. Er lief um mich herum, griff nach meinen Armen und zog mir eigenständig seine Jacke an. Zog den Reißverschluss bis zu meinem Kinn hoch. Triumphierend klopfte er mir auf die Schulter, umhüllte mein Gesicht mit beiden Händen und klemmte mir eine Haarsträhne hinter die Ohren. Er warf mir ein schiefes Grinsen zu.
« Besser? »
Ein kleines Lächeln umzuckte meine Mundwinkel. Es war schwer, die Tatsache zu verstecken, dass das gerade eben heiß gewesen war. Auch wenn ich mir das auf gar keinen Fall anmerken lassen wollte.
Deswegen murmelte ich nur etwas Unverständliches und presste hartnäckig die Lippen aufeinander, während ich förmlich in seiner Jacke versank. Williams breites, selbstgefälliges Grinsen ignorierte ich dabei.

***

Biologie in der dritten Stunde. *Na super*. Eigentlich hatte ich nie etwas gegen meinen Stundenplan gehabt, aber heute hasste ich ihn. Denn die neue Sitzordnung brachte mein Blut

zum Brodeln. Nach der Pause eilte ich mit einem mulmigen Gefühl im Bauch zu meinem Kurs und setzte mich wie immer in die dritte Reihe auf meinen Platz am Fenster. Meine Hände schwitzten und mein Bein unter dem Tisch, begann unkontrolliert zu zittern. *Entspann dich. Es ist nur eine Sitzordnung,* raunte mir die Stimme in meinem Kopf zu, doch mein Herz schien nicht auf sie hören zu wollen und klopfte mir bis zum Hals. Um mich von den vielen Blicken meiner Mitschüler abzulenken, band ich meine Haare zu einem Pferdeschwanz, weil ich befürchtete, in jedem Moment durchzudrehen und meine Finger durch meine Haare zu fahren. Ich war gerade dabei nervös auf meiner Unterlippe zu kauen, als sie den Raum betrat.
Megan schritt mit einer gelangweilten Miene auf mich zu und setzte sich auf den Platz neben mich. Trotzdem entging mir nicht, wie sie versuchte den Abstand zwischen uns zu vergrößern. Ihr Gesichtsausdruck wechselte von Abscheu mir gegenüber zu Resignation, als sie realisierte, dass sie ihren Tisch nicht durch das ganze Klassenzimmer verschieben konnte. Leise vor sich hin motzend ließ sie sich widerstrebend auf ihren Platz fallen und sah kein einziges Mal in meine Richtung.
Wenn ich mich nicht täuschte, zuckte sie nicht einmal mit einer Wimper. Komischerweise tat es weh, sie so zu sehen. Wir waren nie Freunde gewesen, aber wir hatten uns oft ganz gut unterhalten. Ihre Gesellschaft in der Schule, hatte mich gerade so über Wasser gehalten. Trotz der vielen Sprüche, die ich hatte einstecken müssen. Ich hatte nie gewollt, dass unser Verhältnis zueinander *so* endete. So abrupt, so voller Hass. Ohne ein richtiges Ende. Was auch immer das bedeuten sollte. Unsicher zuckte mein Blick zu ihr hin und verspürte das Bedürfnis mit ihr reden zu wollen. Keine Ahnung, was in mich gefahren war. Vielleicht suchte ich einfach nach einem perfekten, schmerzlosen Ende für das, was wir einmal gehabt

hatten. Ich war mir nicht einmal mehr sicher, was das überhaupt gewesen war.
Ich schluckte meine aufkommenden Zweifel herunter und konzentrierte mich auf das Mädchen, das neben mir saß. « Hey », fing ich an und räusperte mich, weil meine Stimme noch ganz wackelig klang. Megan sah immer noch nicht zu mir. Nur das leichte Zucken ihrer Augenlieder verriet mir, dass sie mich gehört hatte.
« Ich weiß, dass wir seit dieser Party nicht mehr gesprochen haben. Aber du musst eins wissen … »
Nun blickte ich ihr direkt ins Gesicht. « Es war nicht okay mich als eine Langweilerin zu bezeichnen. Wir waren nie Freunde, deswegen schuldest du mir nichts, aber ob du es glaubst oder nicht … irgendwie mochte ich deine Gesellschaft, Megan. Und ich war traurig, als das alles so ruckartig geendet hat. »
Diesmal merkte ich eine Reaktion von ihr. Kühn warf sie mir einen emotionslosen Blick zu.
« Ich nicht », erwiderte sie kalt.
« Ich habe dich für Hausaufgaben und Schulinformationen ausgenutzt. Nichts weiteres. »
Mein Lachen war trocken. « Danke für deine Ehrlichkeit. » Megan warf mir ihr typisches halbes Lächeln, das in diesem Moment aufgesetzt wirkte zu. Auch wenn es halbherzig war, konnte die Erleichterung, die in mir aufstieg, nicht größer sein. Meine Atemwege fühlten sich gleich viel freier an und ich spürte, wie ich die Kontrolle über meinen Körper zurückgewann. Wenn Megan es schaffte, mit mir zu reden, schaffte sie es auch, in diesem Kurs neben mir zu sitzen ohne mich die ganze Zeit über hasserfüllt anzustarren. Meine Panik diesen Kurs neben ihr nicht zu überleben, kam mir plötzlich wie eine totale Hyperbel vor. Denn Tatsache war: Megan war keine vierzehn mehr. Sie würde es schaffen reif zu sein ohne unnötiges Drama zu erzeugen. *Hoffentlich.*

Als der Unterricht begann, rammte mir Megan ihren Ellenbogen in die Seite und ich unterdrückte ein geqäultes Stöhnen. Misstrauisch blinzelte ich sie an.
« Was ist? Sag mir bloß nicht, dass du Bio langweilig findest und jetzt nach Ablenkmanövern suchst. »
Megans Gesicht war das Gegenteil von Heiterkeit und von ihrem halben, schiefen Grinsen fehlte jede Spur. Sie sah zutiefst … betroffen aus, weswegen bei mir instinktiv die Alarmglocken anfingen zu schrillen.
« Was ist los? », hakte ich forsch nach. Megan schluckte.
« Naja, nun da wir wieder offen miteinander reden können, muss ich dir etwas erzählen. »
« Ja? »
« Ja. Es geht um William. » Ihre Stimme wackelte leicht.
Verdutzt runzelte ich die Stirn. « Was soll mit ihm sein? »
« Ihr seid zusammen, nicht wahr? Ich habe euch im Flur gesehen. »
« Ja, das sind wir », beantwortete ich ihre Frage knapp.
« Was meinst du damit? »
Megan machte eine kurze Pause, als müsse sie sich zuerst wappnen, dann stieß sie einen traurigen Seufzer aus.
« Er ist nicht die Person, für die er sich ausgegeben hat. »
Ich biss mir auf die Lippen, um nicht laut loszulachen. Das war so absurd, dass es schon wieder witzig war. So etwas bescheuertes hatte ich lange nicht mehr gehört.
« Was redest du da eigentlich, Megan? Hör mir zu, wenn das ein Versuch ist, mich zu verarschen, weil du aus einem unsagbaren Grund noch wütend auf mich bist, rate ich dir, mit diesen kindischen Spielchen aufzuhören und endlich eine gewisse Reife zu gewinnen. »
Aber Megans Gesichtsausdruck blieb ungerührt.
« Leah, ich schwöre dir, ich lüge nicht. Ich weiß, dass du keinen einzigen Grund hast mir zu glauben, weil ich mich die letzten Wochen scheiße benommen habe, aber das hier, das

hier, geht weit darüber hinaus. Dein Freund, William, er … » Sie brach ab, schürfte die Lippen. So langsam verlor ich die Fassung. « Er hat was? »
Meine Stimme bebte in meinen Ohren, dabei wusste ich nicht einmal wieso. Das, was aus Megans Mund kam, war völliger Schwachsinn. Es war leichtsinnig zu glauben, dass ihr ein gutes Drama irrelevant war. Denn *sie* war das Drama.
« Als du gegangen bist, hat er laut über dich geredet, gelästert. Ich habe alles gehört, weil ich rechts von ihm stand und versucht habe, Ordnung in meinem Spind zu schaffen. »
« William würde nie schlecht über mich reden », fuhr ich ungerührt fort. « Ich schlage vor, dass du diesen Kinderkram, den du vorhast, vergisst und dich auf das Arbeitsblatt konzentrierst, dass Mr. Miller uns ausgeteilt hat », zischte ich nicht ohne barsch zu sein. Dieses Mädchen raubte mir jeden Nerv. Dabei hatte ich kaum welche.
« Leah … » Megans Blick bestand aus einer Portion Qual und tiefes, aufrichtiges Mitgefühl. Ob ich den Emotionen in ihren Augen trauen konnte, bezweifelte ich.
« Das hier ist kein Kinderkram, ich schwöre es dir. Jeder, der sich im Flur aufgehalten hat, hat gehört, was William über dich gesagt hat. »
« Ach ja? » Unbeeindruckt starrte ich sie an.
« Und was war das genau? »
« *Die kleine Göre liebt mich bereits so sehr, dass sie anfängt zu flennnen, wenn ich zurück nach England fliege.* » Mein Herz blieb für einen schrecklichen Moment stehen. « Das würde er niemals sagen », beharrte ich und schüttelte fassungslos den Kopf. « Du lügst. »
« *Sie hat sich so sehr für ihre Spastik geschämt, dass sie sich an meinem Hals geworfen hat und mich angebettelt hat, ihr zu helfen. Sie ist so peinlich, wirklich. Ich freue mich darauf, wenn die letzten Monate hier in Walton vorbei sind. Ich werde es nicht vermissen, jeden Tag ihre nervige Stimme in meinem*

Ohr zwitschern zu hören », zitierte Megan ihn weiter, aber meine Miene blieb felsenfest. Megans Eifersucht trieb sie zu solcher Weißglut, dass sie mir eine Horrorgeschichte erzählen musste, damit es ihr besser erging. Ihr einziges Ziel war es, mich leiden zu sehen.
« Hör auf », flüsterte ich tonlos.
« « Seit mein Bruder studiert, habe ich eine soziale Angst entwickelt. Ständig habe ich das Gefühl verurteilt zu werden. Da ist so viel Wut in mir, William und ich weiß nicht mehr, wie ich damit umgehen soll. » Gott, sie ist so eine Heulsuse, ich kann es nicht mehr ertragen. Zuerst war es noch ganz witzig, sie zu verarschen. Ich meine, ich habe sie sogar inm denGlauben gelassen, dass ich sie liebe. Aber jetzt will ich sie nur noch loswerden. »

Unmittelbar schossen mir Tränen in die Augen, mein Hals zog sich eng zusammen. « Das hat er nicht gesagt », hauchte ich.
« Doch, hat er », lautete Megans beschwichtigte Antwort. « Ich habe ihn nur freundlich gefragt, wie es mit euch läuft und diese Sätze sind einfach so aus ihm herausgeschossen, als hätte er sie immer heimlich gedacht. »
« Ich wollte nur ein bisschen Smalltalk führen, Leah. Ich hatte keine Ahnung, dass William sich nur amüsieren möchte, indem er dich verarscht. Das, was ihr hattet, war so … besonders. »
Mit leeren Augen sah ich zu ihr und als ich die leise Bestätigung in ihren Blick las, brach ich zusammen.

***

Der Rest des Schultages hatte sich diesmal wie dreißig Minuten angefühlt, unterdrückt von dem Rauschen in meinem Kopf. Als der Schulbus, indem ich saß, an meiner

Bushaltestelle hielt, stieg ich so hastig aus, dass ich fast über meine eigenen Füße stolperte.
« Leah! » Es war seine Stimme. Seine verfluchte Stimme, die aus Angewohnheit mein Herz höher schlagen ließ. « Leah, warte! »
Der Tonfall in seiner Stimme, verpasste mir einen Stich. Wie konnte er so nur so unschuldig, so verletzt klingen?! Mit brennenden Augen eilte ich weiter, beschleunigte mein Tempo, bis ich rannte. Rannte, um schleunigst von ihm wegzukommen. Er packte meinen linken Arm. Dieses verfluchte Arschloch hatte mich eingeholt und machte keine Anstalten den Griff zu lockern.
« Fass mich nicht an! », schluchzte ich auf und entriss ihm meinen Arm heftig. Heiße Tränen rollten über meine Wangen, meine Atemzüge waren stockend und unregelmäßig. Williams Gesicht verzerrte sich. « Was ist passiert? » Als ich nicht sofort antwortete, redete William bestürzt weiter.
« Ich habe versucht dir deinen Raum zu lassen, als du mir in den Pausen aus dem Weg gegangen bist, aber das kann ich jetzt nicht mehr. Im Bus hast du dich auch weggesetzt. Was habe ich falsch gemacht? » Er musterte mich mit einer Mischung von Verzweiflung und Besorgnis und ich hätte ihm am liebsten eine Backpfeife gegeben.
« Wie konntest du nur? » Das Piepen in meinen Ohren wurde immer eindringlicher.
« Was? » Williams falsche, gespielte Verwrirrung, machte mich aggressiv. So aggressiv, dass alle Stricke in mir rissen.
« WIE KONNTEST DU NUR?! » Mir war es völlig egal, dass ich ihn anbrüllte. Doch sein geschockter Gesichtsaudruck tat mir physisch weh. Wie konnte er so so tun, als wüsste er nicht, worauf ich anspielte?
Ich hatte William mein Herz vor seinen Füßen gelegt, ihn angefleht, es gut zu behandeln. Stattdessen hatte er meine

Bitte ignoriert und hatte es so lange zertreten, bis der letzte Herzschlag aussetzte.
« Ich habe dir *alles* anvertraut. Meine größten Ängste, meine Sorgen und Probleme. All das, nur damit du mich verarschen kannst. » Mein ganzer ganzer Körper bebte, doch meine Stimme blieb unerwartet ruhig.
« Leah, ich weiß nicht worüber du redest … » Williams Unschuldsspiel zerstörte die Ruhe in meiner Stimme.
« Ich rede darüber, dass du ein verdammtes Arschloch ohne Reue bist, dass heute im Schulflur mit Megan geredet hat und dabei über mich gelästert hat! »
Williams Gesichtszüge entglitten ihm.
« Das stimmt nicht. »
Ich schnaubte abfällig.
« Megan hat mir alles gesagt. Wie du die ganze Zeit so getan hast, als würdest du dich in mich verlieben, damit du dein krankes Spiel mit mir fortsetzen kannst. »
Ich lachte fassungslos auf, rieb mir über die Stirn.
« Ich kann nicht glauben, dass ich darauf reingefallen bin. Auf all deine Worte, Gesten und Versprechungen. »
« Wer verliebt sich schon in das extrem ängstliche, introvertierte Mädchen aus der Schule? »
Eine Träne rann über Williams Gesicht.
« Megan hat dich angelogen. Ich habe mit niemanden geredet. Bitte, Leah, du musst mir glauben. » Die pure Verzweiflung in seinen Augen sah fast real aus – er war ein guter Schauspieler.
« Deine vorherigen Freundinnen haben über dich gelästert, deswegen glaubst du automatisch, dass jede Person, die du kennst, heimlich über dich redet und etwas im Schilde führt. Aber Megan hat dich aus irgendeinem Grund angelogen, Leah, denn ich würde so etwas niemals tun. » Ich trat einen Schritt zurück, entfernte mich kopfschüttelnd von ihm. « Lass mich in Ruhe, William », krächzte ich rau.

« Hör mir zu, bitte! », versuchte er es erneut.
« Ich würde dir so etwas nicht antun. Ich würde dir niemals so etwas antun, verstehst du das denn nicht? »
« Ich liebe dich … » Reglos konnte ich ihn nur anstarren, während die Tränen erbittert über meine Wangen liefen. Diese Worte aus seinem Mund hatten mir gestern noch so viel bedeutet. Jetzt stellten sie keinerlei Relevanz mehr für mich dar. Denn alles was sie waren, war eine Lüge. Eine Lüge, die sich die ganze Zeit über hinter Williams warmem Lächeln versteckt hatte. Hinter seinen Augen, hinter seinem gefühlsvollen Gesichtsausdruck. Hinter seinen liebevollen Gesten.
« Hier. » In Windeseile zog ich seine Jacke aus, die ich seit heute Morgen getragen hatte. Eigentlich hatte ich sie für warm und schützend gehalten. Jetzt klebte sie nur noch wie eine Last unangenehm an meinem Körper. Über Williams Lippen entdrang ein kleiner Laut, als ich ihm die Jacke hinhielt. Doch als er sie immer noch nicht annahm, schmiss ich sie ihm ohne jegliche Emphatie auf den Boden. Kurz verspürte ich einen Anflug von Schuld, aber ich verdrängte es so schnell wie es gekommen war.
« Geh nicht weg, bitte », flehte er, doch ich überging all seine Versuche mich zum Bleiben zu überreden.
Wortlos kehrte ich ihm den Rücken zu und eilte davon. Erst als ich eine Weile auf dem Fußgängerweg gelaufen war und William nirgendwo mehr zu sehen war, hielt ich inne und begann hemmungslos zu schluchzen. Mein Körper krümmte sich unter all dem Schmerz zusammen. Die Beziehung mit William war vorbei. Die Verbundenheit, die ich in seiner Nähe gespürt hatte, war zerstört. William war nie der Junge gewesen, in den ich mich verliebt hatte. Er war nur eine fiktive Version gewesen, die für Zwecke genutzt wurde, die ich mir niemals hatte vorstellen können.

Wie zum Teufel sollte ich zugeben, dass ich diese falsche Version von ihm bereits so sehr vermisste, dass jede Körperzelle vor Verlangen schmerzte?

23. Kapitel

Endlose Tagen zogen an mir vorbei ohne dass ich es wirklich merkte. Jeder Tag war gleich, jeder Tag war grau. Früher, wenn Hauptcharaktere in Filmen von einer gewissen Leere geredet hatten, in der sie manchmal nicht das Bett verlassen konnten, weil ihnen die Kraft dazu fehlte, hatte ich die Augen verdreht und hielt diese Aussage für melodramatisch. Jetzt verstand ich es allmählich. In letzter Zeit fühlte ich nämlich gar nichts mehr. Keine Wut, keine Trauer, *gar nichts.* Jeder Tag verstrich schneller als der andere, ohne dass ich es stoppen konnte. Das ständige Gefühl von Leere blieb bei mir wie ein treuer Freund. Wenn mein Wecker für die Schule am frühen Morgen klingelte, fehlte es mir an jeglicher Motivation, um mein Bett zu verlassen und aufzustehen. Weil es im Augenblick einfach nichts in meinem Leben gab, das mich motivierte meinen Tag zu starten.
Dad hatte mein merkwürdiges Verhalten zum Glück noch nicht angesprochen, aber ich wusste, dass er mich in den Augen behielt. Es würde bestimmt nicht mehr lange dauern, bis die Bombe explodierte und die ersten Fragen über seine Zunge rollen würden. Dass dieser Tag jedoch heute war, hätte ich nicht gedacht.

Auf meinem Fernseher flackerte irgendeine Serie, die ich vor eine Stunde aufgehört hatte, aufmerksam anzusehen. Die Chipstüte in meinen Händen war nur noch halbvoll und die vielen Gläser und Tassen auf meinem Nachttisch stapelten sich. Meine Gedanken galten William Morrison. Niemand anderem. Er war der Einzige, der es geschafft hatte, stundenlang in meinem Gedächtnis zu schwirren. Im

Augenblick tat er es die ganze Zeit. Ich vermisste ihn, obwohl ich jetzt sein wahres Ich kannte. Ich sehnte mich nach seinen Küssen und Umarmungen, dabei wusste ich, dass er seine Liebe zu mir nur vorgetäuscht hatte, um mich auszutricksen. Seit dem Tag, an dem Megan mir die Wahrheit über ihn erzählt hat, hatte ich William nicht wiedergesehen. Ein kleiner Teil von mir hielt es für besser, aber ein anderer, viel stärkerer Teil, wünschte, er wäre anwesend. Weil ich tief in meinem Inneren sein Gesicht vor mir sah. Das Gesicht, in das ich mich verliebt hatte. *Williams* Gesicht. Auch wenn es das nie gegeben hatte.
« Wie sieht es denn hier aus?! » Dads Stimme unterbrach meine kreisenden Gedanken, ich rappelte mich eilig auf, bevor er mich im Bett liegen sah.
« Überall sind Tassen und Becher! Hattest du überhaupt einmal vor aufzuräumen? »
« Natürlich. » Mit beiden Beinen kraxelte ich aus dem Bett heraus und wollte gerade nach einer Tasse auf meinem Nachttisch greifen, da vernahm ich Dads argwöhnischem Tonfall.
« Warum bist du tagsüber im Bett? »
Verlegen kratzte ich mir den Kopf. « Keine Ahnung. Irgendwie bin ich in den letzten Tagen oft müde. »
Dad schien meine lahme Ausrede nicht lustig zu finden.
« Müde? Kann es sein, dass dein seltsames Verhalten mit einem britischen Jungen zutun hat, der ausgerechnet neben uns wohnt? »
Gedankenverloren strichich mir ein paar Haarsträhnen aus der Stirn. « Ich werde hier aufräumen, versprochen », grummelte ich kraftlos. « Aber lass mich in Ruhe. Ich will nicht über William sprechen. »
« Warum? » Dad legte die Stirn in Falten und trat instinktiv einen Schritt näher an mich heran.
« Was ist zwischen euch vorgefallen? »
Was ist zwischen uns nicht vorgefallen?

« Gar nichts, okay? », schoss es aufgebracht aus mir heraus. « Ich will nicht darüber reden. »
Sonst werde ich wieder weinen müssen und ich habe es satt, ständig zu weinen.
« Sag mir, was passiert ist », drängte Dad mich weiter und ignorierte meinen letzten Satz.
« In den letzten Tagen verhältst du dich sehr eigenartig. Du kommst nicht mehr ins *Brownies & Co,* meidest den Kontakt zu Cameron und sprichst kaum noch mit mir. Wenn dein Verhalten mit diesem Jungen zu tun hat, sag es mir. Dann kann ich dir helfen. »
Ich schmunzelte. « Wie hast du vor mir zu helfen, Dad? »
Unschlüssig hob er die Schultern. « Jeder hat schon einmal Liebeskummer erlebt. Glaub mir, du wirst über ihn hinweg kommen. »
Prompt flossen Tränen über meine Wangen. Das hier, fühlte sich nämlich so viel schlimmer als nur Liebeskummer an. Außerdem war ich mir hundertprozentig sicher, dass ich niemals über ihn hinwegkommen würde. Jedenfalls nicht, wenn das, was ich für William gefühlt hatte, eine einzige Lüge gewesen war. Seine Liebe, die nur gespielt gewesen war. Weitere Tränen bahnten sich einen Weg über mein Gesicht, ein Schluchzen drang über meine Lippen. Dad verringerte den Abstand zwischen uns und umarmte mich, streichelte behutsam meinen Rücken.
« Alles wird gut », versprach er mir leise, aber seine Worte fühlten sich dünn an, weil ich nicht glaubte, dass sie wahr werden könnten.

***

Abends lag ich wieder im Bett und las ein Buch. Die Buchstaben tanzten zwar vor meinen Augen, aber ich wollte auch nicht mehr nichts tun. Dad hatte mir fürsorglich einen Tee gemacht, als würde ich unter einer Grippe leiden. Die

Tasse stand kalt auf meinem Nachttisch, ich hatte noch keinen einzigen Schluck genommen. Seufzend ließ ich die Romanze, die ich las, sinken. Der Roman machte mich eher trauriger, anstatt mich zu unterhalten. Denn jede Kussszene erinnerte mich an einen bestimmten Jungen mit wirren, schwarzen Haaren und dem schönsten Lächeln, das ich je gesehen hatte. Die Erinnerung an ihn konnte ich nicht länger ertragen. Mit einer Gewalt, die mich nicht überraschte, schloss ich das Buch und warf es achtlos zurück auf meinen Nachttisch. Stöhnend ließ ich mich auf mein Kissen fallen, schloss die Augen und betete, meine Gedanken einmal ausblenden zu können. In dem Moment, als ich meine Augen wieder öffnete, stand Cameron mit einem kleinen Teller im Türrahmen. « Nutellabrot gefällig? », fragte er und betrat mit einem Anflug von Unsicherheit in den Augen, mein Zimmer. Augenblicklich rappelte ich mich auf. « Was machst du denn hier? »
« Dad hat mir von deinem Liebeskummer berichtet », erwiderte Cameron und reichte mir ein Nutellabrot.
« Was für ein Bruder wäre ich, wenn ich jetzt nicht für dich da wäre? » Sein Blick traf auf meinen und ich blickte zu Boden. Reue erfüllte mich.
« Es tut mir leid wie ich mich an Weihnachten und Silvester benommen habe. Ich konnte mir selbst nicht eingestehen, dass du recht hatttest. »
Cameron legte einen Arm um meine Schulter.
« Dein Verhalten war total nachvollziehbar. Ich habe dich völlig unerwartet im *Books & Coffee* damit attackiert. »
Er seufzte. « Ist jetzt alles okay zwischen uns?»
Ich lächelte halbherzig. « Na klar. Schließlich habe ich ja jetzt auch niemanden mehr außer dich. » Während ich das sagte, stiegen mir Tränen in die Augen. Cameron runzelte besorgt die Stirn. « Hey, sag das nicht. William wird sich wieder einkriegen und dann ist alles wieder in Ordnung. »

« Nein », flüsterte ich traurig. « Weil er mich verarscht hat. Weil unsere Beziehung nur ein Spiel für ihn gewesen ist. »
« Wie bitte? » Cameron verrengte die Augen. Doch ich antwortete nicht. Auf einmal spielte ich mit einem Gedanken herum, der mich selbst zutiefst schockierte. Plötzlich suchte ich Rat von einer Person, mit der ich seit Wochen nicht mehr gesprochen hatte.
« Was denkst du? », wollte Cameron mit einem ungeduldigen Tonfall wissen.
« Kannst du mich zu Mom fahren? », flüsterte ich rau und konnte im selben Moment nicht glauben, dass ich diese Worte ausgesprochen hatte. Verwunderung huschte über Camerons Gesichtszüge.
« Du möchtest zu … Mom? »

***

« Schreib mir, wenn du abgeholt werden möchtest », wandte sich Cameron ein letztes Mal an mich, bevor ich ausstieg und die Beifahrertür hinter mir zuschupste. « Ich hoffe, du bekommst das, was du dir von diesem Besuch erhoffst. » *Das hoffe ich auch.* Während Cameron davonbrauste, näherte ich mich Moms Apartment und blieb flach atmend vor ihrer Haustür stehen. Vor ein paar Monaten war dieses Apartment der größte Horror für mich gewesen, jetzt hoffte ich darauf, dass es mir weiterhelfen konnte. Die Wut, die ich damals auf meine Mutter gespürt hatte, kam mir nun surreal vor. Von dieser so starken Wut war keine einzige Spur übrig geblieben. Stattdessen überflutete mich Wehmut so stark, dass ich glaubte, daran ersticken zu können. Alles was ich brauchte, war die Unterstützung und Liebe meiner Mutter. Wenn ich diese nicht bekommen würde, hatte ich keine Ahnung, was ich tun sollte. Ich musste unbedingt mit ihr sprechen. Mein Körper löste sich aus der Starre und ich drückte mit

klopfenden Herzen auf die Klingel neben der Haustür. Als diese sich öffnete und ich meiner Mutter gegenüber stand, wurde mein Brustkorb zusammen gezogen.
« Leah. » Moms Augen weiteten sich, überrascht, als ich so unmittelbar vor ihrem Apartment stand.
« Ist alles in Ordnung? » Ich wollte nein schreien und ihr schluchzend um den Hals fallen, aber ich riss mich gerade so am Riemen. « Mhm », machte ich stattdessen mit weinerlicher Stimme. Mom zögerte nicht lange, ergriff meinen Arm und zog mich über die Türschwelle hinweg in ihr Apartment hinein. « Wir gehen in die Küche, ich mache dir einen Kaffee, und dann erzählst du mir, was passiert ist », wandte sie sich kurz angebunden an mich und signalisierte mir mit einem Blick, dass ich ihr folgen sollte.
Als sie die Küche betrat, blieb sie so angewurzelt stehen, dass ich fast in sie hinein gestolpert wäre. Am Esstisch, der mir nun nicht mehr so fremd vorkam, saß Pete auf einem Stuhl und scrollte auf seinem Handy herum. Mom räusperte sich und Pete blickte endlich von seinem Bildschrim auf. Seine Augen trafen auf mich und in seinem Gesichtsausdruck flackerte Erkenntnis auf.
« Schätzchen, du wolltest doch gerade spazieren gehen, richtig? », trällerte Mom und schaute ihren Freund bittend an. Pete nickte verstehend. « Stimmt, das hatte ich ganz vergessen », sagte er und erhob sich von seinem Stuhl. « Es war schön dich wiederzusehen, Leah », wandte er sich an mich, bevor er den Raum verließ.
Sobald er weg war, atmete Mom schlagartig aus, als hätte sie ihren Atem angehalten.
« Wie bist du hierher gekommen? Du bist doch nicht etwa mit dem Bus gefahren, oder? »
« Nein, nein », beeilte ich mich zu sagen. « Cameron hat mich hier her gebracht. »

Um ihre Mundwinkel zuckte ein erfreutes Lächeln, als sie das hörte. « Setz dich », murmelte sie und deutete auf den Esstisch. Dann lief sie auf die Kücheninsel zu und schaltete die Kaffeemaschine ein. « Bist du … freiwillig gekommen? », wählte sie vorsichtig ihre Worte, während sie gleichzeitig eine weiße Tasse mit einer kleinen Katze drauf unter die Kaffeemaschine stellte.
« Ja, ich wollte mit dir reden », gestand ich ehrlich. Moms Blick zuckte rasch zu mir. Die Rührung auf ihrem Gesicht überforderte mich diesmal nicht.
« Du weißt nicht, wie viel mir das bedeutet », erwiderte sie in meine Richtung und wirkte, als müsse sie sich darauf konzentrieren, nicht in Tränen auszubrechen.
« Bitteschön. » Sie stellte mir meinen Becher Latte Macchiato vor die Nase und legte einen Löffel dazu. Als sie sich mit ihrer eigenen Tasse setzte, begutachtete sie mich sorgenvoll. « Was ist los? Ich weiß, dass du niemals fürs Kaffeetrinken vorbeischauen würdest. »
« William hat mich verarscht », flüsterte ich leise und rührte mit dem Löffel in meiner Tasse herum, um zu verbergen, wie sehr meine Hände zitterten. Mom schnappte schockiert nach Luft. « Bist du dir sicher? »
« Hundertprozentig. Es … es tut so weh, ich dachte, er würde mich lieben. » Ich holte tief Luft.
« Ich brauche dich, Mom. » Verzweifelt verbarg ich das Gesicht in meinen Händen.
« Er hat die ganze Zeit nur mit mir gespielt. » Mom berührte meinen Oberarm und ich blickte auf. « Wann hast du es herausgefunden und wie? »
« Vor fast zwei Wochen », raunte ich heiser.
« Megan hat es mir ausführlich in Biologie geschildert. » Moms Gesicht verzog sich.
« Oh, Leah. »
Alamiert blickte ich zu ihr. « Was? »

Mom zog scharf die Luft ein. « Du hast es nicht selbst erfahren oder gehört? »
« N-Nein, aber Megan würde mich nicht anlügen. »
« Seid ihr befreundet? »
« Nein. »
« Hat sie Beweise? »
« Nein. »
« Dann hat sie dich doch angelogen. »
Ich blinzelte. « Wie kannst du dir da so sicher sein? »
« Weil es ganz einfach ist. » Mom nahm einen Schluck von ihrer Tasse und sah mich eindringlich an.
« Gäbe es irgendeinen Grund, warum Megan so etwas tun würde? Warum sie dir eine Geschichte liefert, die nicht wahr ist, nur um dir wehzutun und dir möglicherweise William wegzunehmen? »
Ihre Worte brachten mich zum Grübeln. Schließlich erinnerte ich mich an die Zeit, in der Megan aufgeregt mit William hin und her geschrieben hatte. Sicherlich hatte sie sich erhofft, dass sich aus ihren Textnachrichten eine Beziehung entwickeln könnte. Doch dann hatte sich William in mich verliebt anstatt in sie. Vermutlich war das der Grund gewesen. Vermutlich hatte sie ihre Freundlichkeit vorgetäuscht und mir eine Geschichte erzählt, die das, was William und ich gehabt hatten, zerstören würde. Und ich hatte ihr geglaubt.
Ich schluckte, Bedauern machte sich in meinem Magen breit. Ich hatte ihr anstatt dem Jungen, der mir nie einen Grund gegeben hatte an ihm zu zweifeln,geglaubt.
Er hatte jeden Grund wütend auf mich zu sein, aber ich hatte ihm diese Chance weggenommen und hatte die Opferrolle eingenommen. Geschockt blickte ich zu meiner Mutter, die mich mit einem Hauch Neugier in den Augenm usterte.
« Ist das das Einzige, worüber du reden wolltest? »
Zuerst wollte ich ja sagen und ihr für ihre Zeit danken, aber das wäre nicht ehrlich gewesen. Zwischen uns stand so viel

Ungesagtes, das ich in den letzten Monaten aufgrund meiner Wut nicht wahrnehmen wollte. Aber jetzt war ich bereit. Ich wollte mit meiner Mutter über das reden, das ich die ganze Zeit in mich hineingefressen hatte. « Ich war so sauer auf dich, Mom », wisperte ich erstickt. « Ich war so, so wütend. Nachdem du dich von Dad getrennt hast und nach New York umgezogen bist, dachte ich, du hättest mich im Stich gelassen. »

In den Augen meiner Mutter schimmerten sichtbare Tränen.

« Es tut mir so leid, Leah. Ich wusste, dass du verletzt bist und wollte dir deinen Raum geben, dabei hätte ich mit dir sprechen müssen. Ich habe mich nur von dir distanziert, weil ich dachte, das würde dir helfen. »

Ich nickte, um ihr klarzumachen, dass ich es verstand.

Um ihr klarzumachen, dass ich nicht länger sauer war.

« Ich … ich habe mich so einsam gefühlt, weil es so viele Dinge gab, über die ich mit dir reden wollte. »

« Welche Dinge denn? » Mom griff mit sanftem Druck nach meinen Händen.

« Du kannst jetzt mit mir über diese Dinge reden. »

Ich atmete zittrig aus und nickte leicht. « Okay, ich, ähm … ich habe keinen einzigen Plan für meine Zukunft und ich habe Angst, dass mir die Zeit zum Herausfinden vergeht. Cameron wird irgendwann ein Chefarzt in irgendeiner spezialisierten Klinik sein, während ich für Ewigkeiten in Walton stecken werde und keinen blassen Schimmer habe, was ich mit meinem Leben anfangen soll. »

Mein Herz pochte.

« Ich werde dieses Jahr achtzehn und ich habe keine Ahnung von irgendwas, Mom. Was soll ich bloß tun? »

Mom zog mich in ihre Arme und ich umklammerte sie verzweifelt. « Du bist siebzehn Jahre alt, Schätzchen. Du hast noch so viel Zeit diese Sachen herauszufinden. Du musst nicht sofort alles, was später wichtig in deinem Leben sein wird, wissen. Du wirst es herausfinden. Schritt für Schritt.» Ich kniff die Augen zusammen und ließ zu, dass meine Mutter meine Sorgen auffing und sie von meinen Schultern wegnahm. Ich ließ zu, dass sie mich tröstete. Mit einem Mal war ich wieder das dreizehnjährige Mädchen, das Hilfe und Schutz bei ihrer Mutter suchte. Das war okay.

24. Kapitel

Ich musste mit ihm reden. Ich musste ihm sagen, wie leid es mir tat. Seit dem Heart to Heart mit meiner Mutter waren drei Tage vergangen. Drei endlose Tage, an denen ich nicht die Chance genutzt hatte, um mit William zu reden. Teils weil ich Angst hatte und teils weil ich befürchtete, dass es bereits zu spät war.

Es war ein ganz normaler Montag als ich nach der Schule mit den Kopfhörern in meinen Ohren auf dem Fußgängerweg nach Hause spazierte. Den Schulbus zu verpassen, war nicht mein Plan gewesen, aber das viele Laufen verschaffte mir zum Glück noch mehr Zeit, um darüber nachzudenken, was ich zu William sagen sollte. Wie ich ihm beichten sollte, wie leid es mir tat, dass ich nicht ihm sondern einem Mädchen, das nie meine Freundin gewesen war, geglaubt hatte. Ich reimte mir gerade ein paar meiner Meinung nach passenden Sätze zusammen, die ich zu ihm sagen konnte, sobald ich Zuhause war, da erblickte ich einen Jeep aus den Augenwinkeln. Aber es war nicht nur irgendein Jeep. Diesen Jeep würde ich überall erkennen. Es war Claires Jeep. Gänsehaut überzog meine Arme und ich begann zu rennen.

« Hey! », brüllte ich und fuchtelte mit den Armen herum.

« William, halt an! », schrie ich und zwang meine Beine dazu schneller zu laufen. « Hey! » Für einen Moment befürchtete ich verloren zu haben, da wurde der Jeep doch noch auf mich aufmerksam, kehrte um und hielt am Straßenrand.

Ich nutzte meine Chance, eilte um den Jeep herum und riss die Beifahrertür auf. Vor dem Lenkrad saß tatsächlich William. Erleichterung erfüllte mich so heftig, dass ich aufschluchzen wollte. « Hey », stieß ich erleichtert aus. Ohne um Erlaubnis

zu bitten, fiel ich ihm um den Hals und drückte ihn fest an meine Brust. « Es tut mir so, so leid, William », murmelte ich aufgelöst.
« Ich habe ihr so schnell geglaubt, dabei hätte ich dich anhören müssen. » William hob den Kopf.
« Woher wusstest du, dass ich nie über dich gelästert habe? » Ich lächelte.
« Ich habe realisiert, dass du so etwas niemals tun würdest. » William erwiderte mein Lächeln herzlich und küsste mich.
« Du hast auch lange genug gebraucht », nuschelte er zwischen unseren Küssen. Nach einer Weile löste er sich ein wenig atemlos von mir.
« Ich habe mit meiner Mutter geredet. Über all die Sachen, die zwischen uns lagen, seitdem mein Vater gestorben ist. » Ich drückte seine Hand.
« Und, wie ist es ausgegangen? »
« Sie hat sich alle Fehler eingestanden und hat mir ihre Sichtweise erklärt. Es wird wahrscheinlich noch ein wenig dauern, bis unser Verhältnis wieder zu dem wird, was wir einmal hatten, aber ich bin positiv, dass wir auf einem guten Weg dahin sind. »
« Das freut mich », erwiderte ich glücklich.
William küsste mich kurz auf die Schläfe. Er warf mir sein typisches Lächeln zu und mein Herz zog sich vor lauter Gefühle für ihn zusammen.
« Wollen wir uns einen Coffee To Go holen? », fragte er mich mit einem Grinsen auf den Lippen.
Kichernd tastete ich nach meinem Sicherheitsgurt.
« Musst du da überhaupt noch fragen? »

***

Wir liefen den Fußgängerweg entlang, als William anfing zu sprechen.

« Mom möchte zurück nach Cornwall. In vier Wochen fliegen wir zurück nach England.»
Den Schluck Capuccino, den ich gerade in den Mund genommen hatte, spuckte ich beinahe wieder aus. *Nein*. Seine geflüsterten Worte raubten mir den Atem und es fühlte sich so an, als ob mir der Boden unter den Füßen weggezogen werden. « Aber ihr habt noch Monate, bevor das Visum abläuft. Deine Mutter kann doch nicht einfach ohne dein Mitspracherecht … » William umfasste zärtlich mein Handgelenk und ich schlug die Augen nieder.
« Claire und Ed wollen diese sechs Monate nicht mehr. »
Schlagartig versteifte ich mich. « Wie meinst du das? »
« Ich habe gestern ein Gespräch zwischen ihnen belauscht. Ed möchte, dass wir gehen. »
« Was?! Das kann er unmöglich gesagt haben … »
William fuhr sich aufgelöst durch die Haare.
« Er hat es nicht direkt ausgesprochen, aber ich konnte es aus seinen Worten herausfiltern. Ich meine … » Er brach ab, fasste sich an den Nacken.
« Mum bezahlt keine Miete und ich benutze ständig Claires Wagen für die Schule oder für private Sachen. Mum arbeitet zwar und stockt damit die Einkäufe auf, aber das reicht nicht mehr. Es ist Zeit, dass wir gehen. Es ist längst überflüssig geworden. »
Ich atmete stockend aus, kämpfte mit den Tränen, die mir in die Augen schossen. « Du bist achtzehn. Deine Mutter kann dich nicht zwingen wegzugehen. Du könntest noch einmal mit Claire sprechen und noch eine Weile bei ihr bleiben. Währenddessen suchst du dir einen Nebenjob und bezahlst Miete, wenn sie das von dir verlangt. Auch wenn ich mir das bei ihr nicht vorstellen kann. Schließlich bist du ihr Enkelsohn. Und wenn Ed ein Problem wird, werde ich dafür sorgen, dass du bei mir einziehst. Dad könnte zuerst dagegen sein, aber ich bin zuversichtlich, dass nach einer Weile … »

« Leah, stopp », bat mich William leise.
« Ich werde mit meiner Mutter gehen. Ich habe keine andere Wahl. Meine Zukunft liegt in England. »
« Das weißt du nicht », hielt ich stand.
« Leah, es ist okay. Wir bleiben zusammen und irgendwann komme ich dich besuchen. »
Ich schüttelte heftig mit dem Kopf und ließ meinen Tränen freien Lauf. « Ich kann dich nicht verlieren. » Abrupt blieb er stehen.
William fing meine Tränen mit seinen Daumen auf. Dann hob er mein Kinn an, zwang mich ihn anzusehen.
« Du wirst das schaffen. Und weißt du woher ich das weiß? Weil du die stärkste Person bist, die ich kenne. Du wirst mit jemanden über all das reden. Du wirst zur Therapie gehen. »
Er holte tief Luft, die Gefühle in seinen Augen spiegelten sich in meinen.
« Irgendwann wirst du größer als all deine Selbstzweifel sein. Und wenn es soweit ist, wirst du nie wieder auf die Zeit zurückblicken, in der du dachtest, du wärst nicht gut genug. Das verspreche ich dir. »
Ich ertrank in seinen blauen Augen und schluckte hörbar. Die Worte lagen auf meiner Zunge, aber aus irgendeinem Grund drangen sie nicht über meine Lippen. In Williams Augen schimmerte nichts Weiteres mehr als Liebe, als er mich innig zu küssen begann.
Und ich erwiderte seinen Kuss mit einer Leidenschaft, die nur ihm gehörte.

25. Kapitel

Oktober

Ich tat genau das, was William sich für mich gewünscht hatte. Was ich mir mittlerweile selbst gewünscht hatte. Ich hatte Hilfe angenommen. Seit ungefähr drei Monaten ging ich zur Therapie. Dad hatte mir eine Stelle in der Nähe organisiert, die ich gut mit dem Fahrrad erreichen konnte. Zuerst war es schwer gewesen mein Verhalten und meine Emotionen zu reflektieren, aber nach ein paar Sitzungen war es mir besser gelungen. Meine Therapeutin war unglaublich nett und half mir sehr.

Als William Mitte Februar gegangen war, hatte ich erst einmal lange gebraucht, um wieder Fuß zu fassen. Wochenlang hatte ich ihm hinterher getrauert und hatte mir heimlich gewünscht, ich wäre mit ihm gegangen. Denn wenn die wichtigste Person in deinem Leben aus dem Nichts verschwand und überall Spuren hinterließ, war es unmöglich, weiterzumachen. Das Kino, der Strand, Claires Zuhause und ihr Blumenladen, erinnerten mich an ihn und seine Abwesenheit. Selbst die Walton High war ein Ort, an dem ich ständig an ihn denken musste. Es tat weh. Ich vermisste ihn an meiner Seite, wenn ich zur Schule ging, wenn ich Zuhause in meinem Zimmer saß und wenn ich im *Books & Coffee* saß.

Wir schrieben natürlich fast jeden Tag hin und her und telefonierten so oft, wie es ging, aber es war schwerer als gedacht, den Kontakt zu wahren. Unsere Leben entwickelten sich in ganz unterschiedliche Richtungen und wir hatten kaum noch Zeit sie miteinander zu verbinden. Jedenfalls hatte ich eine neue Freundin gefunden, die mir durch diese harte Zeit

half. Tracey. Sie war das komplette Gegenteil von mir. Sie war extrovertiert, liebte Formeln und Mathe sehr und hatte eine künstlerische Art an ihr, die ich bewunderte. Durch ihr hatte ich meine Leidenschaft für das Schreiben entdeckt. Zwar schrieb ich keine Romane wie William, aber ich arbeitete gemeinsam mit ihr und anderen Menschen an Artikel für die Schülerzeitung. An einem Freitag hatten wir uns im Schulflur getroffen, nachdem ich es nicht geschafft hatte, meinen Spind zu öffnen. Tracey hatte mir hilfsbereit wie sie war geholfen, hatte mir ein Kompliment für meinen Klamottenstyle gemacht und hatte mir vorgeschlagen ein Mitglied der Schülerzeitung zu werden. Ihrer Meinung nach sah ich nämlich so aus, als hätte ich ein besonderes Talent für das Schreiben.
Komischerweise hatte es bei ihr nicht lange gedauert, bis ich mich bei ihr wohl gefühlt hatte. Ihre offene, witzige Art half mir gleichzeitig mit meinen sozialen Ängsten fertigzuwerden. Auch nachdem Williams Textnachrichten und Anrufe immer weniger und kürzer wurden und unser Kontakt verloren ging, blieb sie an meiner Seite und unterstützte mich, so gut wie es ging.
Am 22. Mai hatten William und ich unsere Fernbeziehung offiziell miteinander aufgegeben. Ich würde mich für immer an diesen Tag erinnern. Er hatte sich in meine Haut gebrannt und erinnerte mich stets an den Schmerz, den ich bis heute noch immer gelegentlich fühlte, wenn ich an meinen Exfreund dachte. William und ich hatten ungefähr drei Stunden telefoniert, in der wir über alles geredet hatten, was in unserem Leben und in unseren Alltagen vor sich ging und wie wir uns inzwischen verändert hatten. Hatten ehrlich und offen über die Monate gesprochen, in denen wir uns voneinander distanziert hatten und gekämpft hatten, um den Kontakt zwischen uns zu wahren. Aber auch wenn unsere Liebe füreinander vergangen war, konnte ich nicht stolzer auf ihn sein. Er hatte sich mit seinem neuen Manuskript an einem

Verlag beworben und war angenommen worden. Jetzt studierte er kreatives Schreiben. Wir hatten zwar am 22. Mai gemeinsam entschieden, unsere Beziehung zu beenden, aber unsere Verbindung war trotzdem nie vergangen.

Nach unserem Telefonat, hatte ich sofort Tracey angerufen und sie war ohne zu Zögern zu mir gefahren und hatte mich nach meiner Trennung mit meiner allerersten Liebe getröstet. Danach hatten wir in meinem Zimmer einen traurigen Liebesfilm geguckt und ich hatte mich ordentlich bei ihr ausgeheult. Nach vielen Wochen von Trauer und Liebeskummer, war ich langsam, aber erfolgreich über William Morrison hinweggekommen. Auch wenn ich nie gedacht hätte, dass ich einmal so etwas über den Jungen, in den ich mich Hals über Kopf verliebt hatte, behaupten würde.

Epilog

1.November
Leahs Geburtstag
18 Jahre alt

« Viel Spaß in der Schule », wünschte mir mein Vater, bevor ich das Haus verließ. « Dankeschön », erwiderte ich mit einer merkwürdigen Ruhe in der Stimme. Mein Geburtstagsfrühstück war dieses Jahr früher gewesen als sonst, weil ich noch unbedingt bei Claire vorbeischauen sollte, bevor der Bus fuhr. Auch wenn ich mittlerweile meinen Füherschein machte, hatte ich meine Theorieprüfung erst in zwei Wochen. Mit einer Leichtigkeit in mir, die ich schon lange nicht mehr gespürt hatte, eilte ich die Veranda herunter und überquerte das Stück Rasen, das sich zwischen unserem Haus und dem von Claire und Ed trennte.
« Happy Birthday », begrüßte mich Claire und riss schwungvoll die Tür auf, bevor ich überhaupt Anstalten machte, klingeln zu wollen. In ihren Händen hielt sie eine Schokotorte mit achtzehn Kerzen drauf. « Schnell puste sie aus und wünsche dir was. »
Ich lächelte, pustete die Kerzen auf der Torte aus und wünschte mir, dass die Unbeschwertheit, die ich in den letzten Monaten fühlte, niemals verging.
« Und wie fühlt es sich an achtzehn zu sein? », fragte mich Claire neugierig, nachdem alle Kerzen ausgeblasen waren. « Gut », sagte ich und das war auch die Wahrheit. Die Panik und Angst, die ich vor diesem Geburtstag gehabt hatte, waren schon lange vergangen. Ich wusste jetzt, dass ich keine Angst

haben brauchte. Ich wusste jetzt, dass Nostalgie nicht schlimm sondern etwas schönes war. Ich würde meinen Weg schon finden und gehen, wenn ich dazu bereit sein würde. Davon ließ ich mich von niemandem abbringen oder stressen. Schon gar nicht von mir selbst.
Claire strahlte mich an. « Das freut mich. »
« Dein Geschenk bekommst du aber erst heute Nachmittag. Dir steht eine große Überraschung bevor. »
Ich kicherte. « Oh, da bin ich aber gespannt. »
Claire zögerte, bevor sie anfing zu sprechen.
« Lass uns nicht weiter an der Türschwelle stehen. Komm herein. Ich muss dir noch etwas zeigen. »
Erstaunt runzelte ich die Stirn. « Was denn? »
Claire winkte mich ins Innere und führte mich mit selbstsicheren Schritten in die Küche hinein. In der Küche angekommen, lief sie auf eine Schublade zu, öffnete sie und holte einen zerknitterten Zettel hervor. Mit dem Zettel in der Hand, lief sie zu mir herüber und hielt ihn mir hin. « Ich weiß, dass es zwischen William und dir schon lange aus ist, aber das habe ich gestern Nachmittag in seinem … in dem Gästezimmer gefunden, als ich dort gestaubsaugt habe. »
Vorsichtig nahm ich den Zettel an und faltete ihn auseinander.

Liste für Leah

- **Post- Its erstellen (gelbe & grüne mit Aktivitäten, die ihr Spaß machen könnten und ihre Selbstsicherheit fördern.)**
- **Einen Mental Health Day für sie zu organisieren, weil Schule ihre persönliche Hölle ist.**
- **Ihr helfen ihre eigenen Stärken und Fähigkeiten zu erkennen.**
- **Für sie da sein.**

« Du warst ihm wirklich wichtig », sagte Claire mit einem Blick auf dem Zettel.
« Er hat es mir jedes Mal gezeigt », raunte ich leise und drückte das Stück Papier fest an mich. Er hatte es mir gezeigt und artikuliert. Ein Gefühl von Ergriffenheit überkam mich und meine Augen wurden feucht.
Als wir noch zusammen gewesen waren, hatte ich ihm mehrmals gesagt, dass ich auf keinen Fall zur Therapie gehen wollte. Auch wenn das jetzt nicht mehr der Fall war, hatte er es damals hingenommen und hatte alles getan, damit ich lernte, mich selbst zu akzeptieren. William Morrison war die liebevollste und aufmerksamste Person, die ich gekannt hatte. Ein Teil von mir, würde ihn immer lieben, auch wenn ich ihm das leider nie gesagt hatte.

***

« Happy Birthday! » Tracey fiel mir quietschend um den Hals, als ich die Cafeteria betrat. Wir schnappten uns beide ein Tablet und stellten uns hinter einer langen Schlange von Schüler und Schülerinnen an.
« Eigentlich sollten die Leute von der Cafeteria eine Ausnahme machen und dich vorlassen, weil du Geburtstag hast. Dann könntest du mir auch gleich ein Menü mitbestellen », witzelte Tracey herum.
Ich grinste. « Haha. »
« Vergiss nicht die Überraschungsparty, die wir zusammen mit Claire für dich schmeißen », erinnerte sie mich und wackelte warnend mit dem Zeigefinger vor meinem Gesicht herum.
« Wenn du es nochmal erwähnst, ist es bald keine Überraschung mehr », warf ich ein und Tracey rollte mit den Augen. « Okay, ich werde meinen Mund halten. »

Innerhalb von ein paar Sekunden, begann sie erneut zu quietschen. « Da hat sich aber jemand Mühe gegeben. »
« Was? » Ich fuhr herum. Die Tür zu der Cafeteria öffnete sich und Liam trat über die Türschwelle. In seiner linken Hand hielt er pinke aufgeblasene Luftballons mit der Zahl 18 drauf und in der rechten Hand umklammerte er einen riesengroßen Strauß Sonnenblumen. Mein ganzes Gesicht leuchtete auf, als ich Tracey stehen ließ und zu ihm eilte.
« Happy Birthday, Liebling », wünschte er mir, als ich bei ihm angekommen bin und ihn hingerissen küsste.
« Dankeschön », antwortete ich ergriffen und ließ nur widerstrebend von ihm ab. Liam war ebenfalls ein Teil der Schülerzeitung und nach ein paar Gesprächen und privaten Treffen, in der wir über Ideen für weitere Artikel gequatscht hatten, hatte ich mich sofort in ihn verliebt. Wir sind im September zusammengekommen. Jetzt reichte er mir breit grinsend den Strauß Sonnenblumen.
« Sei gespannt auf die Überraschungsfeier heute Nachmittag. Die wird großartig. »
Ich lachte amüsiert. « Du bist schon die dritte Person, die das erwähnt. » Liam lächelte und fuhr sich durch die dichten blonden Haare. « Wir freuen uns jetzt schon auf deine Reaktion nicht wahr, Tracey?»
Tracey, die hinter uns stand, nickte.
« Aber sowas von, Liam. »
Ich beobachtete die beiden und realisierte wieder, wie viel Glück ich gehabt hatte, sie gefunden zu haben. Mein Leben hatte sich in den letzten Monaten komplett auf den Kopf gestellt und sich positiv verändert. Ich könnte nicht glücklicher deswegen sein.
Liam gab mir einen weiteren Kuss und diesmal wusste ich, was ich zutun hatte.
« Ich liebe dich », sagte ich und beobachtete, wie Liams Augen sich vor Erstaunen weiteten. Vielleicht war es ein

wenig früh, um ihm das zu sagen, aber es war mir schlichtwegs egal. Wenn ich es fühlte, würde ich es auch sagen. Dass ich es nie aus Angst zu meiner ersten Liebe gesagt hatte, obwohl ich es die ganze Zeit über gewusst hatte, würde ich für immer bereuen. Ich würde diesen Fehler nicht mit Liam machen.
« Ich liebe dich auch », erwiderte Liam ehrlich. In diesem Augenblick begann Tracey an meinen Arm zu ziehen. « Komm schon, Leah », drängelte sie. « Ihr könnt euch später küssen so viel ihr wollt, aber jetzt habe ich Hunger. »
Ich lachte und Liam beugte sich zu einem letzten Kuss zu mir herunter. « Bis später. »
Ich nickte ihm zu. « Bis später. »
Als er an uns vorbei ging, seufzte Tracey wehmütig.
« Ich habe es satt single zu sein. »
« Du wirst ihn auch noch finden », versuchte ich sie aufzumuntern und strich ihr über die Schulter.
« Hoffentlich. »
Mein Handy in meiner Hosentasche brummte. Alle Worte, die Tracey an mich richtete, verloren an Relevanz, als ich meinen Bildschirm entsperrte und die Nachricht las, die ich bekommen hatte.

Happy Birthday, Leah. Ich bin stolz auf dich.

Sie war von William – keinen Zweifel.
Er hatte sich an meinen Geburtstag erinnert. Er hatte sich an *mich* erinnert. Mein Herz schwoll an und ich drückte mein Handy fest an mich. Unsere Beziehung gehörte jetzt der Vergangenheit an, aber unser gutes Verhältnis zueinander nicht. Er war der erste Junge in meinem Leben gewesen, der mir gezeigt hatte, was es bedeutete, zu lieben. Und dafür würde ich ihn niemals vergessen. Dafür würde er immer einen großen Platz in meinem Herzen haben.

« Hey, was ist? », erkundigte sich Tracey alamiert bei mir, als sich meine Augen plötzlich unerwartet mit Tränen füllten.
« Gar nichts », beruhigte ich sie eilig und schenkte ihr ein Lächeln.
« Alles ist gut. »
Das war es auch und das würde es auch immer bleiben. Egal, was in der Zukunft auf mich wartete, das wusste ich jetzt. Am Ende würde alles wieder gut werden.
Die Schlange der Schüler und Schülerinnen lösten sich vor uns auf, dann waren wir an der Reihe. Ich bestellte für Tracey und mich das gleiche Menü.

Und während wir uns mit unseren vollen Tablets einen geeigneten Tisch suchten, fühlte ich nur noch Glück mit einem Hauch von Erleichterung. Mein siebzehnter Geburtstag war jetzt zwölf Monate her. Heute war ich achtzehn geworden. Die Angst, die mich normalerweise ergriff, antwortete mir nicht mehr.

Endlich schaute mich niemand mehr an.

Ende.

Inhaltswarnung

Tod eines Familienmitglieds, Spastik, selbstverletzendes Verhalten und Erwähnung einer Halbseitenlähmung und Frühgeburt.